iStyle 020

Bright

高寶書版集團

To my Golden Stars—
let's shine always and forever

第一章

微笑呀，他們說。你現在的生活是無數女孩的夢想耶！而且你笑起來的時候漂亮多了。好啦。柔軟一點。甜美一點。你不需要當個冰山美人，對吧？

「瑞秋！看這裡！」

「對我們笑一個吧！」

香檳色的細跟高跟鞋還沒落地，照相機的鎂光燈就開始朝我的方向閃個不停。我悄悄地整平自己的服裝——一件閃爍的無肩帶低胸前蓋式洋裝——然後踏上紅毯。米娜緊跟在我身後，另外七個女孩則魚貫從身後的禮車中走了出來，抬著手，像女王般揮舞著。粉絲看見我們的時候歡呼尖叫著，爭相想要擠過狗仔們所築城的高牆，試圖更靠近我們一些。

「來張團體照如何？」一名攝影師喊道。

就像過去做過千萬次那樣，女孩們聚集起來，讓記者拍照——我們每個人都知道要站在哪裡，才能讓自己最棒的特徵顯露出來。我們達到完美的平衡，高個女孩和矮個女孩照隊形站好，讓大家看起來十分和諧。我們擺著姿勢，相機快門便開始瘋狂地閃爍，從每個角度捕捉我們的影像。我們九人聚集在一起，會散發出某種充滿力量的氛圍。我曾經看見有人在社群軟體上傳了我們的團照，然後在描述中寫道：**這就是力量的象徵！**我有時會想起那句話。力量。在這群女孩中，有很長一段時間，我完全感受不到所謂的力量，但過去五年半中，很多事情都改變了。

女孩們和我好整以暇地走過紅毯，時不時地停下腳步擺姿勢，嘴唇閃亮，雙手叉腰，看起來就像是穿著玫瑰金外衣的太陽般熠熠發光。當我們終於來到上海半島酒店的玻璃門前時，我回過頭，對著一台朝我狂拍的相機眨了眨眼，給他們最後一個令人頭暈目眩的微笑。

我早已不是從前那個看到閃光燈時，就像隻看到車頭燈的小鹿般僵在原地的練習生了。鏡頭再也不會讓我害怕。

現在它們都屬於我。

微笑。

第一次有粉絲告訴我，我改變了她的人生時，我哭了。

那是我和 Girls Forever 出道一年後發生的事，我們當時正在宣傳回歸的單曲《Sweet For You》。那首歌的 M V 在公開後第一天就達到了五千萬次點閱，而我們在影片裡所戴的馬卡龍色漁夫帽和珍珠鑲邊的太陽眼鏡，一週內就全數銷售一空。那個粉絲大概十一歲，和我剛開始到DB娛樂當練習生時一樣年紀。身材瘦長、有點害羞，但見到我時滿臉微笑，雙眼閃爍著光芒，就像她T恤上拼出我名字的閃亮亮假鑽一樣：金瑞秋。

「真的很謝謝妳，瑞秋。」她柔聲說道，一邊把一張自己手工做的海報遞給我簽名。

「當然！」我回給她一個微笑，摸索著我的金色簽名筆，簽下我後來無比知名的名字（大大的R和ACHE，最後則是畫成圈的L，尾端再加一顆星星）。

我把海報地還給年輕女孩，一名穿著黃色背心的員工便開始指引她照著排隊方向前進，但她突然喊道：「等等！」員工翻了個白眼，但還是讓女孩把話說完。她深吸一口氣，然後認真地看著我。「我剛從美國搬來首爾——就和妳一樣。真的很痛苦。」她承認道。「但我看到妳的表演，看到妳做自己所愛的事，我就覺得沒那麼孤單了。好像有一天我也可以找到讓自己閃耀的方法。妳真的改變了我的人生。」她微微一笑，謝謝我的簽名。「啊！」她尖叫著，又看了一眼海報。「妳真的不知道這對我來說意義有多麼重大！」然後她把海報抱在胸口，往前走去了。我對她揮揮手，一滴斗大的眼淚滑下我的臉頰，我嚥下喉頭的腫塊。事實上，應該是反過來才對：她不知道她這番話的意義有多麼重大。

五年半過去，我再也不會在簽名會上哭了。我學會了要如何在整場活動中掛著愉快的微笑，並控制我的情緒。儘管如此，有時候我還是會想要捏自己一把，因為一切感覺都不像是真的。我是怎麼走到這裡的？如果說訓練時期不容易，這說法還是太保守了一點。過程殘忍、苛刻，還讓我無數次質疑自己的人生抉擇。而當我們終於出道後，壓力只變得更大而已。緊湊的彩排、接連不斷的現場表演，還有清晨起床拍攝ＭＶ、一拍就是整整兩天，我則突然要和我的八位Girls Forever團員們一天二十四小時、一個星期七天，通通膩在一起。（而老實說，這完全是另一種挑戰。）

但最後的最後，一切都是值得的。音樂真的有魔法，和與這些音樂連結的人見面，也帶著某種魔法。身為一個韓國偶像歌手，意味著我身處在一個更宏大的環境裡，早已超越我個人的範疇。

今晚的群眾帶來的能量實在太瘋狂了。上海是我們《閃耀亞洲》巡迴演唱會的最終站。數個月的旅行，每隔幾週就要去一個新的城市。整個過程就像一場旋風，好幾次我都想念著自己家裡的床。但今晚在台上時，我突然意識到，等我們回去韓國後，我真的會很想念這一切。現在是一月，而我們今年到秋天時才會再度開始巡迴，所以這是我們短期內的最後一場大型團體表演了。而你可以在空氣中感覺到這個氛圍。我們今晚發揮了百分之一百一十的實力，粉絲則回饋了我們同樣程度的瘋狂。現在是慶祝的時候了。

我打量著半島酒店的宴會廳。承辦單位是真的使出渾身解術了。閃亮的水晶吊燈沿著天花板吊掛，照耀著身穿平整燕尾服的服務生；他們端著銀色的托盤，盛著香檳，在賓客之間穿梭。音樂在室內迴盪，人們跳著舞、交際著。他們宴會廳的一部分舞池改成了迷你溜冰場。在我身邊，穿著亮粉色與螢光黃的人們在螢光設計的場地上溜著冰——這是在向我們最新的一張專輯《Glow（閃耀）》致敬。這張專輯大放異彩，並且獨佔了這個夏天的每一個排行榜。今晚的派對上，他們擺了一台投影機，在牆上播放著MV的主題畫面：螢光色的保齡球館；整片的螢火蟲草原；轉到最高點的摩天輪，城市燈光在下方閃耀著，像是生日蛋糕上的蠟燭。老實說，這一切都足以讓你忘記現在其實是冬天最冷的時節，而此刻室外只有令人驚恐的攝氏三度。

就在我準備拿起一杯香檳時，一個聲音在我後方，喊了我的名字。

「金瑞秋！」一個短小精幹、帶著紅色方框眼鏡的男人，掛著溫暖的微笑朝我走來，對我伸出手。「我是SOAR戲劇娛樂的節目團隊副總監，朴鉉培。我很期待今晚能和妳碰上一面。」

SOAR是韓國最大的媒體傳播公司之一。我們上過他們的節目幾次，但DB總是會把商務的部分處理好，所以我從來沒有親自見過他們的管理階層。「很高興認識你。」我邊說邊和他握手。

「希望妳不介意。」他把手伸進口袋裡，有些怯懦地掏出一隻筆。「我的女兒是妳的大粉絲，如果我連問都沒問，她一定會殺了我的。妳你能幫我簽一下這個嗎？她叫做朴美英。」

「當然不介意。」就算過去幾年間我已經簽過數千（也許有數百萬了？）個簽名，我還是很難開口拒絕。

他微笑著，接過我簽好的雞尾酒紙巾。「我今晚會用我的生命保護它的。」他把簽名折好，放進胸前的口袋裡，保護性地拍一拍。「妳知道，瑞秋，不只有美英是妳的粉絲而已。我老婆和我也是很忠實的粉絲。妳的聲音很美。」

現在換我露出感激的微笑了。「非常謝謝你，朴先生。」

「妳的聲音在廣播上會聽起來很棒的。」他好奇地揚起眉毛。「妳對主持有興趣嗎？SOAR正要推出一個新的廣播節目，專門一對一採訪各路優秀的藝術家。妳會是個很棒的主持人。」

我立刻興奮了起來。「這樣太棒了。」我帶著微笑回答。「如果你和DB聯絡，我很確定他們會幫我安排正式會面的。」我自信地回答道，但其實我沒有像自己表現得那麼有信心。但DB有什麼理由不接受呢？SOAR的廣播節目有廣大的觀眾群，而如果我能利用它來宣傳Girls Forever，同時又能用深入而親密的角度好好討論藝術創作的過程，這樣不是雙贏嗎？

「太好了。」朴先生說。「我會保持聯絡的！」

我們乾杯，然後他就被另一群迫不及待想和他說話的媒體人給拉走了。我猶豫著要去點心吧台、或是去舞池跳舞，此時，米娜的腳步優雅地滑到我身邊，抓住我空著的手。

「妳在這裡呀！」

米娜身上一定有某種雷達系統，只要有別人得到特別的稱讚或關注，就會立刻通知她——我才剛和朴先生乾完杯，她就突然出現在我身側了。但她活潑而開朗，雙眼在高亢的音樂刺激下閃爍著，散發出非凡的活力，使人想要參與她正在進行的所有活動。所以當她說：「快啊，我們來跳舞！」的時候，我便一口喝掉我的酒，把空杯子留在經過我身旁的其中一個托盤上，然後讓她領著我走向舞池，並讓我在她的手臂下轉了一圈。

她穿著閃閃發光的寬褲套裝，看起來十分別緻，她棕灰色的頭髮向上梳成一個鬆散而優雅的髮髻。我們大笑著，跳著舞，我跟著她的舞步移動。她的吸引力不可否認地強，尤其是在她跳舞的時候，她看起來毫不費力、心情愉悅，整個宴會廳裡的攝影機，都已經開始轉向我們的方向了。

有那麼一刻，我容許自己相信，他們捕捉到的是真實的畫面，是兩個曾經水火不容的女孩展露真實友情的一刻。**看看我們現在的樣子，**我想像自己這麼說。**記得我們以前有多討厭對方嗎？還有那次妳在練習生宿舍對我下藥、還趁我在桌子上喝醉跳**

舞的時候錄影？哈！那感覺就像是上輩子的事，對不對？

但話說回來，有些事就算過一輩子也不會改變的。

過了好久，我們和DB娛樂旗下最火紅的偶像歌手李傑森那場所謂的三角戀，才終於平息下來。事實上，這個「三角戀」只不過是在我和米娜出道之前，DB一手打造的宣傳效果而已。在傑森離開他的團體NEXT BOYZ之後，他們想要推動他的單飛事業，而我們就是最佳的宣傳工具。畢竟，除了讓兩個明日之星的偶像歌手為他爭風吃醋之外，還有什麼事能讓已經備受愛戴的李傑森聲勢更漲呢？當然，米娜從頭到尾都知道這是安排好的。我卻對這個小小的資訊一無所知，直到我後來真的徹頭徹尾地愛上那傢伙為止。

至於我和米娜呢，在我們出道後，DB認定他們已經把三角戀中所有殘餘的價值都榨乾了，並決定要安排我們兩人之間來一場大和解。我們在一支「外流」的影片中相擁而泣，並發誓再也不會讓男人介入我們之間。在那之後，我們就再也沒有任何不合的傳聞，我也下定決心要保持這個狀態。

儘管如此。像現在這種時刻，我還是忍不住會享受這種假裝的遊戲，好像我們玩得這麼開心，並不只是要做樣子或打宣傳，而是因為我們真的喜歡對方。

「選穿這條裙子真的很勇敢欸，潮妹。」米娜在音樂聲中對著我大喊。「看看妳可愛的大腿！」

對。美夢該醒了。

這一晚，時間就在快樂的舞步與香檳酒杯中度過了。宴會廳裡充滿了ＤＢ的熟悉面孔，還有我從沒有見過的陌生人，但每個人都迫不及待想要和我打招呼。

「今晚的演唱會表現超好的，瑞秋！」

「妳的聲音真是越來越好聽了。」

「真的太優秀了！妳天生就是要當明星的，完全毋庸置疑。」

幾小時的跳舞與交際後，我已經準備好要休息了。團裡幾個比較內向的女孩，像是永恩、智允和仙姬，已經優雅地退場，回到她們的飯店房裡了。米娜、麗茲和恩地則不知怎的出現在溜冰場上，尖叫大笑著，穿著溜冰鞋優美迴旋，閃耀的服裝就像是金光閃閃的傘葉。善英和秀敏正在點心吧旁邊啜著香檳，並一如往常地在爭論些什麼。她們同年，又是同時開始訓練，兩人的關係，總是在「最好的朋友」與「劍拔弩張到其中一個人哭出來為止」之間跳轉。老實說，她們就像是某種奇怪的老夫老妻。這樣其實也是滿可愛的。

我夢想著回到樓上的房間，然後用按摩浴缸泡個澡。我雖然很愛這雙Jimmy Choo的綁帶高跟鞋，但我迫不及待想要脫掉它們，然後把腳踩進泡泡浴裡了。啊，對。泡泡芳療浴和敷面膜，是結束這場巡迴的最佳方法了。

就在我準備離開宴會廳時，我又聽到有人喊了我的名字。我站過身，看見一個身影靠在投影著我們ＭＶ的那面牆上，色彩和光芒作弄似的在他的臉上舞動。

「傑森？」我驚訝地說。

他的嘴角勾起一個頑皮的微笑，對我歪了歪頭。「有這麼久沒見了嗎，妳都不認得我了？」

我當然認得他，那身優美的白西裝和淺綠與金色相間的球鞋。我怎麼會不認得？自從我和米娜粉碎了三角戀的傳言後，我和傑森就漸漸疏遠了。我再也無法相信他。但隨著時間過去，我們之間的冰層逐漸開始溶解。我們偶爾會傳傳訊息，偶爾私下去喝個咖啡約會。最後，我們終於重修舊好。或者說，我們試過了。但Girls Forever出道，他又是ＤＢ旗下最火紅的單飛歌手，我們根本連睡覺的時間都快不夠了，更別說約會。最後，我們之間的關係便逐漸淡去，因為我們都太忙了。雖然傑森並不知情，但一部分也是因為米娜威脅要把我和傑森在後台接吻的影片外流，而我無法繼續下去。她的威脅籠罩在我頭上，使我和他在一起時永遠都無法放鬆。

但是米娜從來沒有把那支影片流出去。而儘管那個威脅在我與傑森交往的那一年半中不斷在我心中盤旋，但我們還算是給了對方一個公平的機會，沒有惹來任何八卦新聞。也許米娜從來沒有像我想像的那麼想傷害我。

「六個月前的橘子音樂獎。」傑森邊說邊彈了彈手指。「那是我們最後一次碰面，對不對？」

「應該是。」最近，我們似乎只有在像這樣人滿為患的活動上、或是頒獎活動才會碰面。我注意到，這半年間，他的頭髮留長了。現在他的頭髮已經長到可以綁一個小馬尾，但他把頭髮向後梳起，看起來就像典型的年輕偶像歌手，面帶微笑，眼神閃閃發亮。「我沒想到你會來上海耶。」我對他說。「你看起來很不錯。」

他露出笑容。「妳也是。然後，妳在開玩笑嗎？我才不會錯過這種派對呢。」一個服務生端著一盤粉紅色的香檳經過，傑森拿起兩杯，遞給我一杯。「有時間和妳的老朋友敘敘舊嗎？」

我的雙腳抗議著，但見到傑森的感覺真好。我對他已經沒有什麼浪漫的情緒了，但我還是在乎他，也對他的近況感到好奇。我接過香檳，跟著他走向陽台。一月夜晚的空氣讓我們的呼吸都成了小小的雲朵，但陽台四周擺了幾個暖氣，而且冷冽的空氣比擁擠的宴會廳裡散發的熱度要好多了。

「我聽說妳們的巡迴大成功。」傑森邊說邊靠在欄杆上。「感覺一定很不錯吧。」

「謝了。」我微笑地說。「這是我們目前最棒的一次。」換作是別人，也許會覺得這番話像是在自吹自擂，但我知道傑森會懂的。我啜了一口香檳，突然感到懷念。「我們剛出道的時候，一切都是那麼刺激、那麼新鮮，但大半時間，我都覺得我不知道自己在幹嘛。訓練是一回事，但當你真的站上舞台，有那麼多雙眼經看著你時……」

「一切都不一樣了。」傑森替我把話說完。他笑了起來。「對，我記得。」

我抬眼看向月亮，愉快地回想著傑森還會叫我「狼女」的那些日子。老天，我那時候心頭小鹿亂撞得太嚴重了。還有什麼比初戀更讓人沉醉的嗎？

「我真為妳高興，瑞秋。」傑森邊說邊捏了捏我的肩膀。「所以妳的下一步呢？我看到妳在和那個SOAR的高層說話。我們是不是可以期待金瑞秋主持的新問答節目了？妳準備要發展當主持人的副業了嗎？妳也差不多是時間要開始預備下一階段的事業了，對吧？」

我笑了起來，告訴他那個廣播節目的事。Girls Forever聲勢還如日中天，看來我們也還會有好幾年大紅大紫的時間，但我們都知道，這個生涯不會永遠持續下去的。我突然想到，在結束偶像團體的工作後，我的人生會變成什麼樣子呢？這個問題對現在的我來說好像還有點太宏大了，尤其宴會廳裡的音樂還在大聲放送，從陽台的門口不斷傳來。

「你呢？」我問傑森，把對話的內容從我小小的存在危機上轉開。「你的發展怎麼樣？」

他咧開嘴，挺直肩膀。「嗯，既然妳問起了，妳現在正在和金海英最新一部電影的男二聊天喔。」

我倒抽一口氣。「認真的嗎？我每次看金海英的電影都會哭耶！她是全韓國最棒的編劇。太棒了。」

「謝謝。」興奮之情使他閃閃發光。「賽娜有在幫我準備演出這個角色，但我還是很緊張。這是我第一次在這麼大製作的電影裡演出呢。」

「你的表現一定會很棒。」我說。「賽娜也會一起參演嗎？」

傑森和元賽娜一年多前公開了他們的交往關係。她從青少年時期就是韓劇影星，和傑森的影響力同樣強大，甚至更強。他們是對可愛的情侶，粉絲也都十分支持，而媒體基本上是將他們稱為「國民模範情侶」了。

我已經很久沒有對任何人產生這種感覺了，而就算我知道這樣也好，畢竟我身為偶像歌手的身分並沒有使談戀愛變得容易一些，但我還是有點想念戀愛的心情。

「不會。她要演出另一部韓劇。」傑森打斷了我的回憶。「其實，他們還在找這部的女性選角，如果妳有興趣的話……」他意有所指地對我揚起眉毛。

我大笑。「我會謹記在心的。我相信我的三年級老師會幫我寫超棒的推薦信。我有沒有告訴過你，我在學校一齣講食物類別的舞台劇裡演過一片吐司？」

「一片吐司？哇喔，瑞秋，我不知道耶。我覺得以妳的實力，演金海英的電影可能有過之而無不及喔。」

我們哈哈大笑，而我感覺到一股情緒席捲而來。在我們經歷過那一切之後，傑森和我還能當朋友，我真的很感激。我們之間的關係有太多種可能的結局，但我很高興我們現在是這樣。

好像有心電感應般，傑森說：「真高興我今晚有機會見到妳。」

「我也是。但現在我該去泡腳了——這雙高跟鞋讓我快死了。」

傑森輕笑。「我們乾一杯說晚安吧？反正我聽說妳最擅長的就是『乾』[1]了？」

他這個爸爸等級的諧音笑話讓我翻了個白眼，但我還是舉起香檳杯。「敬韓流的下一個焦點。」

他微笑著舉起酒杯。「敬我們兩個。還有我們未來的一切。」

我們的酒杯相碰，然後各自飲盡。

當我回到房間，準備打包回首爾的行李時，一股強烈的決心席捲過我的全身。等我到家後，我要開始更深入地思考我想要什麼，然後做一些計畫。傑森說對了一件事。我或許是該開始思考下一步了。如果我夠幸運，我也許可以在DB的幫助下，打造出超越Girls Forever的職業生涯，不過此時此刻，我實在很難想像有什麼事能持續到永遠。

1 譯注：吐司和乾杯的英文都是toast。

第二章

CIA真的應該要和「＋EVER」合作的。我們的粉絲追蹤我們的能力，完全就是另一個等級了。我們一踏出仁川國際機場的入境大門，就迎來了大批粉絲尖叫著我們的名字。

我們的粉絲們深情地自稱為＋EVER，讀作「and ever」。這個名稱是從我們團名中的「Forever」而來，同時也代表他們永遠會陪在我們身邊。有時候＋EVER會跟我們買同一班飛機的機票，這樣他們就能更靠近我們。大部分這麼做的粉絲都很貼心。如果他們見到我們，都會尊重並留意我們的個人空間。他們甚至不必和我們說話。他們只是喜歡和我們出現在同一個空間，沉默地表達支持。

事實上，搭機返韓的途中，當我起身活動筋骨時，我就從頭等艙與經濟艙之間半開的窗簾間，看見了幾個女孩。我露出微笑，而在我回到座位之前，我能看見她們的臉上出現欣喜的笑容。

但現在我們降落了，被更多的粉絲四面八方環繞著，保鑣便試著要擋開所有人，為我們清出足夠的空間，好讓我們能離開機場。儘管如此，這都還是無法阻止粉絲對著我們一次又一次按下快門、或是對著我們尖叫。

「Girls Forever，直到永遠！」

「姊姊我愛你！」

「瑞秋，妳簡直是時尚指標！」

「Forever 時尚代表！」

這句話使我咧開嘴。我特別滿意自己今天的穿搭：尼爾．克萊默的經典合身西裝外套，搭配毛邊男孩風牛仔褲和高跟踝靴。我頭頂上戴著圓形的黑色太陽眼鏡，讓我的頭髮自然垂掛在肩頭，為我的造型錦上添花。

機場時尚在韓國可是件大事。大多時候，我們的粉絲只有在演唱會時能見到我們，而我們穿的都是表演服。機場是他們唯一能見到我們穿著私服的時候。Pinterest上有許多看板、ＩＧ上也有很多帳號，專門用來貼韓國明星的機場穿搭，而我知道我的照片在這些帳號和看板上流傳非常廣。其他女孩看起來也很不錯，但沒人像我投入這麼多時間來搭配我的造型，也沒人像我玩得這麼愉快。我基本上是把機場當成了伸展台。

我們走出機場，來到三台等待著我們的廂型車旁。我調整了一下肩上掛著的駝色Prada肩包，暗自撇了撇嘴角。這個肩背包是我在我們第一首暢銷歌出來後，買下的第一個奢侈品，那已經感覺像是上世紀的事了。我還是很喜歡它，但它也是我今天的穿搭裡唯一不喜歡的部分。我一直想要再買一個登機用的背包，一個符合我現在審美觀的背包，但我還沒有找到「那一個」。

莉亞總是說我挑包包比挑男人還挑三揀四。好像也沒錯。

上車後，仙姬便開始朗讀起她正在看的書。那是一個伯爵和洗碗女工的誇張歷史愛情故事，但儘管文筆過度華麗，我發現自己其實挺享受這對星光熠熠的愛侶的故事。儘管整個世界都想要把他們拆散，他們卻還是被真愛的力量互相牽引著。如果現實生活中的愛情也是這樣運作的就好了。

「法蘭西斯科領著她走向寢室，使莎夏顫抖著……」

「呃啊。仙姬──」永恩哀嚎著。

從後視鏡中，我和司機對上了視線，並一起憋住笑聲。鐘碩是載著我們四處移動和安排行程的六個經紀人中其中一位。我們的主要經紀人總是把我們的行程塞得滿滿的，好像我們一天有三十七小時、而不只是二十四小時似的，但鐘碩總是致力讓我們有時間休息，還會和我們說他家那些膽大包天的澳洲牧羊犬小故事。其他女孩在耍白痴的時候，我也能和他一起開玩笑地翻個白眼。

轉過幾個彎之後，我們便來到位於清潭洞高級社區的別墅。幾片雪花開始懶洋洋地從空中飄落。

首爾的冬季就像帶著魔法，並會帶來萬象更新的興奮之情。或許我會有這種感覺，是因為我們剛搬來韓國的時候，就是冬天。我記得我媽埋在堆到和她一樣高的紙箱之間，要我爸帶著我和莉亞出去，這樣她就可以在沒有兩個孩子滿屋子奔跑、製造大混亂的狀況下試著拆箱。所以爸帶著我們去市中心的溜冰場。我記得自己抬眼看著溜冰場四周的高樓大廈，市政府、大都會圖書館、廣場飯店……一切的一切都在灰黑的天空下閃爍著白色與銀色的光芒。我覺得我好像置身於媽媽珍貴收藏品的其中一顆雪花水晶球裡。就在那一刻，搬家、轉學、開始在ＤＢ展開訓練的所有緊張之情都瓦解了。我覺得自己很安全。

現在，當我想到「水晶球」時，它的意義已經完全不同了。這是媒體給Girls Forever別墅所取的暱稱。這裡是清潭洞中心的一個完美的小世界。真實生活當然沒那麼富有詩意，但這個暱稱就這樣傳下來了。而像今天這種日子，天空是清澈的湛藍，覆蓋著一層薄雪的前院走道上，反射著點點陽光，這個名稱似乎真的滿貼切的。

「呃啊。我真的等不及春天快來了。」秀敏說著，一邊走下車，一邊把斗篷拉得更緊。「我的臉都失去知覺了。」

米娜輸入大門的密碼，我們便魚貫地跟著她走了進去。

終於。回到甜蜜的家了。

嗯，勉強算是吧。

「家」以前代表的是一間小公寓，充滿了令人安慰的小東西，像是冰箱上的蔬菜造型磁鐵。牆上掛滿家人的照片。媽媽盤腿坐在客廳地上，一邊折衣服一邊看新聞。

爸爸在凌晨時邊唱歌邊沖澡，準備去拳擊館上班。或是我妹妹莉亞穿著兔腳拖鞋，跑進我房間，和我一起擠在床上聊八卦一整晚。

現在我家客廳裡有著整片落地窗，有一個巨大的陽台，可以眺望永同橋夜晚時分在漢江上投下的點點光芒，還有一個巨大的食物櫃，總是被經紀人塞滿各種甜點和飲料。這裡確實很奢華，但就算過了五年半，我還是不覺得這裡像個家。也許是因為這裡只有兩間浴室。兩間浴室而已。總共有九個女孩要使用。到底是誰這麼規劃的？一定是男人吧。

米娜、麗茲和恩地猜拳決定下飛機後第一個沖澡的順序，我則直直朝熱水壺走去，準備煮熱水來泡熱巧克力。仙姬和永恩則開始泡茶。「等等，妳們有聽說N&G的事了嗎？」善英問道，一邊一屁股坐在廚房中島旁的高腳椅上。

我很愛N&G的兩位。他們比我們早幾年出道，我們也算是滿認識他們的。他們就像是我們集體的大哥哥，或是表親。「沒有耶。出了什麼事？」

善英一邊滑著手機，一邊大聲讀出來：「男子流行歌手團體ROYALBLU的前子團體，N&G，或者說納米爾和江岷，今天宣布他們即將參與今年夏天的一場多團體演唱會。這是雙人組去年與經紀公司DB娛樂分道揚鑣後，第一次的公開演出。」

智允翻了個白眼，一邊從食物櫃中翻出一盒抹茶口味的巧克力棒。「這又不是新聞了。上星期在台北遇到他們的時候，江岷哥就告訴我啦。」

這對智允來說也許不是新聞，但對我來說倒是個新消息。納米爾和江岷沉寂了一年，沒有新音樂作品、沒有上電視節目、也沒有表演。我想，他們是真的很努力預備自己以雙人團體露面的新聲音吧。我會很期待他們今年夏天的表演。

N&G發生的事轟動一時。去年，他們控告DB逼他們簽了一張長達十三年的合約。我們全部都被迫簽了同樣的合約。令人震驚的是，兩個男孩打贏了官司，因此DB旗下所有的藝人們，全部都重簽了一份短一點的合約。現在我們的合約只有七年。不過，算上我們需要先簽的「選擇性」三年延長約，我們還是得和公司綁在一起十年。等到七年期滿時，DB便會開一場簡單的記者會，讓我們看起來好像全都是自願再當三年快樂的一家人——但現實是，那個「決定」其實老早就做好了，當時我們作為練習生，也毫無置喙的餘地。儘管如此，N&G所帶來的改變還是十分重大。我一邊無意識地攪拌著熱可可中的牛奶，一邊想著，我們全都欠納米爾和江岷一個大人情。

「瑞秋！」善英倒抽一口氣，低頭看著自己的手機。我差點把熱可可打翻在衣服上。「妳上了尼爾．克萊默的IG！」

尼爾．克萊默？這個名字一出現，所有關於N&G的念頭便立刻煙消雲散了。我第一次在Elle雜誌上看見她那兩頁天藍色系列的設計服裝時，我就深深被她的時尚設計給吸引了。「是那個——我上了她每週靈感的企畫嗎？」我的聲音因崇敬而壓低。

「對！」她邊說邊把手機轉過來，螢幕上是今早我離開仁川機場時的照片。

「哇靠。」智允讚嘆地說著，一根綠色的小餅乾棒像是雪茄般掛在她嘴邊。

我瞇眼看著螢幕。**好愛金瑞秋穿著我藍色西外的隨性穿搭！**照片的描述中寫道。**完美適合旅行的套裝。瑞秋，妳的下一趟旅行，要不要來巴黎參加我的春季服裝秀啊？:）把這當作我的邀請函吧！**

哇靠。她甚至在照片裡標註了我的帳號。我是在做夢嗎？

「怎麼了？」米娜帶著濕潤的頭髮走了過來，想知道為什麼這裡一陣騷動。

「瑞秋的機場照片爆紅啦，尼爾．克萊默把它貼在自己的ＩＧ上！」仙姬尖叫著，看起來甚至比我還要興奮。

「她邀請我去參加春季巴黎時裝秀！」我說。

「哇喔，恭喜。」米娜淡淡地說。「浴室可以用囉。」

……✦

沖完澡後，我發現米娜、麗茲、恩地和仙姬正躺在轉角大沙發上，看著電視的綜藝節目。那是《露營吧！》的其中一集，這個節目讓名人來賓在韓國各地短期露營旅行，通常包含許多綜藝效果與活動，打包帶去的襪子也不夠多。

「瑞秋，快來看！」仙姬說。「這是米娜去參加的那一集重播唷。」

米娜呻吟一聲。「我們非看這集不可嗎？我發誓，我到現在還會做惡夢，夢到他們叫我們自己釣魚準備晚餐。妳知道我那天被迫碰過多少隻蟲嗎？」

這段回憶讓她打了個寒顫，她伸手想要拿過遙控器，但麗茲把遙控器高高舉在頭頂，不讓她搆到。

「但妳這樣看起來超可愛的耶。」麗茲哄道，一邊把螢幕暫停在米娜令人不敢恭維的一幕畫面上，她正半閉著眼，嫌惡地垮著臉，動手準備打一隻停在她手臂上的蚊子。「看看妳！這是下一張專輯的封面照嗎？」

「對，很好笑。」米娜低吼著，再度伸手去搶遙控器，恩地和仙姬則笑個不停。她轉過身，怒瞪著仙姬。「妳真的要對妳的前輩這麼無禮嗎？」

仙姬瞬間止住笑聲，臉頰漲紅，但在她來得及回應之前，永恩便走進了客廳，身穿一件鬆垮的棉褲，還有褪色的綠色和平組織T恤。「呃，我媽逼我去她咖啡廳的時候，我看起來也是這樣。」她邊說邊對著螢幕點點頭。現在畫面上是米娜在大啖一根熱狗。「她逼我坐在那裡三個小時，吃了六碗刨冰，好讓顧客欣賞他們最愛的Girls Forever成員糖尿病發作的樣子。」

偶像歌手的父母，有時候會想要透過兒女的名氣撈一筆，藉此推廣他們的家族事業。我們最忠誠的粉絲都知道，永恩的媽媽開了一間咖啡廳，所以總是會有一群群的

＋EVER們去那間餐廳，希望自己能一睹允家出名的女兒、還有她朋友們的風采。

我的手機在手中叮叮作響。**說到家人啊**。妳在我關閉飛航模式之後，我自己的家人群組就一直響個不停。

媽：妳出國的時候吃得夠不夠啊？妳有時間的話，這週回來一下吧。我買了一些檸檬薑茶。聽說對喉嚨滿好的。

我露出微笑。從前她還會威脅我，要取消我的DB訓練計畫，不過現在我們已經進步很多了。我回覆說我其實吃了很多——上海的小籠包超讚——也保證我這星期會盡量抽空回去。但我知道自己真正做到的機會不大。他們住在漢江的另一邊，靠近梨花女子大學，我媽在那裡工作，而儘管我們才剛結束巡迴回來，但我很確定DB應該又把我們的行程塞滿了。

但光是想到我在DB的行程，就讓我頭暈目眩了。我不知道和傑森那個短暫的對話為什麼對我的影響這麼大，但我還是忍不住一直去想他所說的那番話。也許是時候該開始思考下一步了。這個念頭感覺太大、也太模糊。但如果他說得對，那我也許該跟上傑森的腳步，試著開始創作一些歌曲。如果DB願意這樣支持他，也許他們總有一天也會讓我走上那條路。我過去這幾年間甚至沒有**試過**創作任何詞曲。我的藍色小筆記本或許早就已經在床邊櫃裡發霉了。

我回到房間，關上門。我知道在我的室友智允回來前，也許只剩下幾分鐘的私人時間。我拉開床邊桌的抽屜，拿出藍色的筆記本，然後爬上床坐下。

我翻過幾頁穿搭素描、還有我短暫試著寫子彈筆記的殘跡，打開嶄新的一頁，然後等著我的創作靈感開始流動。

我打開自己的細字鋼筆，寫下了：

當我看見對街的你，我的心就知道，你是我想要的那一個。

你的嘴唇輕吻，是如此美好，我想你嚐起來就像最甜美的紅酒。

太老套了。

好吧，算了。算了算了算了。我瑟縮了一下，停止寫作。這些歌詞的感覺都太不對勁了。而且並不是因為很老套而已。感覺不對勁是因為我覺得自己不對，我不該在沒有談戀愛的狀況下試著寫情歌的。而且我已經很久沒有談戀愛了。

老天。我真的需要把自己的魔法找回來。我打開衣櫃，開始搭配我這一個星期的造型。沒有什麼事情比構思穿搭更能提振精神了。

有人敲了敲房門，仙姬的頭探了進來，剛沖完澡的她頭髮微濕。她的極短髮已經長長了，在她耳後自然地捲曲。幾個月之前，仙姬的父母要求DB剪掉她的頭髮，說這樣才能讓她和我們這群女孩不一樣。我們現在也許是國際巨星，但有時候，我們的爸媽還是把我們當作需要他們規劃職業生涯的十一歲小女孩。剪完頭髮後，女孩們叫她「啵樂樂」叫了好幾個星期，取笑她是戴著頭盔的卡通小企鵝。我知道她還是有點介意自己的髮型，因為她還是會去玩她的髮尾，但我覺得這個造型很可愛。這個髮型完全符合她小天使般的面孔。

「我可以進來嗎？」她說。

「當然。」我說。「別介意我滿床都是衣服喔。我正在搭配下星期的穿搭。」身穿絨毛浴袍的仙姬踏進房裡，看向我的床，然後輕碰了一下我準備明天穿的復古LV薄荷花連衣裙。「我好愛妳今天在機場的穿搭。」她讚嘆地說。「難怪尼爾・克萊默會標註妳。我真希望我的品味跟妳一樣好。我的照片從來就沒有出現在那種機場時尚的貼文裡。」

想到這件事，又讓我興奮了起來。我今年春天真的有機會去巴黎時裝週嗎？這感覺太不真實了。

「妳在說什麼啊？」我拍了拍床上的空位，示意她坐下。「大家都超愛妳在成田機場穿的那套可愛的直筒連身裙好嗎。」我知道仙姬需要一點鼓勵。每次她需要人幫她加油打氣時，她就會跑來找我。「妳知道，就是Burberry的那件襯衫式洋裝？我自己也超想要一件的，但妳穿起來比較好看。」

「真的嗎？」她似乎振作了一點。

「當然了。妳看。」我從衣櫃中翻出一雙白色的綁帶踝靴。「那件洋裝配上這雙靴子應該會超辣。如果妳想要的話，我可以借妳穿。」

「真的?」仙姬尖叫。她接過靴子，然後伸手抱住我。「我高興死了!謝謝妳!」

就很多方面來說，她都讓我想到莉亞。她們的個性完全不同，但她們兩人的年紀只差兩歲，而我發現在仙姬身邊，我就會自動切換成大姊姊模式。

我不是只把她當成妹妹而已。不論如何，所有Girls Forever的團員們都像是我的姊妹。我們會爭執、會吵嘴，但我們卻又一起生活，我們也知道彼此太多的秘密，像是永恩可以背出《魔髮奇緣》的每一句詞，或是只有樂天蛋黃酥能舒緩秀敏的抽筋症狀。我和她們相處的時間遠超過我真正的家人，而也許我和她們的關係並沒有像和莉亞那麼親密，但至少在她們需要我時，我還能陪伴她們。

「認真說，妳最棒了，瑞秋。」仙姬已經穿上了靴子，但配上她的浴袍，看起來有些可笑。

「沒問題啦。」我微笑道。「姊妹不就是這樣嗎?」

……✦

隔天，我們全都前往DB的健身房，進行例行的運動。我一直在想要去問魯先生能不能讓我參加尼爾．克萊默時裝秀的事，有兩次差點摔倒在跑步機上。最後，我們的訓練師終於放我們離去了，我則朝DB的會議室走去。我知道魯先生和其他高層週三的例行會議正準備要結束。我在門外等著，試著穩住自己的呼吸，兩小時的有氧運動和在血液中流竄的緊張之情，使我有些上氣不接下氣。

「別擔心，我相信他會答應的。」仙姬鼓勵地說道。

我被她的聲音嚇得跳了起來，轉過身我才發現八個Girls Forever的成員們都在走廊上，等著看DB會給我什麼回應。除了米娜獨自上《露營吧！》的通告之外，我們其他人都還沒有過個人的宣傳或活動。我知道有些女孩像仙姬一樣真心為我加油，不過其他人有點希望他會拒絕我，因為她們嫉妒我能有這趟旅行，又有點希望他會答應，因為這樣代表她們未來也能有這樣的機會。

門打開了，幾個DB高層走了出來。我們在他們經過時鞠躬敬禮，但他們太專心在討論著什麼，甚至完全沒有注意到我們。

「……這會是個大好機會。」其中一個高層沈小姐說道。

「嗯哼。」另一個高層林先生說。「Vogue可不是天天都會對我們產生興趣。」

我愣在原地。他說的是Vogue嗎？我好想知道他們在說什麼，但我已經錯過了那個時機。會議室現在只剩下魯先生坐在桃花心木長桌的尾端，正審閱著幾份夾在皮革資料夾裡的文件，韓先生則站在他身後，一邊在平板上做著筆記。

我把馬尾整理好，快速檢查了一下自己的體味，然後敲了敲打開的門。「不好意思，魯先生。」

他從文件中抬起眼。「瑞秋。」他訝異地說。「哈囉，這是怎麼啦？」他注意到我身後的一群女孩們。

「我在想，您有沒有時間和我討論一件事呢？」我問。

「當然。進來吧，女孩們，進來。」他把眼鏡推好，和韓先生對看了一眼。「其實呢，妳們來得正好——我們正打算要找妳們來開會呢。」

是嗎？為什麼？這和高層們離開時討論的事情有關嗎？Girls Forever有機會和Vogue合作了嗎？

我們走入會議室，低頭向韓先生與魯先生打招呼，然後聚集在桌邊。一陣沉默。我不確定是我該起頭，還是我該讓魯先生告訴我們他打算叫我們來開會的原因，但接著，魯先生就開口了：「好吧，瑞秋。妳有什麼事要和我討論？」

我告訴他尼爾·克萊默邀請我的事，並把IG的貼文給他看。最後我說，能去參加這場時裝秀會是我的榮幸，我也會確保自己不和Girls Forever現在已經安排好的活動有任何時間上的衝突。

我雙手交握，等待著。時間一分一秒過去，我的心緊揪起來。我可以看出魯先生猶豫不決的表情，隨著時間流逝，他的眉頭越皺越深。

「真是幸運啊，瑞秋。」最後他說。「看來妳要準備去巴黎啦。」他僵硬地微笑著。「我們會讓經紀人把這排進妳的行程裡的。」

我噗的一聲吐出屏住的氣息。「謝謝您，魯先生！您不知道我有多——」

「好。」魯先生打斷我的話。我把剩下的句子嚥回肚子裡。看來我們這件事已經討論完了。「我有些好消息要告訴妳們。」他在座位中傾身向前。「妳們受邀參加一集《一、二、三，向前衝》的錄影！」

噢。所以不是Vogue的事。

我看過幾集《一、二、三，向前衝》。來賓會參與要不就是超難、要不就是超糗、要不就是又難又糗的遊戲競賽，例如得在吃完兩包辣雞炒麵之後，穿著充氣恐龍裝跑五公里的賽跑。看節目是很有趣，但是上節目實在不是我的夢想。

「妳們要錄影的節目，會是一部兩集連播的特別集，下個月初要去新加坡錄影。」韓先生補充道。

女孩們立刻開始興奮地交頭接耳，我也振奮了起來。新加坡？這樣就有點看頭了。我愛新加坡。

「妳們的競爭對手是另外三個女子團體，包括ＤＢ最新的女團SayGO。」魯先生又加了一句。

我的心情變得更好了。在我出道不久後，莉亞也加入了ＤＢ娛樂當練習生。幾年的訓練後，她就以女團SayGO的身分出道了。如果莉亞也會去，那我當然不會錯過。節目要安排什麼競賽，儘管來吧！

魯先生打發了我們，女孩們便準備離開會議室。大家已經開始討論起新加坡著名的辣椒蟹餐廳，還有濱海灣金沙酒店頂樓的無邊界泳池，但我還逗留在門口。我非問不可。

「呃，魯先生。」我清了清喉嚨。他再度從文件上抬起眼，好像很驚訝我居然還站在那裡。「林先生剛才是不是有提到，Vogue有興趣和我們合作？」

他藏在鏡面鍍膜的眼鏡後方的雙眼，幾乎立刻就瞇了起來，他搖搖頭。「沒有。」他簡短地說，再度開始看起文件。「妳們團體沒有要和Vogue合作。」

「噢，但我好像聽到——」

「瑞秋，妳已經要去巴黎了。我建議妳最好滿足於現況，把剩下的宣傳機會交給我來操心就好。」他冷冷地說。然後他對著韓先生點點頭，他便從桌邊站了起來，朝我所站的會議室門口走來。有那麼一刻，我想我在韓先生眼中看見了一絲同情，但接著，門就當著我的面關上了。

第三章

「妳們知道這些海灘其實是人造的嗎？」永恩從太陽眼鏡下看著潔白的沙灘。「這些沙都是進口的。」

「妳怎麼知道？」秀敏問。

「我在來的飛機上讀到的啊。」

秀敏低聲吹了聲口哨。「就人造海灘而言，這還不賴嘛。」

我們一抵達新加坡，就立刻前往南岸的離島聖淘沙。現在的時間也許是二月初，但新加坡的溫度根本就是永無止境的夏天。我希望自己的皮膚在鏡頭上看起來是天然潤澤，而不是看起來像快被這裡的濕度給悶死。

拍攝組架設設備時，我掃視著海灘，藍綠色的海水和遠處的貨船盡收眼底。沙灘的不遠處有一群人在打著排球，專業地把球拍過來又打過去。然後我的視線便落在最美好的風景上——

「姊！」

莉亞和另外四個SayGO的團員們聚集在附近一棵椰子樹的陰影下。我繞過我自己的團員們，朝莉亞奔去，給了她一個大大的擁抱。

「嗨，大家！」莉亞邊說邊快速朝我們敬了個禮，友善地揮揮手。

「裙子不錯嘛。」我撞了她的屁股一下，她則開玩笑地翻了個白眼。她穿了一件簡單的黃色短版上衣，配上印著小雛菊的霓虹迷你裙，不過這條裙子是她去年夏天從我的衣櫃裡翻走的。

大部分的女孩們都回應了她的揮手，然後開始和我們接下來競賽的其他團體們聊起天，但米娜和麗茲只是繃著嘴角微笑，瞪視著莉亞。我把莉亞拉到一旁，問她飛來的航程順不順利，但接著麗茲便用足以讓我們聽見的聲音喃喃說道：「妳有看見她跟我們敬禮的樣子嗎？那根本就不算是敬禮吧。」

「對啊。」米娜說。「她還比仙姬小了一歲呢。她真的不懂要怎麼尊重前輩耶。」

每次只要莉亞和Girls Forever互動，就一定會發生這種事。我有些團員很不爽莉亞這麼快就能加入ＤＢ、然候出道，尤其是因為她們也希望自己的妹妹能走一樣的路。麗茲的妹妹只比麗茲小了一歲，為了要把她拉進ＤＢ，麗茲已經嘗試了好幾年了，但不知道為何，ＤＢ就是不願意簽她。

莉亞只是微笑著，對我翻了個白眼，讓我知道她一點都不在乎麗茲和米娜的評論。

「妳有沒有記得擦防曬油？」我問她。

「相信我，上次我們家一起去海雲台海水浴場之後，我就再也不會忘記了。」她扮了個鬼臉。

「紅得跟龍蝦一樣。」我們用媽標準的擔心語氣，異口同聲地說道。

「我們前幾天晚上才講到那次旅行的事。」莉亞說。「媽去買了魚板當晚餐。是很好吃啦，但是不像釜山的那麼好吃。我還是很想念海雲台那邊吃到的魚板。」

莉亞出道時，我要她繼續和爸媽住在家裡，而不是馬上就和團員一起搬家。她比我出道的年紀還小，而我希望莉亞還是能繼續當個孩子。當她生病時，有人可以哄她睡覺，當她壓力爆表時，還有人能為她分憂。現在聽著她們描述在家裡的溫馨夜晚，一邊吃著好吃的外帶食物，一邊回想著我們家最棒的一次家庭旅行，我突然覺得想家、嫉妒、又有罪惡感。我一直沒有時間回家坐坐。就和我想的一樣，巡迴後的行程塞滿了回國見面會，還有與聲音教練和物理治療師的復健療程。我都覺得我還沒有完全拆箱完我的行李，我們就又打包飛來新加坡了。當然，我父母都說他們可以理解，但我總是看得出來他們的失望。爸爸傳給我的最後一個訊息，只有附帶兩個表情符號：**別擔心，女兒。希望很快就能見面啦（笑臉）（椰子樹）**，而不是像往常一樣十幾個。

「總之呢。」莉亞的話把我從思緒中拉了出來。「我最好去找SayGO的團員啦。可不讓她們覺得我的競爭心軟化了。」

我笑了起來，莉亞對我眨了眨眼，然後回到她的團員身邊了。

然後我就看到她們了。TeenValentine。她們是三年前出道的八人團體。我的視線緩緩地轉向一張熟悉的臉，我屏住氣息。

是增田明里。她是我先前最好的朋友，也是DB的練習生。但那是在她被交易到另一個公司，而我們再也沒有見面之前。

好吧，我還是有見到她。不久前，我在東京RARA獎的頒獎典禮上遠遠地看到她一眼，而我知道我們一起參加過很多場活動，但我們卻從來沒有交集。不像現在這樣。沒有這麼靠近。

她顯然是變了，但那絕對是明里，我不會認錯。我認得她移動時優雅的氣質，以前在DB的走廊上，我就算離她一哩遠都能認出她芭蕾舞者的步伐；當她看到我站在沙灘上時，她驚訝地瞪大眼睛的模樣也證明了是她。以前我和她都還是練習生時，我告訴她我和朱米娜交手的鬼故事時，她都是這個表情。

「好啦，小姐們，集合！」這個節目的主持人是著名的諧星MC楊，從我小時候就主持過各種熱門的實境節目。我爸和我都超愛他的。他基本上就是韓國的國民叔叔。我們聚集過去，他則開始講解遊戲規則。我們要在島上進行一系列的哪些競賽，還有分數分配的標準。老實說，我有點心不在焉。我只是一直在想，如果有機會的話，我要和明里說什麼。我可以說什麼呢？**嘿，明里，我們在當練習生的時候，我真是個爛朋友，妳被交易之後，我也沒有和妳聯絡，但現在見到妳真是太好了！**

光是想到這幾句話，我就覺得一陣畏縮。我真希望自己知道要怎麼彌補，告訴她我們的友情這樣分崩離析讓我有多愧疚，但現在我們之間過了太久，我根本不知道要從何開口。

「妳們準備好了嗎？」MC楊問道，讓我不再思考和明里道歉的事，轉而專注在眼前的任務上。

「好了！」女孩們喊道。

「就想聽妳們這麼說。」我們的熱情讓MC楊笑了起來。「那我們就開始了：一、二、三，向前衝！」

……✦

雖然我和女孩們更高興的是我們來了新加坡、而不是上節目，但現在既然要玩遊戲，我們就決心要贏。我可以感覺到那股競爭之火在我們團內能能燃燒起來。

「不要再幫別隊加油了！」每次只要我在遊戲中和莉亞擊掌、或是幫對方加油時，米娜就會這樣對我大吼。我想贏，不代表我就不能有餘裕幫莉亞打氣。我們的姊妹情誼讓MC楊面帶微笑，喊道：「加油，金家姊妹！妳們可以組成自己的兩人小隊啦！」鏡頭也很愛我們。每次只要我和莉亞有互動，鏡頭就會對焦在我們身上。我們已經很久沒有這樣相處的時間了。我相信每一次在交替賽中錯身而過、或是在遊戲中對到眼時，我臉上就會一直散發出喜悅的光芒。在吃榴蓮大賽中，我們光是聞到榴槤切片的味道，就讓我們忍不住乾嘔。MC楊說，這個氣味太強烈、又太惡名昭彰地臭，所以新加坡的大眾運輸捷運甚至禁止乘客攜帶。我看見莉亞扮了個噁心的鬼臉，我則一手摀住臉，想要藏住我的竊笑，但我知道攝影機一定拍到了。

攝影組也很愛米娜的競爭心。我很確定他們都認為她是為了節目效果而故意誇張而已，但我太了解米娜了。她的競爭心百分之百是真的。她最討厭的就是輸，不管那個競賽有多小。這大概是她與生俱來的吧。善英踩著四寸高的楔型平底涼鞋，在叼湯匙傳雞蛋的比賽中落後了，而米娜大叫著叫她把鞋子脫掉，然後喊道：「快點，朱家人不會輸的！」接著她的臉一紅，自我修正道：「我是說Girls Forever。Girls Forever是不會輸的！快點，善英，打赤腳吧！」

等到我們開始打沙灘排球賽時，我們的火力達到最高點。我們也許不像先前在海灘上的那群人打得這麼好，但我們的移動順暢得像是上過油的機器。我把球拍給米娜，她則完美地把球推向智允，智允再把球打過網子，伴隨響亮而讓人心滿意足的啪的一聲巨響。球從善英手上傳給了秀敏，再到永恩手上，一次都沒有碰到沙地。我們缺乏的運動細胞，靠著和諧的團隊合作給彌補了過去。就像我們在紅毯上的合照站位，我們很清楚自己在團體中的位置。我們流暢地變換隊形，就像在舞台上表演舞蹈時那樣。別的團體根本沒得比。我們也許有時候會激怒彼此，但在面對對手時，我們總是有辦法團結一心，就算只是在參加一個愚蠢的遊戲節目也一樣。

最後，我們毫不間斷地玩了一整天的挑戰，最後再浮誇地計算分數，評審們便正式宣佈Girls Forever贏得了這次的《一、二、三，向前衝》。天上落下星型的彩紙，派對音樂大聲放送，MC楊給了我們一個上面寫著「一」的大獎杯。整個活動都有點荒謬，但我發誓，這感覺幾乎就像是Girls Forever第一次在RARA獎得到年度藝人獎時一樣甜蜜。結束錄影後，我們決定在嘉佩樂酒店的套房裡點一些酒來慶祝。我們的套房有一個私人的露天按摩浴缸，可以眺望海景。我們的經紀人說，我們今天接下來的時間就會待在聖淘沙，晚上再前往市區，在新加坡待上最後一晚，隔天早上再飛回首爾。

TeenValentine現在就要去機場了，正沮喪地爬上她們的接駁車。我看著明里離開，罪惡感與悲傷之情匯聚在我胸口。今天的拍攝太緊湊了，我們不斷在拍攝地點之間移動，只要攝影機停機時，工作人員就會對我們大聲下達指示，讓我們根本沒有機會對話。當她們的接駁車離開飯店停車場時，我覺得我再度錯失了一個機會。我想我今天又沒辦法道歉了。

……✦

「我真的可以在這裡坐一輩子欸。」恩地嘆息一聲，把自己在水裡泡得更深。按摩浴缸四周種植著茂密的綠植，一邊的石牆上還有一座迷你瀑布。我們感覺是真的找到了天堂的一個小角落。

「我也是。」秀敏忘我地說。「就把我留在這裡吧。我明天不想再搭飛機了。首爾那裡好冷。」她扮了個鬼臉。「等不及科技可以讓瞬間移動成真的那一天了。拜託不要再搭飛機啦。」

「如果妳這麼討厭飛機，妳要怎麼背包旅行環遊世界啊？」善英取笑道。

「我就說了，瞬間移動啊。」秀敏意有所指地說。

麗茲把卡在玻璃杯一角的鳳梨剝了下來，放進嘴裡，揚起眉毛。「妳什麼時候想要去背包旅行啦，秀敏？」

「呃，一直都想。」秀敏說。「這從我小時候就是人生必做清單上的其中一件事。」

我從沒想過秀敏會是想要環遊世界的那種人，因為她好討厭搭飛機，但現在她提起了，我完全可以想像她只背著一個大背包、就在全世界走透透的模樣。「我可以想像耶。」

「我的人生夢想是登上百老匯或是倫敦西區表演。」善英嚮往地說。

「真的嗎？」正用瀑布水按摩肩膀的永恩說。「但妳一直都跟粉絲說，妳除了當偶像歌手之外什麼都不想的。」

善英聳聳肩。「我不想讓他們失望嘛。但我真的很愛音樂劇。要是真的能參演，不是就跟做夢一樣了嗎？」

我從來沒想過這一點，但我現在也可以想像。善英一直都是我們的MV中表情最戲劇化的一個。她在劇場的表現一定會很棒。

「我的夢想是在老家開一個舞蹈學校。」智允說道。她的老家在大邱，不過在開始參與DB的訓練後，她就搬來首爾和阿姨一起住了。她的父母還住在大邱，我也一直覺得她好像想要多回家幾趟。她已經很久很久沒有回去了。

「我想要結婚，生一大堆小孩。」恩地說。

「一大堆是多少？」秀敏問。「三個還是七個？」

恩地聳聳肩。「越多越好。我是獨生女，所以我從小一直都希望我家能有一大堆小孩跟我一起玩。我想要確保我的孩子以後有這樣的生活。」

「我是一家五個小孩的老三，我得警告妳，小孩真的不是越多越好喔。」永恩說著，使恩地笑了起來。

我向後靠在按摩浴缸的邊緣，喝了一口自己的飲料。我發現自己有點嫉妒她們每個人對自己的未來都有這麼清楚的理想。當我試著想像自己追求偶像歌手以外的其他創意事業時，我卻只能看見一片空白。就像我每次想試著寫點歌詞的時候，我的藍色筆記本裡面的空白頁面。

「妳的歌寫得怎麼樣啊，瑞秋？」米娜問道。

我向前傾身的速度太快，差點就把整杯百香果口味的雞尾酒給灑進水裡。我們對彼此的理解程度真的驚人得詭異。有時候我們好像真的可以讀到對方的心。我看向坐在我對面的米娜，她只有腳趾泡在水裡，巨大的太陽眼鏡遮住了她的雙眼。

「寫歌？」恩地問道。

「對啊，她最近一直在寫歌。就在她那本藍色筆記本裡。」

我繼續驚訝地看著米娜。我以為沒人知道這件事的。

「拜託，我什麼都知道好嗎。」她竊笑地回答了我沒問出口的問題。然後她的表情緩和下來，若有所思。「妳知道，我其實真的很佩服妳的拚勁和獨立呢。」

等等。朱米娜在誇獎我嗎？我對她眨了眨眼，不太抓的到現在對話的走向。「謝了。」我最後說道。

「我是說，巴黎的事……還有個人專輯……妳好努力要追求自己想要的東西啊。」

我看見其他幾個女孩互相對看了一眼。當你身處於一個團體中時——尤其是像Girls Forever這麼成功的團體——「個人專輯」這個詞的意義就特別重大了。雖然我們其中一人可能會偶爾參與某一部電影的原聲帶錄製，但偶像們很少在還身處某個團體中時推出完整的個人專輯。這通常是會保留到準備展開個人事業的時候。而當其中一個人脫團時，那就像是抽走疊疊樂中的其中一塊積木一樣。那一塊缺失的部分，也許會讓整座高塔應聲而倒。

「噢，我沒打算要推個人專輯什麼的啊。」我說，一邊緊盯著米娜深色墨鏡中自己的倒影。我要讓她知道我說的是實話。我也要她別再節外生枝了。「那些歌詞只是寫好玩的。抒發創意而已。就像永恩做烘焙那樣。」雖然截至目前為止，我的寫作經驗實在稱不上「好玩」。比較像是**比去看牙醫好一點點**。我只是想要確保自己有持續在練習，試著讓自己更擅長寫下歌詞的過程而已。

「嗯，永恩，我們回去之後，妳可不可以再多做一點妳的創意抒發呢？」智允問。「我好想吃妳做的巧克力可頌。」

「其實我在想，以後我會想要出國去唸服裝設計。」我柔聲說道，但就連我自己都嚇了一跳。「也許有一天我可以開發自己的服裝品牌。」

我認真不知道這個念頭是哪來的……或者其他人到底還有沒有在聽。她們似乎已經轉移話題，開始爭論永恩做的巧克力可頌到底有沒有比香草奶油夾心甜甜圈來得好吃，但儘管如此，我還是忍不住第一次把這句話大聲說出口。

也許這想法真的不是**那麼**古怪。每次我翻開藍色筆記本，準備想要寫一點歌詞的時候，我都會翻過我以前畫的那些穿搭草圖。我以前很喜歡素描，但在成為偶像歌手的途中，這個嗜好不知怎麼地就消失了。而在我以為我們和Vogue有合作機會，還有想到接下來要去巴黎的旅行時，我是那麼興奮，也許這個——時裝設計——就可以是我的夢想。但就因為粉絲喜歡我的機場穿搭、或者一個設計師在IG上對我特別偏愛，這也不代表我就真的有本事踏入這一行。

「妳絕對會很適合的，瑞秋。」仙姬說著，一邊對我投來鼓勵的微笑。

「我完全可以想像妳去倫敦唸設計的樣子。」智允補充道。

我的心亮了起來。所以她們其實有聽到，而且她們認為我會做得到。「真的嗎？」

「但DB會容許這種事嗎？」米娜邊說邊用吸管攪著她的草莓調酒。「讀設計？設計自己的服裝品牌？他們大概會說，這樣會佔用妳太多Girls Forever的行程時間啦。」

哎。就讓米娜毀了整個氣氛吧。又一次。「我們在講的是**未來**。那妳的人生目標清單上有什麼呢？」

「我的？」米娜眨眨眼。「我沒有啊。」

「我記得你說過妳有一天想要去好萊塢演戲的？」麗茲說。

「那是我們兩個的秘密。」米娜看了她一眼。「再說，我也不是說那是什麼人生清單夢想之類的。我只是覺得那可能會很好玩而已。」

「對不起，我不知道那是秘密。」麗茲咬著嘴唇。「但認真說，我覺得妳會很適合好萊塢。」

「我也覺得。」我同意道。而且我是認真的。我從沒聽米娜提過好萊塢，但她確實擁有那裡所需的奪目光彩。還有野心。

「我加一。」善英說。

米娜一邊的嘴角勾起。「我也這麼想。」她的微笑褪去。「但我爸是不會同意的。他想要我一輩子留在韓國，這樣他才能一直監督我。」她聽起來有些沮喪，但在我們來得及做出評論之前，她便很快地聳聳肩，轉移了話題。她抬起太陽眼鏡，雙眼閃爍著邪惡的光芒。「所以我猜我得找個更好達成的人生目標了。」

「噢，是嗎？那是什麼？」恩地問。

「當然是佔領全世界了。」

「老套。」麗茲翻了個白眼。

米娜用腳往麗茲身上踢起水花，使麗茲尖叫出聲，然後往她身上潑水。很快地，所有的女孩都開始打起水仗，大叫、大笑著，試著保護自己的飲料。我跟著笑，但我的心思不斷回想著米娜剛才說的話。

我知道我說的都還只是未來，但老實說，我想像的未來可能近在咫尺。如果我真的想要走時尚產業，DB真的不會支持我嗎？

……✦

我們離開聖淘沙，回到新加坡，準備入住今晚的旅館。在太陽下待了一整天，讓我身心俱疲。今晚適合早點就寢、待在房裡叫客房服務的港式點心、然後嘗試幾款新的面膜。我還在考慮要用珍珠精華款、或是蘆薈舒緩款，莉亞卻突然出現在我的房裡，全身散發著活力。我發誓，這小妞真的從來都不會累的。

「我們要溜出去。」她手上拿著一副太陽眼鏡。「妳有墨鏡吧？」

「溜出去？」我笑了起來。DB管我們管得很緊，宵禁可不是什麼新聞，就連偶像也無法倖免。但現在才下午四點，而且我們不是小孩了。如果我們想要，我們就可以離開飯店，不必用像莉亞現在構思的那種刺客般的作法。「話說回來，妳知道就算戴了墨鏡，人們都還是可以認出妳來吧？我在還是可以看見妳八十七%的臉。」

「拜託啦，姊。」莉亞說著，一邊把墨鏡壓低，讓我看見她水汪汪的大眼睛。「我們什麼時候才會有這種機會呢？我和妳在新加坡，還有大把的空閒時間，就連保鑣今晚都放假！再說，大家都知道狗仔在新加坡基本上是違法的，所以我們沒問題的啦！」

這倒是真的，新加坡對於對名人拍照這件事有非常嚴格的法律規範，所以我們在這裡通常都能不受他人打擾。不過……我嚮往地想著本來能穿著毛茸茸浴袍一整晚、在房間裡耍廢的……

「我們只會出去幾小時，然後我們就會直接回來了啦。反正我今晚還是要回來跟SayGO一起團練一下。」莉亞踩著腳跟，在原地跳動著。「我們明天一回到首爾就要上節目，但玉繽覺得我們完全沒有準備好。」

我不知道我和莉亞有多久沒這樣好好相處了。今天見到她的感覺真的很好，但在聖淘沙跑透透、參與古怪的挑戰遊戲，並不是姊妹倆聯絡感情最好的方式。莉亞現在自己也有自己邁向成功的道路，像這次我們同時有空的狀況，只會越來越少見。我們可以擠在一起，在房裡一起敷面膜，但話又說回來，新加坡真的很好逛街。如果浪費掉這機會，就太可惜了……

「好吧，好吧。」我說。我拿起我自己的貓眼墨鏡，掛在臉上。「就幾個小時。」

「就幾個小時。」莉亞同意道。她勾住我的手臂，指向房門。「我們走吧！」

第四章

烏節路真的是採購奢侈品的好地方。這條長長的大道兩側盡是品牌店家，還有充滿未來感的百貨公司，閃爍著霓虹的光芒。我覺得我好像掉在一個專屬於我的小天堂中央。

我們去了新加坡最老的百貨公司「詩家董」挑紀念品。我們在ION迷了路，那是一個巨大而閃亮的八層樓購物中心；在Celine試戴各種太陽眼鏡、在香奈兒試穿各種鞋子，還在愛馬仕試戴各種絲巾。

當我們走出Dior，準備前往Prada的時候，莉亞笑了起來，紫色的霓虹光線從購物中心的LED燈牆上投射下來，在她臉上暈開。「我就叫妳出來逛逛，怎麼樣，高興嗎？」

「高興啊！」想想，我差點就選擇了客房服務呢。「快點，我們走吧！」

這個晚上，我們走過了無數的店家，記憶只剩下一連串模糊的光芒和與莉亞的笑聲。我們試穿了所有喜歡的東西，拍了無數張自拍照。莉亞說得對。這裡沒有狗仔躲在街角準備偷拍我們的照片，而我們在外面待得越久，我就越放鬆。

當我們走進第十間店（或者是第一百間——誰還記得啊？）時，我的視線立刻被陳列在牆上的包包們給吸引了。更準確的說，是一個包包：那是一個巴黎世家的蛋殼藍羊皮肩背包，背帶上用繡線繡出了美麗的細節。

我像是被磁鐵吸引般靠了過去，脈搏加速起來。

皮革的觸感好軟，味道像極了清新的起點與第二次機會，像是杏仁冰淇淋和梔子花香。這個包包堅固卻不沈重，但大得可以放下一本書、手機、化妝包，還有手持迷你扇——這是我這輩子唯一所需的一切了。背帶舒適地貼在我的肩頭，就像命中註定一般穩妥。我看過介紹這個小寶貝的文章，但這是我第一次親眼見到它。而我立刻就知道了：就是它。這是我的機場穿搭最完美的配件。這是我的心臟，只是做成了包包的形狀。這就是命中註定的那個包包。

「姊，太讚了！我都轉不開視線了。」莉亞從我後面走了過來。「這上面根本就寫了妳的名字啊。」

「對吧？」我壓低聲音說道，好像我們不小心闖進一間教堂，但基本上也差不多了，因為我覺得我現在就在經歷靈魂的甦醒。我把價格的標籤翻了過來。這……嗯，用包包的形式經歷宗教體驗，大概就是這個價格吧。

「妳要買嗎？」莉亞問道。

「我……」

不買的話，我晚上一定會睡不著……

不買的話，我會後悔一輩子……

不買的話，我這輩子再也不會遇到包包的真愛了……

「……再想一下。」我大腦僅剩百分之五的理智再度甦醒，開始警鈴大作，我便不情願地說道。我媽在我腦中灌輸的儲蓄觀念根深蒂固：**絕對不要一口氣把超過月薪的錢都花掉**。雖然我購物成癮，我腦中還是一直有個小聲音在提醒我。我把包包放了下來。

先這樣。也許我鋼鐵般的意志和不可動搖的自律心會戰勝，或者我明天早上再來買這個寶貝，我想不管怎麼做都是好的。

我們離開購物中心，站在烏節路兩側寬闊的人行道上，然後我感覺到一股下午走出電影院時會出現的那種失調感。只是這次，我們不是從陰暗的戲院走進耀眼的陽光裡，而是反過來。燈火燦爛的購物中心外，我驚訝地發現天空帶著粉紫色的雲彩，太陽已經快要下山了。莉亞看了看時間。「我們是不是該回去了？如果我錯過排練，我團員會殺了我的。」

不敢相信居然已經過了三個小時。「對，我們該走了。」我同意道，但我藏不住語調裡的惋惜。能夠出來走走逛逛、探索城市的感覺太棒了。我們出來閒逛的時間感覺實在太短了。

「或是……我可以先回去，妳就自己一個人好好逛逛。」莉亞說。她咧開嘴。「看妳的臉就知道了。妳皺眉的樣子就寫著『瑞秋還沒逛夠呢』。」

「呃，我才沒有皺眉！」我開玩笑地打了她一下，猶豫著，然後伸手撫平我前額可能會出現的皺摺。我嚮往地看著烏節路。「妳確定妳可以自己回去嗎？」

「當然，走回去飯店大概也才十分鐘而已。」莉亞對我拋來一個飛吻，然後說：「只是，我不在，妳不要玩得太瘋喔。」

我笑了起來，回給她一個飛吻，在她朝飯店走去時揮了揮手。哇喔。我上一次自己這樣打發時間是什麼時候啊？對，我的工作讓我在世界各地旅行，但我身邊總是圍繞著團員、保全團隊，通常也會有一兩個DB的高層。在國外的城市一個人逛街，也蠻令人興奮的。

然後我的手機響了起來，我收到一則訊息。

妳現在在新加坡嗎?!

有那麼一刻，我嚇了一跳，立刻轉過身確保沒有人在我身後埋伏。但那只是我和趙家雙胞胎姊妹的群組訊息，她們是我從國中開始最好的朋友。老實說，就算雙胞胎現在在這裡，我也不會太意外。她們的工作人讓她們也成了空中飛人，朱玄總是在參加各種時尚和美妝活動（她是全職YouTuber），慧利則是參與各種環境友善的工程座談會和設計演練（她在她家的美妝公司Molly Folly當工程師）。

我們各自繁忙的行程意味著我們沒什麼機會常常見面了，所以通訊群組能讓我們繼續更新彼此的近況。我們的訊息內容基本上都是各種小事，像是慧利終於在7-11找到烤馬鈴薯口味的巧克力棒了；還有大事：像是朱玄的頻道終於達到五百萬訂閱人數，或是慧利終於和她交往已久的男友大鎬訂婚了。這當然每天在學校見面、或是我們固定一起吃三一冰淇淋和過夜的行程不一樣，但這是我們最好的安排了，我也心存感激。

慧利：我們在線上看到Girls Forever去那裡錄《一、二、三，向前衝！》！

啊，難怪她們會傳那個訊息。

我：對！我超愛這裡。我們錄完了，所以我在烏節路殺殺時間和我的荷包。一石二鳥，對吧？

朱玄：太爽了!!幫我買一點辣螃蟹，然後空運回來！

慧利：哈哈哈。我也要，還有，我好想妳啊。妳在那邊多久？我們在大學的一個超級好朋友現在剛好也在新加坡欸。妳們一定要見一面！

朱玄：對！記得艾利嗎？快見面。妳們一定會很愛對方的，沒在開玩笑。

這個名字聽起來略顯耳熟。噢，對了，艾利。我記得她是朱玄大一的室友之一。我記得那是我出道的那一年，Girls Forever終於獲得幾天的休假，所以我去史丹佛和雙胞胎見了一面。在四十八小時內，我體驗了加州大學生的生活方式：下午待在校園，晚上待在地板黏答答的兄弟會宿舍。如果我沒記錯的話，艾利是那個為了參加

ABC（不穿衣）派對，用扭扭樂的地墊把自己裹起來，像是穿長袍一樣的女孩，而且超會玩翻杯遊戲。

我很快地回覆訊息。

我：當然，我記得艾利啊！但我明天一早就要走了。我不知道我時間夠不夠。

一陣停頓。我想像著朱玄坐在慧利身邊，頭靠著頭，討論她們要回我什麼，然後才要打字。

慧利：來不及了，已經安排好啦。艾利二十分鐘後可以在佩托花園跟妳見面。那裡有一間超可愛的咖啡廳!!就在濱海灣花園那裡，距離烏節路不遠。

二十分鐘？但是我的獨立探索時間……雖然我很愛趙家雙胞胎，也真的很想要和她們的朋友再見面，但我獨自這樣逛街的機會真的太少了。

朱玄：快啦，瑞秋，就當是幫我一個忙！妳不是總是說妳想要有一個不在業界的朋友嗎？艾利超淡定，沒有惡意，但妳真的需要多一點這種特質。愛妳喔寶貝！

她說得也沒錯。此時，趙家雙胞胎基本上是我在圈外唯二的朋友了。能認識一些新朋友或許是真的不錯……

顯然碰上莉亞和趙家雙胞胎時，我完全就沒有原則。

我：好啦好啦好啦。妳們真的很超過，但我也很愛妳們。跟艾利說我二十分鐘後會到。

佩托花園不遠，但我不能就這樣伸手攬計程車。對街就有一個捷運站，我決定給它一個機會嘗試看看。DB的經紀人們通常會送我去我得去的地方，所以我已經很久沒有自己搭乘大眾運輸工具了。我回想著九歲的瑞秋，以前總是會自信滿滿地彎身穿過西四街車站的十字轉門，搭地鐵去上城，和我媽去自然歷史博物館打發一個下午，這回憶使我不禁笑了起來。以前那八個車站對我來說是瞭若指掌，在見到大藍鯨之前，我總是可以倒數著站名。拜託，瑞秋，你也許是個偶像歌手，但你也還是個紐約客。你辦得到的。

幸好捷運站就和這個城市裡大部分的地方一樣，明亮而乾淨，也很容易找路。我從自動賣票機買了一章票，前往電扶梯。截至目前為止，都還算順利。我只要搭上下一班車……

……已經停在月台啦！

我衝下電扶梯的最後幾階，小心避免自己踩著平底涼鞋滑倒。紐約繁忙的通勤人士會用一隻手卡住車門，好延緩地鐵駛離，但這裡有雙層門，第二層門用來阻隔月台和鐵軌，所以要強行上車幾乎是不可能的事。但我還是想辦法在門關上的那一瞬間，同時越過了兩扇門。我大大地鬆了一口氣。成功啦！真的是好險啊。

我準備去找座位，卻突然發現有人把我往後拉。搞什——我的包包，那個古老的Prada肩背包卡在內門之間了。我試著把它拉出來，但門緊緊地夾著。捷運已經開始要移動了。我焦急地拉扯著包包，同時試著忽視四周瞪視著我的乘客。新加坡這裡連在捷運上喝一口水都不准，捷運禮儀是很重要的，而我現在正像個大白痴一樣。如果這裡是紐約地鐵，就連墨西哥樂隊都可以直接上車表演，那大家大概連眼睛都不會眨一下。

「不好意思，妳需要幫忙嗎？」一個頭髮剪得清清爽爽，身穿牛仔褲和淺藍襯衫的男孩，從座位上站了起來，朝我走來。他看起來比我略大幾歲，有著一雙溫暖的棕色眼睛，臉上掛著電力十足的微笑。我不知道他的微笑是為了禮貌，還是為了憋笑。

「不用，不用，我沒事，謝謝。」我說，雖然明顯地看起來兵慌馬亂，但還是假裝一切都很正常。我暗自祈禱沒有什麼讓人出糗的東西從包包裡飛出來，掉到他身上。一個這麼可愛的男生靠過來，卻被你的衛生棉條砸到眼睛，大概沒有比這更尷尬的事了。

「妳確定嗎？」他臉上掛著饒富興味的微笑。

「真的，謝謝！一切都在我的掌握之中。」

我最後一次用盡全身的力量扯了一下包包，男孩則在我對面坐下。太棒了！門稍微滑開了一點，足以讓我的包包鬆脫，但那股動力卻讓我向後衰去……直接跌坐在小帥哥的大腿上。

「我的天啊，對不起。」我邊說邊從他身上跳了起來，好像屁股著火一樣。我知道我的臉一定紅得像甜菜根一樣，我的大腦則充斥著各種尖叫的念頭，像是：**坐在人家大腿上，要怎麼道歉才適合？還有所以我才不搭捷運的嘛！還有他穿著愛馬仕的帆船鞋，但是沒有穿襪子？**還有**我為什麼覺得他這樣很性感？**

這不是真的吧。我可以穿著六寸高的細跟高跟鞋跳複雜的舞步——那是兩倍速的甩髮滑步舞，各位——但我卻沒辦法在捷運上保持平衡、或是阻止自己對著一個性感地露著腳踝的男生犯花癡？我有什麼毛病啊⁉我今天大概有點營養失調，或者我只是缺乏帥哥太久了。

他微笑時，左臉頰上露出一個酒窩。「別擔心。事實上，妳還幫了我一個大忙呢。」

「有嗎？」我的好奇心，短暫地壓過了沖刷過我全身的羞愧感。

「對啊。我媽總是說，那個完美的女孩不會自己掉到我身上的。」他取笑地咧開嘴。「現在我可以證明她錯啦。」

我的臉又紅了起來，但這次的原因不一樣。他在跟我調情？還是我只是在我可憐的戀愛沙漠裡飢渴太久了？

我勉強對他笑了一下，然後盡快衝到捷運的另一端，找了個位置坐下。我把雙手貼在滾燙的臉頰上。

我在下一站下車，轉乘到另一條捷運線，然後又搭了一站，才終於從灣前站下車。此時我臉頰的熱度已經降下，但我像是表演失敗的彼得潘替身一樣，跌坐在一個帥哥的腿上，這個記憶仍然在我腦中鮮明地迴盪。我垮著臉看著我備受打擊的駝色包包，現在背帶的地方已經開始裂了。**老天。**我現在進入了新包包需求的紅色警戒區了。這個包包顯然讓我惡運連連。我看了看手機的時間，發現我只剩五分鐘的時間可以趕到花園了。但艾利應該不會介意我遲到了幾分鐘吧，如果我沒記錯，她是一個非常輕鬆、無憂無慮的女孩。或者用朱玄的新加州女孩語言來說，是**超淡定**。我快速經過一排排水岸旁的建築，從這裡就可以看得見海了，在城市的燈光下，像是深色的珠寶一般閃爍著光芒。不遠處是新加坡著名的超級樹，細長的枝葉劃過天際，中心的部分閃耀著淺紫色的光線。我覺得自己進入了仙境的愛麗絲，和這裡耀眼而宏大的奇蹟相比，我簡直微不足道。

最後，我終於看見了佩托花園。那是一間美麗的建築，整個圓頂是由玻璃打造而成，一叢叢植物沿著窗戶生長，並遍佈內部的陽台。我在二樓的咖啡館坐下，尋找艾利的蹤影，希望少了扭扭樂的地墊我還是能認出她來。但我在這裡只看到一對年輕情侶正在共享一塊可頌麵包，還有一個女孩正在把巧克力倒在鬆餅上，準備以後再來後悔。

我點了一杯濃縮咖啡，在窗邊坐下，然後很快地傳了一則訊息給朱玄和慧利，讓她們知道我到了。

我：坐在窗邊的位置啦！

門打開時發出一陣清脆的聲響，我抬頭，想知道是不是艾利。

我的心差點就飛到嘴裡了。

不是艾利。

是火車上的帥哥。

你在跟我開玩笑吧。我拿起菜單，彎下身擋住臉，然後快速地傳了訊息給趙家雙胞胎。

我：她要到了嗎？我們可能需要換地點喔。

慧利：她？噢哈哈不是啦，艾利是——

「瑞秋？」

我僵住了，緩緩放下菜單。帥哥正站在我身邊，拿著一杯咖啡。他左臉頰上的酒窩伴隨著微笑再度出現，他對我伸出空著的那隻手。

「嗨。我是艾利。」

第五章

艾利西絲。那才是朱玄室友的名字，我的腦子告知我的速度實在有點太慢了。至於帥哥（**艾利啦**，我在腦中糾正自己），我完全沒有印象自己在史丹佛見過他——相信我，我一定會記得他的。我瞪視著他，一個字也說不出來。他站在那裡微笑著，還有那個該死的酒窩，手尷尬地懸在空中。又一秒過去，我看見他的微笑變得不那麼肯定了。

「嗨，嗨！請坐。」我終於想起了自己應有的禮貌。我快速站起身，和他握手，然後對我面前的座位打了個手勢，途中還不小心撞翻一個紙巾架。「對不起。」我的臉一紅。「我是說剛才的事情。捷運上的事。還有現在。」**我的天啊，瑞秋。不要。碎碎念。**「我發誓，我平常沒那麼尷尬的。」我啜了一口濃縮咖啡，試著把臉藏在小小的杯子後方。

他笑了起來，一手爬過剪得乾淨利落的黑髮。「認真說，不要擔心啦。我們重新開始如何？假裝我們之前沒有共坐過同一個捷運座位這樣。會不會有點幫助？」

我深吸一口氣。好吧，可以。假裝那件事從來沒發生過。這點子我喜歡。「這樣就太好了。」

「好。哈囉，我是全艾利。很高興第一次和妳見面，我從來沒在移動的捷運上看過妳。」

「我是金瑞秋。」我微笑道。我的大腦原本還在尖叫我有多丟臉，現在卻開始尖叫這個帥哥現在有多可愛又貼心。現在。是。怎樣啦。「我也很高興認識你。」

「好喔，瑞秋，現在我們第一次見面，又從沒見過彼此，我得告訴妳剛剛在捷運上發生一件超好笑的事。」他臉上掛著充滿幽默感的微笑，說道。

……✦

喝了兩杯濃縮咖啡、又吃了半塊巧克力熔岩蛋糕後，我得知，艾利和我一樣是韓裔美國人，在紐約長大，但現居香港；他在史丹佛唸的是商業，當雙胞胎還是大學生時，他則是碩士；他喜歡刀削麵，討厭石榴燒酒；他還有兩個弟弟；他對貓過敏，但每次要去拜訪奶奶之前都要先吃過敏藥，因為她有三隻貓，分別是根據她最愛的五〇年代歌手所命名的：貓王、胖子多米諾，還有小理察。

和艾利聊天意外地輕鬆。他很有魅力、有趣又體貼，我幾乎不敢相信我們才剛認識。我覺得我好像認識他好幾年了。趙家雙胞胎說我們會很合得來，還真沒錯。

「等等，妳記得泡泡日嗎？」艾利問道。在瘋狂的命運安排下，艾利和我發現我們不僅都在紐約長大，在我搬來韓國之前，我們還唸同一所小學，西村的四十一號公立小學。

「記得啊！」我興奮地拍了一下桌子。「我的天啊，那是學校最快樂的日子。」

「比去中央公園的年度遠足還棒嗎？」他聳起眉。

「喔，當然啊，比那個好多了。」我大笑。「我是說，我很愛海豹啦，不要誤會我的意思。但是拜託，泡泡日是另一個等級的好嗎！」

每一年，在整個學校開始為期一整週的標準化測驗前一天，學校老師們都會舉行「泡泡日」，教我們這些小孩學會如何填滿答案卡上面的泡泡。老師會給我們泡泡糖（平常這是違禁品），下課活動時間，當地的消防隊會來，用水管在籃球場上吹出超巨的肥皂泡泡堆，讓我們在裡面玩。我朋友依妮茲和我以前總是會把一整坨肥皂水黏在下巴，然後兩個人都用我們最像聖誕老人的聲音說「呵、呵、呵」，直到我們真的笑出來為止。

和艾利一起回憶過去的感覺太放鬆了，我甚至沒有意識到咖啡廳另一端，那對正在共享一個杏仁可頌的情侶，正朝我們走來，直到他們站在我們的桌邊為止。

「不好意思。」女孩試探性地微笑道。「妳是金瑞秋嗎？不好意思，我不想打擾妳們，但是請問我可以和妳合照嗎？」

她充滿期望地舉起手機。「我不想打擾你」正是人們打擾別人時最常說的一句話。

「噢！」我有些措手不及。我很快地恢復正常，露出一個微笑，一邊瞥了艾利一眼，他卻只是困惑地揚起一邊的眉毛看著我。「當然。我很樂意。」

好吧，所以也許我不只是在面對莉亞和趙家雙胞胎時沒有原則而已。

她興奮地把手機交給自己的男友，然後和我合照了一張。我感覺得到艾利的視線落在我們身上，試著要釐清自己錯過了什麼，然後我突然意識到，我們在過去一小時的對話裡，一定還沒有聊到我的工作。他真的**不知道**嗎？

等到女孩謝過我的照片、離開後，我轉向艾利，有些心虛地微笑。

「好吧，我覺得這樣問妳感覺我好像很老，但是……妳是名人還是什麼的嗎？」他笑著問道。

「我……如果我說是的話，會不會很失禮？」

他又笑了起來。

「但是，對，人們有時候會認出我來。我在一個叫Girls Forever的女團裡。我們，呃，算是在韓國流行樂壇裡滿紅的。」

「噢，你就是趙家雙胞胎的**那個朋友**啊！」艾利彈了彈手指。「他們有和我提過妳。我不敢相信我居然沒有聯想在一起。對不起。」現在換他看起來很糗了。「上學和工作之外，我真的很少接觸流行文化，尤其是韓國的。認真說，我記得我看的最後一部電影是《玩具總動員》吧。」

「嗯，那也不算很久之前啊。《玩具總動員四》不是才出來幾個——」

「不是四，是《玩具總動員三》。」

「啊。如果是這樣的話，那你**真的**過時得滿悲劇的。」我記得我是和明里與趙家雙胞胎某一天放學後一起去看的，還在焚化爐的那段哭到眼睛都腫了。我想我那時候才十二歲吧。

「我是不覺得我有**那麼悲劇**啦。」他邊說邊拉平自己的上衣，好像他的尊嚴剛被人踐踏了……但這動作同時也讓我注意到他的手臂肌肉線條，正從藍色的襯衫下透出來。

我們笑了，我再度放鬆下來。

「沒關係的。」我說。我是認真的。能認識一個人，對方也能好好認識我，並且少了演藝圈在其中攪和，這感覺真的不錯。我不記得我上一次新認識一個人就能這麼快感到自在，是什麼時候了。

艾利瞥了手機上的時間一眼。「聽著，我要和朋友在附近的酒吧見面。」他說。「妳想要一起來嗎？我發誓，他們是一群很酷的人。不像我是個老扣扣。」

如果你是個老扣扣，那你是我見過最性感的老扣扣，我及時阻止自己脫口這麼說道。

有那麼一刻，我真的很想答應。我真的很喜歡和帥哥／性感腳踝／火辣老扣扣的艾利相處，過去一小時的時間就像用飛的一樣。但和剛剛那個粉絲合照，有點喚醒了我對現實的意識。如果有人發現我和一個男的一對一出遊，那我的麻煩就大了。只要有人在社群網站上貼出一張照片……我真的不該繼續踩我的運氣底線。

「我很想要，但是我可能不該這麼做。」我咬著嘴唇說。

「啊。」他點點頭。「這是流行歌壇的魔法嗎？如果妳沒有在午夜時間趕回去，你就會變成南瓜還是什麼的？」

我笑了起來，搖搖頭。但那其實也和現實相去不遠了。「不要南瓜啦。我穿橘色超醜的。但是……」我要怎麼和一個完全不在我們圈子裡的人解釋這一切？「這個產業的規則有點……複雜。我們必須得維持一個完美、天真無邪的鄰家女孩形象，對約會毫無興趣。我們的忠誠屬於粉絲，也只能屬於粉絲。但別誤會我的意思喔，**這是真的**。我們真的很愛我們的粉絲。這真的很複雜。我們不想讓人失望，如果真的讓粉絲失望了，我們的贊助商就會很失望。然後如果預售票的銷量變差了，失望的人可就多了。當然，還有一直想要塑造醜聞的媒體，還有……就像我說的。這很複雜。被人看到和一個男生單獨出去，都有可能引起極大的誤會。」

他困惑地皺起眉。「但我是說，我們也**不是單獨**的啊。」他對著咖啡廳打了個手勢。「而且……這是妳的人生。妳如果想要和誰交往，妳的唱片公司不會挺妳嗎？或者只是和一個泡泡日的老朋友在咖啡廳多聊聊，這樣也不行嗎？」

挺我。對啦，最好。我搖搖頭，回想起Electric Flower的康基娜，就因為交了男友而被退團。那是很極端的案例，但我真的不想知道DB還可以祭出怎樣的懲罰。重點是，當妳站在公司這一邊，當你是公司偏愛的藝人時，就像現在的我這樣，你的體驗真的會不可思議。很有挑戰性，卻又輝煌不已。我這麼多年來得到DB這麼多支持，是真的很幸運。但是……他們就是一間公司。我只是不想讓他們失望。我不想讓**任何人**失望。

我把這一切解釋給艾利聽，他緩緩點著頭，眼中的光芒褪去了一些。「噢，哇喔。好喔，我原本不知道。」

「對。」我懊惱地說。「所以我真的得回去了。大概吧。我是說，這樣做比較聰明。我覺得啦。」

他揚起一邊的眉毛，溫柔地微笑著，左臉頰上浮起淺淺的酒窩。「好吧，金瑞秋。我們就用泡泡日的風格解決這個問題。」

我笑了起來，雖然我不知道他是什麼意思。

「妳的選項在這裡。小心選擇，並且用二號鉛筆將泡泡完全塗黑。」他說。「A，跟我和我朋友去酒吧，然後唱幾首B*Dazzle的卡拉OK，讓我們全部無地自容。」我的臉一紅，覺得難為情，卻又很高興他記得我童年時最喜歡的女團，那是我今晚和他分享的小細節之一。「B，回去飯店，忘了今晚發生的一切，然後告訴朱玄和慧利，妳原本打算和艾利見面的，但卻被邪惡的捷運門埋伏了。或是C，負起責任回飯店，但是和艾利要電話，然後保證晚點會傳訊息給他。」

我的心一陣亂跳。「我選C。」

「正確選擇。」他咧開嘴。

……✦

他堅持要送我回去，所以我們便一起搭捷運回烏節路。搭上捷運時，他刻意誇張地替我擋住門，確保我的包包安全進入車廂，使我放聲大笑，我從沒想過取笑自己也能讓我笑得這麼開心。他對這件事的笨拙反應，突然使我沒像稍早時覺得那麼尷尬了。

車廂裡，我們坐在隔壁的座位，我腦中一直回想著坐在他大腿上的畫面。我們的腿微微碰撞著，因為座位真的太狹窄了。一部分的我想要牽起他的手，但這樣太荒謬了。當我們再度回到街上時，逛街的人潮已經消失了。大部分的店家都已經打烊，只有霓虹燈光和招牌在夜空下柔和地閃爍著。我深吸一口氣，讓自己完全愛上新加坡。當我們經過賣巴黎世家那個包包的店門時，我停下腳步，看向櫥窗。就算從這麼遠的地方看去，在微弱的光線下，它還是好美。

「怎麼啦？」艾利注意到我停下腳步，便問道。

「我的夢中情包在那裡。」我嘆了口氣，伸手比畫道。

他瞇起眼看向櫥窗。「那個藍色的喔？它有什麼特別的嗎？」

有什麼特別的嗎？你在跟我開玩笑嗎？我錯愕地轉身面對他。「那是**巴黎世家**耶，艾利。」

他瞪視著我。「我知道啊，但我還是要問。」他給我的表情就像是個挑戰，而我意識到，對一個穿著愛馬仕帆船鞋的男生而言，設計師品牌的名稱對他來說不代表任何東西。

我深吸一口氣，好像準備要教授一堂課似的。「好吧。你看，它包包的做工完全是另一個等級的。輕薄的皮革比其他品牌都還要輕巧，但是同樣有韌性，這完全是時尚界的一個革命性發展。它是柔韌和堅強的完美結合。你看到那個繡線嗎？那全部都是手工的。」我又深吸一口氣。我都不知道我對此能感到這麼亢奮。但時尚產業並不只是美麗的商品而已。這是用有意義的方式述說故事的藝術，就像這個包包一樣。

艾利沉默著，若有所思地看著那個包包。「好喔。」

「所以你懂了？」我問。

「不，我的意思是，『好喔，妳剛剛突然米蘭達．普瑞斯特利上身了是不是？』」

老實說，《穿著Prada的惡魔》是我最愛的美國電影之一。

「好吧，西元兩千年後就不再看電影的先生。」我邊說邊翻了個白眼，伸出手想要打他的手臂，但艾利抓住了我的手。

「嘿，我是認真的。」他用那雙溫暖的棕色眼睛看著我。「我覺得妳這麼熱情真的很棒……那是巴黎世家，對吧？」我點點頭，但現在我的心跳得太用力，我實在不信任自己開口。「『柔韌和堅強的完美結合。』嗯，妳這麼說的時候，聽起來真的很像一個夢中情人——我是說包包，包包！夢中情包。現在我真的懂了。」

他再度咧開嘴，我則開玩笑地打了他一下，但不知為什麼，這感覺和我先前和莉亞玩的時候不太一樣。不是「噢，閉嘴啦！」而更像是「我真希望今晚不要結束，但至少我可以摸到你的手臂吧」。

有那麼一秒，他停了下來，直視著我的雙眼。我的呼吸變得輕而急促，哽在喉頭。

然後那一刻就過去了。

……✦

艾利陪著我幾乎一路走到了飯店前。我在兩個街口之外阻止了他，以免別人看到了之後以為我們兩人在約會。但是……如果別人這麼想的話，真的有錯嗎？這確實**感覺**像個約會。一個真的、真的很棒的約會。

「所以，我們就說晚安囉？」艾利問。

我抬眼看向他。他露出帶著酒窩的微笑，而我突然湧起一股想要吻他的衝動。

我很快地向後退開。雖然我很想念戀愛的感覺，艾利也真的是很棒的人，但演藝圈和愛情就是不能混為一談，不管我多希望能兩者兼顧都一樣。我得記牢這一點。

「對。」我說。「晚安了，艾利。」

「晚安，瑞秋。」

當我轉過身離開時，我感覺得到他的視線一路跟著我，直到我消失在飯店巨大的玻璃門內。強烈的冷氣撲面而來，我突然有點後悔這麼快就結束了我們今晚的相處時間，但立刻就被興奮之情給取代了。我們也許今晚先說了晚安，但我確實選了C。我的手指抓住口袋裡的手機，他的號碼就安安全全地儲存在裡面。我覺得和他以朋友的身分傳傳訊息無傷大雅，就像我和趙家雙胞胎的群組訊息那樣。完全沒有遐想。只是和圈外人士建立友情的一個機會。就像她們說的，我需要更多圈外的朋友！我可以好好控制自己對他腳踝的奇怪執著、偶爾想要對他的臉上下其手的慾望、還有擠在一起看《玩具總動員》的詭異幻想的……對吧？然後我的手機一陣震動，我的心差點就跳出了喉頭。

艾利：只是想確認妳有沒有安全進門。再次感謝今晚的相處時間。不確定要從小學、捷運、還是咖啡廳來算……但不管哪一個算是我們的第一次見面，我都很高興我認識了妳，金瑞秋。

我臉上的傻笑簡直荒唐得無藥可救了，而直到電梯抵達我所住的樓層時，我都還無法抹去那股笑容。有個聲音告訴我，我的麻煩大了。

第六章

隔天早上，我們的班機延誤了。好像是有機組人員超時工作什麼的。我通常會急著想要回家、很討厭在飯店多滯留幾個小時，但今天我覺得能在床上多躺一會，其實也是一件不錯的事。我瞪視著手機上艾利的名字，不斷回想我們昨晚共處時的點點滴滴。他微笑的方式。他能那麼輕易地逗笑我。我們的對話是那麼毫不費力，我是那麼地想要在大街上親吻他。

我的手機叮的一聲，又收到了一封訊息，而我差點把手機掉在自己臉上。我的天啊。是艾利。感覺就好像我用念力召喚了他一樣。

艾利：猜猜我昨晚幹嘛了？

我：你是不是想要去找你的國小合照？因為我是真的有想要請我媽幫我把照片翻出來。

艾利：我沒有欸，但這太天才了。現在我一定要從我的檔案夾裡翻出瑞秋小學時期的照片。

艾利：但我做了一件差不多好玩的事。我看了《玩具總動員四》。

我：哈哈哈哈哈！

我：有什麼感想嗎，老扣扣？

艾利：那支叉子（湯匙？）滿好玩的。但我哭得百分之百比《玩具總動員三》還慘。我不覺得我在過去十年間錯過了這麼多啊，老實說。

我笑了起來。在我來得及回覆之前，房門上突然傳來一陣瘋狂的敲門聲，使我從床上跳了起來。敲門聲變得越來越急，我便很快從床上滾了下來，喊道：「等一下喔！」

我打開門，發現仙姬正站在門外，看起來上氣不接下氣，好像她是跑來找我的一樣。「瑞秋，你有看到新聞嗎？」

「新聞？」

她舉起手機。「我們上了《真相揭露》了。」

我的心一沉。靠。《真相揭露》是韓國最惡名昭彰的八卦小報之一。如果他們寫了Girls Forever的文章，那一定沒好事。

「顯然昨晚有粉絲拍到善英、秀敏和智允出去吃晚餐的照片。」仙姬把手機遞給我，讓我自己看文章。「粉絲把照片貼上網，韓國的小報就見獵心喜了。她們和三個身分不明的男子在一起，現在《真相揭露》推測說，那些就是她們的秘密男友。」

我滑著仙姬的手機，她則焦慮地咬著下嘴唇。就像她說的那樣，照片上顯示，善英、秀敏和智允在餐廳裡，和三個男性坐在一起。從照片上看不出那三個男人的臉，但女孩們正一邊用餐，一邊談笑著。那看起來就像三對情侶的約會……但那也有可能只是柏拉圖式的晚餐時光而已。根本看不出來。

「這會讓整個團體的形象都受損的。米娜會抓狂。」仙姬說。

「先別管米娜了。高層怎麼說？」我問。

「善英、秀敏和智允現在正在和韓先生開會。」仙姬說。聲音從走廊的另一端傳來，她便轉過頭，看向聲音的方向。「他們一定是開完會了。走吧！我們去看看他們談得怎麼樣。」

我從房門探出頭，看見善英、秀敏和智允正走過走廊。善英和秀敏一如往常地鬥著嘴（好像在和韓先生開會時，誰開口打斷了誰說話），但智允看起來比那次吃年糕不小心噎到時還要蒼白。她看起來心煩意亂。

我的肚子一陣糾結。這絕對沒好事。

仙姬和我什麼都還來不及說，智允就搖搖頭。「別在這裡說。」她低語道，聲音比平常沙啞了許多。「去我房間。大家都在那裡等。」

我們很快地跟著她們走進智允的房間。麗茲、恩地和永恩已經盤腿坐在床上，米娜則在窗邊踱著步。一看到我們，米娜便大步走來，雙臂在胸口交疊。

「所以呢？」她說。「妳們三個現在幫我們惹來多大的麻煩？」

「冷靜點，沒事啦。」善英舉起雙手。「韓先生說ＤＢ會否認我們和那三個男生有什麼浪漫的關係。他說這應該不難，因為照片上沒有什麼暗示性的舉動。沒有接吻什麼的。」

米娜吐出一口氣，放開雙臂。「好。所以我們的名聲還沒事囉？」

「現在沒事。」秀敏說道。「韓先生說不能再和他們一起被拍到第二次了。如果發生第二次，要否認就更難了。」

「所以他們到底是誰？」麗茲問道。

這句話使善英和秀敏頓了頓，瞥了智允一眼。看到智允這麼沉默實在很奇怪，因為她平常都是有話直說的人。她對屁話的耐性是零，也總是會表達強烈的立場。但現在，她只是看起來整個人空蕩蕩的。

「智允？」永恩柔聲說。

智允嘆了口氣。「這個傳聞也不是空穴來風。」她坦白道。「那其實是我的男友，還有他的兩個表哥。」

我錯愕地眨了眨眼。智允？有男友了？我怎麼會不知道她有男友？我們是室友耶！

但話又說回來，如果我真的交了男友，我會告訴我的團員嗎？老實說，我也不敢說。

「你們在一起多久了啊？」我試著讓語調保持中立。

「我們遠距離交往快一年了。他是我們家的老朋友，住在大邱。我去年聖誕節回家的時候認識他的，然後我們就這樣慢慢發展起來了。他的其中一個表哥住在新加坡，所以我們就安排大家一起見了一面，只是現在……」她的聲音梗在喉頭，撇開視線，快速眨了眨眼睛。「我們得分手了。」

「分手？」仙姬誇張地睜大了雙眼。我相信她只是想要表達支持，但是她坐在座位邊緣、一字一句聽著智允的故事的模樣，使我認為仙姬只是把這一切當成她在看的其中一本言情小說的愛情悲劇，而不是她自己的團員真正心碎時所承受的痛苦。

「我們別無選擇。」智允說著，仍然避開我們所有人的視線。我知道，她認為如果她看我們的話，她就會哭出來的。這女孩可不怕用眼神和我們較勁，現在她卻沒辦法直視我們，這使我的心都要碎了。「如果他們再抓到我和阿晉在一起，我的事業就毀了。」

這就像是我昨天試圖和艾利解釋的東西一樣。對一個女性偶像歌手來說，約會永遠都不只是約會。這最後可能會變成一場災難。這不公平，但事實就是如此，我們也都心知肚明。

一股不安的感覺在我心中竄起。那昨天和我合照的粉絲呢？如果艾利剛好在背景被拍到、八卦小報又拿這一點來大做文章，就像他們對待智允和她男友的方式呢？艾利不是我男友。但小報又不知道。我和他也是一對一出去的。這比團體照要來得難解釋多了。不。如果他有被拍到，我一定會注意到的。那是我一定會發現的東西。但我忍不住懷疑我自己。我太投入和艾利聊天的話題，我根本沒辦法百分之百確定這一點。

我搖搖頭，把這念頭甩出腦海之外，然後走過房間，給智允一個大大的擁抱。她一開始還有些僵硬，但後來她的身體便慢慢地靠向我，下巴靠在我的肩膀上。

「真的很遺憾。」我說。「這樣不公平。但至少ＤＢ盡可能地在保護妳。」

不像他們對康基娜那樣。我不需要說出口，大家都知道。

智允在我的肩上點點頭。「對，妳說得對。謝謝妳，瑞秋。」她用毛衣袖子擦了擦眼角。「喔，然後，妳今天早上有沒有刷牙啊？因為妳嘴巴也太臭了吧。」我用一手遮住嘴，笑了起來，但我很高興原本的智允看起來就要回來了。

其他人開始準備回到自己的房間，在前往機場前打包行李，但米娜卻在門邊停下腳步，轉向我。

「對了，昨晚**妳在哪裡**，瑞秋？」

我愣了愣，從智允身邊退開。「啊？什麼意思？」

「智允、善英和秀敏昨晚和那些男生一起出去了。我們其他人都在飯店的水療池。但沒有人知道你去哪了。」米娜瞪視著我，雙眼簡直要在我的頭上鑽出兩個洞來。

她語氣裡的指控使我垮下臉來。「我和莉亞一起去逛街。然後我和一個朋友約了喝咖啡。」

這基本上也完全是事實。沒有人需要知道這個朋友剛好也是個大帥哥，而且已經和我傳訊息傳了一整晚了。

米娜瞇起眼，但其他人似乎都不怎麼在乎。

「妳確定妳沒有在隱瞞什麼嗎，瑞秋？」米娜說。「也許智允不是昨晚唯一一個和男生約會的人呢。」

什麼鬼？她知道了什麼嗎？或者她只是很清楚要說什麼來激怒我？

「天啊，米娜，妳為什麼要一直這麼疑神疑鬼的？」我說著，一邊試圖無視我胸口怦怦亂跳的心。

聽我這麼說，她重重嘆了口氣，雙臂在胸口交疊。「團裡總要有個人盯著吧。我們只要有一個人搞砸，大家就會都跟著很難看。如果我的名聲有損，我爸會——」她就此打住。「總之，我只是想確定妳昨天晚上不是也和哪個男生偷雞摸狗去了。」

「瑞秋才不會隱瞞這種事。」在我開口之前，仙姬就搶先一步，她的臉色微微泛紅。「她也不會冒險和男生單獨出去的。她聰明到不會犯這種錯，對吧，瑞秋？」

我勉強露出一個微笑。「沒錯。」

我很高興仙姬願意和米娜對質，也很感激她為我站出來，但她說的話確實讓我有些煩躁。她提醒了我，我現在正踩著一條危險的線，光是和艾利繼續聊天就是了。我一直告訴自己，我沒有交往對象，是因為我太難認識新人了，而這有一部分是事實。但現在有這麼一個優秀的男性，借用他的話說，「直接掉到我身上來」，我不得不面對我沒有交男友的真正原因，那就是所有後續連帶的風險。我忘不了那些後果，不管我有多希望自己能將一切拋諸腦後。

忘了艾利吧，我告訴自己。我一邊選擇機場穿搭，一邊完成打包，這句話一直在我腦中盤旋，像是某種魔咒。

我承諾我自己，不要去想**艾利回家時會在飛機上看哪部電影**。

當狗仔和粉絲群聚在首爾的機場，搶著拍我們的照片時，我試著不要去想他不知道我是誰的事實——還有這是多麼新鮮的一件事。

事實上，當天晚上、第二天、還有第三天的晚上，我都在想像著我可能暫時見不到他、甚至永遠都見不到他了。

整體而言，我很快就學會了如何專注在不要想艾利的事上。事實上，我實在太專心告訴自己不要去想他，導致我接下來的那個星期在DB練舞時，差點摔斷自己的小腿。

儘管還要再四個月，我們卻已經開始緊鑼密鼓地排練一首準備在多團體演唱會中發布的新歌。那是電視台會同步播映的活動，幾個團體各會表演一首曲目，並會在最後共同表演一首歌曲。但儘管這不像今年秋天我們即將在洛杉磯舉辦的演唱會這麼盛大，DB的訓練員無論如何都還是鞭策著我們以完美為目標。今晚的彩排真是場惡夢，每個人跳的舞步都和別人差了半拍，編舞師一直在吼我們破爛的隊形。

我試著專注在腳步上：踏兩步，甩髮，轉身。肩膀動作，拍手！但我的心思一直飄向艾利，還有我即將去巴黎參加的尼爾．克萊默時裝秀。我夢想著三月初的法國，空氣仍冷得可以穿毛衣和可愛的圍巾，但又舒適得能享受露天咖啡座。但在接下來的兩個星期，韓國這裡還是寒冷徹骨的二月，而且我們得維持著天亮就起床、午夜才到家的演唱會準備行程。

「再一次，女孩們！從頭開始！」編舞師喊道。我們喘著氣，低聲呻吟著，然後再度回到開場隊形。如果我們不想在這裡待上一整晚，我們最好提高警覺一點。我排開腦中的其他念頭，只留下我自己、這首歌、以及舞蹈的對拍。

最後，等到我們終於能完美無瑕地完成整首舞蹈無數次之後，訓練師宣布今晚可以休息了。但我甚至還來不及換掉被汗水浸濕的衣服，就被召進了韓先生的辦公室。我有些困惑地走過走廊，一邊把頭髮重新綁成滑順的高馬尾。韓先生究竟要找我做什麼呢？他總不會為了吼我第二段的抖肩落拍了，還特別召開一個會議吧？

我敲了敲門。「進來。」他的聲音喊道。

我一進門，就發現莉亞也在這裡。我們交換了一個眼神，她並很快地對我聳了聳肩。她也不知道我們為什麼要來。噢哦。我的肚子一陣糾結。我們在新加坡的最後一晚偷溜出去，是不是惹上麻煩了？他知道我和一個名叫艾利的朋友出去見了面，結果對方還是個男生嗎？那已經是將近一週前的事了，但你永遠都不會知道ＤＢ要出什麼招。他們也許正是利用這段時間在思索最完美的懲罰呢。我在腦中為自己準備辯詞，把一切的錯都怪到中性的名字上，但幸好韓先生看起來並不生氣。他看起來很興奮。

「很高興我能找到妳們倆。坐啊，坐啊。」他邊說，邊對著莉亞身邊的灰色旋轉椅打了個手勢。我就座，把馬尾綁緊，然後雙手交疊在大腿上。

「我有個好消息要告訴妳們倆喔！」韓先生邊說邊向前靠在玻璃的辦公桌上。「觀眾們都很愛妳們兩個在《一、二、三，向前衝！》裡的表現呢。顯然那一集播出的時候，#金家姊妹這個標記就成了世界各地的熱門關鍵字。」我對莉亞咧開嘴，回想起ＭＣ楊說我們兩個可以組成雙人女子團體的事。「電視台想知道，妳們兩人有沒有興趣開一個自己的實境節目。」韓先生繼續說道。「我還不知道太多細節，但那基本上就是傳統的實境秀影集，有一台攝影機會跟著妳們倆，拍攝妳們一起進行各種活動的日常生活。妳們覺得如何呢？」

我的下巴掉了下來。嗯，這還真是超乎意料之外。我和莉亞？一起上實境節目？

嗯，**拜託，當然好啊！**

莉亞尖聲歡呼，顯然和我一樣興奮。「真的嗎？天啊！你是認真的？這是真的耶！」她尖叫道，然後從椅背上滑了下去，顯然對自己爆炸的情緒感到有些羞愧。在我身邊她一直都充滿自信，有時候我會忘記，她才剛脫離練習生的階段，在高層面前還是會緊張。

「這個機會真是太棒了。」我開口幫助莉亞。「我們很榮幸你想到要這樣為我們安排。」

「魯先生一直都想要幫妳們兩人推出一張雙人專輯。」韓先生繼續說。「姊妹專輯！這時間點正完美。實境秀也能幫助妳們累積推出專輯的能量。妳們怎麼說呢？」

你知道有時候你正在哭、然後又有人搔你癢時，你會無法控制的大笑起來，因為你的身體把所有的情緒都雜揉成一團的那種感覺嗎？對，那就是我現在的感覺。

莉亞和我又對看了一眼，而這一次，我們兩人都尖叫了。

他笑了起來。「我猜這樣就是答應囉？」

「是！」莉亞說。

「當然了。」我補充道，雙腿交疊，好像我現在正在參與一場嚴肅的商務會議，而不是興奮到要在椅子上蹦蹦跳跳了。

「太好了。我會再和妳們更新進度的。」韓先生說。「等我告訴他，魯先生會很高興的。」

「謝謝您，韓先生。」我們鞠躬道。

在我們起身準備離開時，我猶豫了。自從我們從新加坡回來後，我一直有事情想問他，但遲遲沒有找到機會。這也許是眼下最好的時機了。此外，和較隨和又沒有距離的韓先生說這件事，會比和魯先生談來得好。

「韓先生，我想請問，我的團員們在《真相揭露》裡的那篇報導，後來還好嗎？」我問。「事情算是過去了嗎？」

韓先生向後靠在椅背上。「喔，是啊。謝天謝地。媒體現在的焦點都在李傑森的新電影《曾經我愛你》上了，我想妳也有注意到吧。」

但我當然沒有注意到，因為我在把腿差點練斷的彩排和認真避免自己做和艾利有關的白日夢之餘，實在沒有更多時間了。我揚起眉。「傑森的電影？我都不知道他們已經開始錄影了耶。」

「還沒有正式開始製作。但官方已經宣佈，宋健玗也會一起參演。」

莉亞瞪大雙眼。「哇喔，傑森要和宋建玗一起拍電影？我好愛他在《明日之舞》的表現。基本上他演什麼都好看。他好紅喔。難怪新聞這麼大。」

「對。」韓先生說。「此外，也有流言說他和傑森都愛上了女主角的演員，所以正在競爭她的好感。不過這還是我們之間的小秘密，我剛好知道劇組根本連女主角的選角都還沒有定呢。」

啊。當然了。聽起來就是典型的八卦小報垃圾新聞，也正好是傑森為了讓人們期待他的電影，而會容許發生的鬧劇。不過，我還是心存感激。多虧了他和宋建玗，媒體的焦點現在不在Girls Forever身上了。誰知道呢：看韓先生微笑的樣子，也許正是DB散佈了這個謠言，好助我們一臂之力，轉移團體遭受的炮火呢。他們總是在幕後操縱一切。而在這件事上，我很樂意他們這麼做。

那天晚上回家時，我就像乘坐在一朵想像的棉花糖雲朵上，四周漂浮著香檳泡泡，覺得自己深受支持、倍感激勵。當我抵達別墅，女孩們已經聚集在客廳，舒服地迎接著我們每月一次的電影之夜，那是我們家的傳統。「瑞秋，來得正好！快過來吧。」仙姬說著，拍了拍她身邊的座位。

「馬上來！」我說。「讓我，呃，快速換個衣服。」

我躲進臥室裡，但我沒有馬上更衣，而是爬上床。我的手機奇蹟般地飄到我手上，微弱的震動聲正不斷傳來（我當然把手機的通知關掉了——誰叫我有室友呢）。

艾利：所以我準備要找一套新的外出服了……現在流行什麼啊？男性連身褲，對吧？

我：喔，絕對啊。男性連身褲最棒啦。你應該要連上班都那樣穿。我聽說那樣超專業的。

艾利：是嗎？我相信我老闆也會很喜歡的。我該買什麼花色？變形蟲花紋嗎？

我：當我沒說，我演不下去了！真的該有人給你一場時尚教育的。

艾利：下次我們一起去新加坡的時候，妳可以幫幫這個可憐人啊：）

我：我真喜歡你說「下次」的方式，好像我們已經約好了一樣。

艾利：喔，是約好了啊。

我：我同意你的不同意。

艾利：我才不會同意這種事呢。我們是必須約一下，這樣妳才能再解釋一次給我聽，為什麼我們不能約。我覺得用訊息講好像不太清楚……

我：你真的很扯欸。你學生時期是辯論社的嗎？

艾利：其實，是欸。這算是宅宅的範疇之一，別批判我。

我：我才不會。我不批判的。

艾利：除了男性連身褲之外。

我：我覺得你真的開始認識我了喔。

我突然意識到，我正對著手機用力傻笑到我的臉頰都痛了。幸好智允正和其他的女孩們一起在看電影，不然她一定會質問我為什麼自己笑得像是《獅子王》裡面的鬣狗。她最近剛好有點敏感，畢竟她自己也才剛分手而已。

自從《真相揭露》的醜聞事件後，我就試著減少和艾利傳訊息的頻率，但現在塵埃落定、媒體也轉移陣地了，我覺得應該清白到可以再和他聊天了。畢竟，我們也只是聊天而已。我們只是在聊我們為什麼不該聊天！這是個很重要的話題。

但是……我還是要小心一點。我打開ＩＧ的應用程式，搜尋標記我的貼文。我上個星期就已經查過了，就在我得知智允被拍到的那一天，但你永遠都不知道什麼時候會有意想不到的後續。我深吸一口氣，開始第一千萬次地瀏覽標記我的照片，一張張審視迷因和粉絲製作的照片，直到我終於看到佩托花園的那個粉絲所寫的貼文。

還是沒有看到艾利。感謝上帝。他很安全。我們很安全。

但是現在沒有「我們」。本來就沒有「我們」。

而我要用前所未有的謹慎來確保這一點。

第七章

我的早晨例行公事本來是這樣的：一聽到鬧鐘就跳下床，穿上我媽去年聖誕節送我的可愛桃子印花拖鞋，然後直直前往浴室，一邊祈禱還沒有人來搶。我會拿出我的一小盒護膚產品，敷上眼霜，然後在十幾個步驟之後再擦上防曬油。直到這時，我的早晨護膚才算整個完成，我才會開始擔心前一晚有沒有收到什麼訊息，或者思考我要吃什麼早餐。

但現在呢？鬧鐘響後，我還是一直賴在床上，滑著手機，對著螢幕傻笑。卡通鬣狗的表情成了我最新的早晨造型。

艾利：嗯，好吧。那最喜歡的蔬菜呢？如果要在世界末日時妳只能選擇一種蔬菜，妳要選什麼？數到三喔。

艾利：一。

艾利：二。

艾利：三。

我：高麗菜。

艾利：小黃瓜。

我：不!!呃啊。嗯，我和你相處愉快，艾利，但我再也不能和你說話了……
艾利：小黃瓜新鮮、可口、又對臉的皮膚很好。再說，高麗菜泡菜到底對人有什麼好處了？
我：高麗菜泡菜＝泡菜。你的意思是說，如果你只能選一種蔬菜來度過世界末日的話，你不會選高麗菜，所以你就要一輩子再也不吃泡菜了嗎?!
艾利：……
艾利：好吧，好，這一輪是妳贏了。但我確實得提醒妳，小黃瓜泡菜也是個好東西，而且剛好是我的最愛。
我：哈哈哈。別逼我吐。
我：等等，我們可以先回去講一下小黃瓜護膚的事嗎？
艾利：我對護膚略知一二。我是說，我也有長臉的好嗎。
我：在這之前我都沒有注意到欸。哈哈。但是這樣不錯。一個不怕保養的男人太難得了。
艾利：妳可以說我柔韌又堅強喔。
我：（親吻表符）
噢哦。這樣是不是太像在調情了呢？過去兩週，我們幾乎每天都在傳訊息，通常都是像現在這樣我獨自在房裡的時候，而我也一直試著把我的語氣保持在調情與友善之間。調情的等級差不多是「嘿，我覺得你真的很可愛，聊天也很有趣喔」，但也還沒到「嘿，你覺得我們要不要接吻親熱個一兩個小時啊？」的程度。我還是對於真正談感情有點警戒，尤其是在智允的遭遇之後。

我：那個飛吻是送給你對包包的比喻，你知道吧。那個小美人還是常常出現在我的夢裡呢。

艾利：當然了。我會把妳的好感傳達給包包的。

我放鬆地嘆了一口氣。（我告訴自己，那絕對不是花痴的嘆息，但如果有人從旁邊經過時誤會的話，我也可以理解就是了……）我和艾利的對話大多都是這麼隨性。我們調情的方式都很容易否認。但我們時不時又會聊起更嚴肅的話題。像是他和我分享祖母——養了很多貓的那個——之前摔了一大跤，住院住了一週。或者像我和他坦白，我有點怕我爸超時工作。雖然我試著讓對話保持隨性，但我還是忍不住愛上那些我們好像逐漸了解對方的時刻，而不只是交換粉絲網站上也能看到的那種個人資訊。而且我們的鬥嘴雖然很可笑，但我仍然感覺到那股想要更加認識他的吸引力。我對他的一切都很好奇，包括他對家庭和榮譽之類大事的看法，或是他喜不喜歡在洗澡時聽音樂（他在早上準備出門時會聽《整點新聞》！就像是個成熟的大人，或是個徹頭徹尾的宅宅）。

我躺在床上，咧嘴笑著，瀏覽我們的對話紀錄。他在文字訊息裡說的話，就和他面對面的時候一樣。每次讀到他的訊息，我都覺得幾乎可以聽見他的聲音。幾乎可以看見他左臉頰上的酒窩。這念頭使我的肚子一陣翻攪。

我從床上坐了起來。等等。這寫成歌詞一定很不錯。當然，自從新加坡回來之後，我的自由時間都拿來和艾利傳訊息，以及做巴黎時裝週的白日夢了，根本沒有寫歌。但現在我知道我和莉亞要合作雙人專輯了，我真的得努力再試一次。特別有一首歌，我覺得非常適合姊妹合唱，甜美又充滿熱情，還有潛力寫出超屌的合音。

我打開床邊桌的抽屜，拿出我淺藍色的筆記本。一翻開封面，我的手指便僵在頁面上。

或者說，剩餘的頁面上。

有人硬是從我的筆記本裡撕掉了幾十頁，只留下粗糙的鋸齒邊緣。所有我寫到一半的歌詞，沒了。我所有的穿搭素描，也沒了。

我瘋狂地翻到還完整的頁面上，卻發現有幾頁黏在一起了。我想辦法把紙張分開，卻發現紫色的指甲油灑滿了內頁，我連我自己的筆跡都認不出來。

誰會做這種事？我的耳尖開始因怒火而發燙。我緊抓著筆記本，走到客廳。八個女孩正躺在沙發上，一邊聊天，一邊滑著手機。

「大家，這是誰做的？」我拿起筆記本質問道。

女孩們抬起眼。

「那是什麼？妳的日記喔？」恩地問，視線再度回到她的手機上。

「是我的筆記本。」我說。「我拿來畫畫和寫歌詞的那本。」

「看起來沒什麼問題啊。」麗茲說。

自從知道我和莉亞要有自己的實境節目之後，她就一直有意無意地對我展露敵意。我知道這是她夢想中和她妹妹能一起做的工作。但如果她為了這件事不爽，我也不是她發洩的對象，這全都是ＤＢ的決定。

「真的嗎？」我翻開筆記本，把撕掉的頁面和沾滿指甲油的紙張翻出來。「這樣叫沒問題？」我對她揚起眉。麗茲聳聳肩，回頭繼續滑起手機。我正準備再重問一次我的團員們。認真說，到底誰要毀了我的筆記本，又有什麼理由要這樣做？然後突然間，我注意到了某樣東西。

沙發的角落，智允正穿著她最常穿的那條棉褲，頭髮油膩膩地盤在頭頂，正吃著一盤鍋巴餅。但我注意到的並不是清脆作響的鍋巴。而是握著食物的那隻手，長著紫色的指甲。那是和Christian Louboutin的紫丁香之夢一模一樣的顏色，也正和灑滿我筆記本的指甲油一樣……

智允？智允為什麼要這樣對我？我張嘴正要說話，卻又再度選擇閉嘴。也許只是個意外。我可以想像智允尋找著紙張，墊在手指下，以免指甲油溢出……不小心拿了我的筆記本……也許瓶子打翻了，所以她就把弄髒的頁面撕掉了？

「嘿，智允。」我溫和地開口。但智允只是抓起她的那盤鍋巴，朝我們的臥室走去。

「不好意思啦，大家。」她哽咽地說。「我覺得我今晚不想看電影了。」她重重甩上我們房間的門。

其他團員們看著她的方向，困惑而擔心。

「別擔心，我來吧。」我輕敲了敲房門，然後跟著智允走進房內。

她正躺在自己的床上，縮成一團，面向牆壁。從她肩膀抖動的模樣，我知道她在乎。我在她身後的床上坐下，伸手溫柔地抓抓她的背，就像我以前生病或難過時我媽會做的那樣，酥麻的感覺從我的頭頂一路沿著脊椎往下，讓我更好放鬆。

「阿晉的事情我很遺憾，智允。」我說。「但妳是團裡最堅強的女生之一。如果有任何人能撐過這段時間，妳也可以。」我感覺到智允深深吐出一口氣，落淚的速度開始減緩。她翻過身面向我，眼中充滿了罪惡感。「別擔心筆記本的事了。」我很快地說。「我知道那是個意外。」

智允的視線向下看去。她嚥了一口口水，然後抬眼看向我。「對不起，瑞秋。」她低聲說。有那麼一秒，她看起來好像還有別的話想說，但她接著便再度撇開視線，說：「我想我現在就只是需要睡一下。」她再度翻過身，面向牆壁。

我感覺像是坐那裡好幾個小時，揉著智允的被。等到她終於輕聲打起鼾來，我便躡手躡腳地走回客廳。我睡不著。我的心思一片混亂，而我似乎怎麼樣都無法把焦慮的思緒壓抑下來。但看來我不是唯一一個夜不能寐的人。米娜正穿著睡衣坐在沙發上，手中拿著一杯熱巧克力。

「妳怎麼沒去睡啊？」我邊說邊在沙發的另一端坐下，把一個抱枕拉到大腿上。

她的眼神甚至沒有離開馬克杯，只是對著熱蒸氣吹氣。「這個時間我都是醒的啊。」

「夜貓子嗎？」

「失眠啦。」

噢。我們住在一起這麼多年，我從來沒有發現米娜有睡眠障礙。現在仔細想想，她確實都是最後一個上床睡覺的人。也許她就是缺乏睡眠，脾氣才會一直都這麼差。但在我來得及多問之前，她就抬眼看向我，一邊挑起眉。

「妳呢？」她說。「我還以為瑞秋小公主需要睡美容覺咧。」

這個年代久遠的綽號讓我翻了個白眼。「我在想很多事。」

「妳不會還在想筆記本的事吧？」

「是又怎麼樣？」我防衛地說道。

「我以為那些歌只是寫好玩的。」她心不在焉地在空中擺了擺手。「妳又不是真的要拿這些歌來幹嘛。妳自己說的啊。那只是抒發創意而已。」

我皺起眉。「那時候我還不知道要和莉亞出雙人專輯。其中有一首歌我覺得應該很適合我們兩個，但現在沒了。」我嘆了口氣。「我只是想要把這件事做好。」

米娜小心翼翼地看著我，觀察我下垂的肩膀，還有我把玩著抱枕的流蘇的舉動。

「妳在緊張。」她說。這不是個問句，而是一句直述。

「也許吧。」

「為什麼？」

為什麼？我在腦中思索著原因。「就只是……太私人了，妳知道嗎？一個實境節目，每天跟拍我的一舉一動。和我妹一起出專輯。別誤會，這一切都讓我很興奮，也很感激有這樣的機會……但是在鏡頭前過日子，讓每個人看？在少了妳們八個人的狀況下錄製專輯？我真的很想要把事情做好，讓DB以我為榮，我也知道我的表現會影響莉亞，所以……」

我的聲音漸弱。我剛才是真的和朱米娜坦白了嗎？我在想什麼啊？「所以……就是這樣。」我很快地說完，準備接受她不可避免的嘲弄。

但意外的是，她並沒有。她只是聳聳肩，喝了一口熱可可。「我懂。滿足他人的期待真的很難。」

我眨眨眼。她……現在是在同情我嗎？

「妳如果不想讓人失望，妳就只能更努力。」

「這是妳的經驗談嗎？」我小心翼翼地問道。每個人都知道米娜的爸爸對她多嚴格。他說的話，在她的生命中基本上就是法條。

她的臉上閃過一絲我無法道明的情緒。也許是防衛心。或者只是百般聊賴和徹底的疲憊。「我只是聰明而已。隨便妳要不要接受我的意見。」

我回想著新加坡的露天浴池，我們當時在討論人生的願望清單。當她談到好萊塢時，她的微笑都亮了起來，卻又在講到她爸爸時褪去了。**「但我爸是不會同意的。」**

「妳應該要再重新考慮演戲這回事的。」我試著讓自己聽起來冷淡一點。如果她可以對我展露一點同情，那我也可以為她做一樣的事。我也許會害怕在攝影機前表演，但米娜可是為鎂光燈而生的。「我覺得妳應該很擅長。妳有鬥志，也很上鏡。」

她咧開嘴。「這句話是哪來的啊？」

「不是只有妳聰明好嗎。接不接受隨你。」我咧嘴回應道。

她搖搖頭，嘴角浮現一絲真正的笑意。「我現在要試著去睡覺了。」

「好。」我點點頭。「我現在要……坐在這裡，試著回想我寫的那首歌。」

「那是妳寫的。要想起來歌詞應該很容易吧。」

「妳以為喔。」我嘆氣。

她把馬克杯放在茶几上，雙臂交抱在胸口，對著我點點頭，眼神中閃爍挑戰的光芒。「試試看。我看妳敢不敢。」

「什麼？直接唱喔？」

她的視線動也不動。

我絞盡腦汁，試著回想歌詞。「太陽西下，燈光暗淡，別畏懼夜晚，別害怕行經的暗影。」我唱道。「我們會⋯⋯我們會⋯⋯」

下一句是什麼啊？我停了下來。我想不起來。

「在黑暗中更閃耀。」米娜突然說。

「啊？」

「在黑暗中更閃耀。這可以用在下一句歌詞裡。」

我瞪視著她。我可以完美地聽見這句歌詞出現在我的腦海裡。她說得對。這不是我原本寫好的歌詞，但是我得承認，她的提議好多了。我緩緩點點頭。「好。沒錯。這很可以。」

「妳還可以重複三次，每一次唱到的時候都加上新的和聲。」她說。現在她腦中冒出了新點子，她的聲音也興奮起來了。好像意識到自己失態，她的臉上再度掛上平淡的面具，聳聳肩。「我是說，如果妳想的話啦。反正這是妳的歌。」

「這很酷啊。」我說。「我們要不要一起試試看？」

我自己唱了第一句。「我們會在黑暗中更閃耀。」

我又唱了同一句第二遍，而這次米娜毫不費力地加入了和聲。「在黑暗中更閃耀。」

最後我們一起唱了第三遍，把和聲拉得更高。「在黑暗中更閃耀。」

我們的聲音毫無間隙地融合在一起，在客廳中迴盪。要命。我們聽起來很好。不只是好而已，而是完美。我們瞪視著彼此。米娜很擅長這個。而從她看我的眼神來判斷，她也對我有同感。

「那就好啦。」她突兀地跳下沙發，破壞了這一刻。「所以妳就不用這麼擔心無謂的事了吧？至少妳的雙人專輯現在有一首好歌了。」

「對。」我說。她試著要讓自己保持冷漠，但我可以看見她的唇邊有一絲笑意。我對她大大地咧開嘴。「我想是這樣沒錯。」

✦

「妳們有聽說Butterscotch何美的事了嗎？」

麗茲從小巴士的第一排座位上扭轉身子，向後看著我們，迫不及待地想要和我們分享她才剛從自己諸多消息來源中得來的新八卦。今天是我和米娜共同創作後的幾天後了，而我們剛完成一整天的MV拍攝，正在回程路上。拍攝過程的疲倦，使仙姬和永恩很快就在我的兩側睡著了，但其他女孩都傾身向前，想要聽麗茲一吐為快。小巴士行經地上的一個突起，仙姬的頭便倒到我肩上。我把一縷散髮撥到她的耳後。

「所以呢，有一個男性粉絲習慣性地會寄禮物給他最喜歡的偶像們，而他送了何美一個非常有趣的禮物。」麗茲說著，擠眉弄眼的樣子像是在暗示，所謂的「有趣」更像是「有夠詭異」的意思。「妳們猜是什麼？」

「原味內褲。」善英立刻說道。

「善英！」秀敏哀嚎一聲。「妳好噁心。」

「什麼啊？這也發生在CandYYou的珍妮身上啊，記得嗎？」善英說。

「那個還未經證實喔。」我說。百分之九十九的粉絲都很優秀，但時不時就會出現這種粉絲太越界的傳聞。

「是對戒嗎？」恩地猜測。

「保險套。」米娜說。

「都不是。」麗茲說。「他寄了一幅她的肖像給她。整幅都是用咬過的口香糖做的。」

大家都尖叫了起來。

「怎麼會有人想做這種事啊？」智允說。

「更重要的是，那種東西是怎麼通過審查系統的啊？」恩地扮了個鬼臉。「這應該在到她手上之前就會被發現了吧？」

「嗯，今天經紀人就會把我們的粉絲信拿來了。」米娜說。「如果有人收到口香糖肖像，我挑戰妳拿一塊下來吃。」

女孩們又尖叫了起來。

我們一回到家（並想辦法把昏昏沈沈的仙姬和永恩哄下車後），就看到一整疊的粉絲信堆積如山地放在客廳裡，是經紀人從DB幫我們帶來的。一切看起來都還算安全：信件、卡片、粉絲創作、還有小飾品，像是鑰匙圈和手作的手飾。此外，由於上個月是永恩的生日，也有幾個花束是送給她的。

大部分的禮物都是送給整團人的，但我們也有各自的私人信。沒有人說出口，但是我可以看得出來，大家都快速掃過了各自的信件堆，比較每個人的信件數量。當仙姬發現這次她的私人信件最少時，她的肩膀便微微垮了下來。但她沒有抱怨。她和我們一起拆開自己的信件，和大家一起輪翻讀著有趣的粉絲信、或是對大家收到的可愛小禮物發出驚嘆聲。

「那個是誰的啊？」麗茲問道，一邊指向一個沒有和其他信件放在一起的巨大包裹。

米娜看了標籤。「瑞秋。」

所有人都轉過頭來看著我。這麼大的包裹通常不會通過審查系統的。除非這是不小心流進來的，就像Butterscotch的何美那樣。我嚥了一口口水。從大家的視線不斷飄向包裹的模樣看來，我知道大家的想法都差不多。

「萬一是那個瘋粉絲怎麼辦？」恩地說。

「如果他送了妳口香糖肖像怎麼辦？」智允說。

「或是送了他的毛髮？」秀敏補充道。

「哪個部位的毛髮？」善英問。

「善英！」我說。「好啦，好啦，我現在來開吧。」我深吸一口氣，做好心理準備後便打開了箱子。

我的天啊。

我甚至還沒有把包裝完全割開，我的雙手就已經開始顫抖了。那個標誌性的白色盒子，配上簡單的黑色字母，就道盡了一切——十個黑色的字母，首字是B。

我屏住呼吸，打開盒蓋。

是一個包包。

是**那個包包**。

那個巴黎世家的藍色包包。

「什麼？是什麼？」米娜質問道。

我緩緩把包包從盒子裡拿出來，動作格外小心。就算隔著包裝，皮革的氣味都還是如此非凡。天啊。它比我記憶中的還要美。

「哇喔，瑞秋。」仙姬瞪大雙眼說。「這太美了吧。」

「真不敢相信有粉絲送妳這個。」善英說。「妳好幸運喔。」

「幸運」一詞甚至沒辦法形容我現在心情的百分之一，但我太擔心自己的秘密會敗露，所以我只敢像她們一樣，表現出錯愕的情緒。箱子裡只有一張簡單的白色卡片，上面寫著：**「柔韌和堅強的完美結合。獻給同樣完美的女人」**。

我．的．天啊。

「這也太適合妳帶去巴黎用了吧。」永恩評論道。

「對啊。」我把卡片收了起來，幾乎沒有在聽她說話。我得馬上就傳訊息給艾利。「我先拿去我房間收起來。」

女孩們嫉妒又嚮往地看著我把包包抱在臂彎裡，急急忙忙往房間走去。我一關上房門，便立刻抓起手機。

我：包包？？？謝謝你!!但是你幹嘛？？

艾利：不客氣！我是說，我沒辦法不買啊。我必須買。

我：但是為什麼？

艾利：我讓妳選好了：A，妳的穿搭需要它。

艾利：B，妳的舊包包是嚴重的安全漏洞。

艾利：C，我真的很高興認識妳。

艾利：D，以上皆是：）

第八章

我糾結了好幾天，不知道該不該帶著巴黎世家的包包去巴黎。老實說，這包包真的太美了，我好怕毀了它。如果它在機場的安檢處被人扯壞怎麼辦？再說，我甚至不知道我該不該收這麼高級的禮物。尤其是艾利送的。但話又說回來，我也真的沒辦法這麼快就和它說再見。

我出發去巴黎的那天早上，我再度拿出那個包包，並決定帶著它上路。我在鏡前背起包包。

「我該給你們一點個人空間嗎？」智允竊笑著，叼著牙刷走進來。那晚我安慰智允阿晉的事時，我便決定，不要拿我筆記本的事去追根究底了。我們的友情，還有支持她走過分手的這段時間，才更重要。而隨著時間一點一點過去，她似乎逐漸恢復成原本的樣子了。每天都變得更強壯了一點。但是每次她開這種玩笑時，我都會突然湧起一股感動之情，以前的智允終於完全恢復了。

「哈哈。妳現在正在見證一段非常親密的感情呢。」

我咬了咬嘴唇，不知道我是不是該迴避關於感情的敏感話題。

但她似乎對我的回應不以為意。畢竟，這就是現實嘛。就某種程度而言，我們都已經習慣了。

她站在一旁刷著牙，我則再度環顧房間一圈，確保我已經準備好出發了。我撫平棉被，拍好枕頭（有什麼事比出門度假後回來面對一張亂七八糟的床來得更糟呢？），然後再度檢查我把所有電器轉接頭和插頭都裝進登機箱裡了。我正準備再打開我的行李，最後一次檢查我的旅行穿搭，但智允直接撲了上來，阻止我。

「噢不。不，不，不。過去一個星期，我看妳已經重新打包這個行李四十七次了。」她邊說邊把我的行李箱關上。「妳就穿妳帶的這些衣服，而且妳會看起來很美的。」

「妳會被牙刷噎死啦！別把口水噴在我的行李上！」

她離開後，我又考慮了一下。老實說，我真的很想要重新打包第四十八次（這是尼爾．克萊默的巴黎時裝秀，我的穿搭必須非常恰到好處），但我快速瞥了一眼時間，如果我不想錯過班機，我最好馬上出發。我在走廊上快速地用一隻手給了智允一個擁抱，然後急急忙忙走出屋外搭車。巴黎就在眼前啦！

……✦

十五歲時，我還是DB的練習生，我那時一直渴望能參加南皓勻在首爾時裝週的服裝秀。當時她是我最喜歡的韓國設計師之一，現在也是，但她的秀幾乎都是從不開放大眾參觀的。那一年，她終於難得開放，而我準備就算賣腎也要買到票。我哀求我媽讓我去參加（我甚至寫了一份PPT簡報，列出我所有應該要去看秀的理由），而她奇蹟似地准許了。我在秀場拍了好多照片，把我手機的儲存空間都用光了。儘管我站在最後面，但那仍然是我人生中最棒的幾天，也絕對是我最愛的時裝秀經歷。

直到今天。

我永遠會在心中為南皓勻的時裝秀保留一席之地，但以受邀貴賓的身分去參加尼爾．克萊默的時裝秀，卻完全是另一個等級的事了。當我走進羅浮宮地下商場的入口時，一群群的狗仔隊爭相拍著我的照片。室內的中庭已經變成了已經變成了一條伸展台，上下顛倒的閃爍金字塔就是最耀眼的珠寶。我的經紀人鐘碩領著我走向第一排的一張椅子，上面的標示寫著**金瑞秋——保留席**。這。不是。真的吧。我在椅子上坐下，把保留席的標示收進包包裡，作為紀念。

最後，等到室內充滿了躁動的能量，光線便暗了下來，時裝秀就開始了。場面十分迷幻。從音樂到頭頂上跳動的燈光，一切都是那麼令人歎為觀止。你可以看得出來，每一個細節都是經過刻意挑選，好營造某種氛圍、或是說一個故事——而且整場秀的時間掌握得十分精準，讓我不得不讚嘆，這場秀就和我們的表演一樣，經過精心計劃與彩排，一分一秒都沒有放過。

然後就是那些時裝。那些**時裝**。每一件都獨一無二，風格各異——全由絲質花瓣拼接而成的美麗洋裝，還有剪裁完美的動物紋西裝，合身的外套配上煙管褲——但儘管這些服裝的造型特異，卻又和諧不已，而你可以感覺到她的聲線、她的氣質，精緻與狂放雜揉在一起。尼爾讓所有的模特兒都夾上閃亮的髮夾，拼著「DAMN（去死）」和「WHATEVER（隨便）」等字樣，讓整場秀帶著有趣而大膽的基調。我深受迷惑。

時裝秀結束後，尼爾親自來找我，驚喜不已地在我的臉頰兩側印下一吻，然後說：「能見到妳真是太好了，親愛的。妳本人甚至比照片更美呢。」

「我喜歡拉鍊型項鍊配上斗篷的那一套造型。」我說。「那個搭配真是太好了——工業風和女人味的完美結合。」

她露出笑容。儘管我們在室內，她還是戴著一副深色的太陽眼鏡。「阿瑪拉走上伸展台之前，我差點就要把那個造型取消了。很高興妳喜歡。」

我感覺到自己正瘋狂地對著尼爾點頭，所以我強迫自己冷靜下來，以免我像搖頭娃娃的行徑嚇到她。「真的很激勵人心。」我盡可能讓自己的頭保持不動。

一名助理來到尼爾的身邊，對她低聲說了幾句會後派對的事。

「啊，好吧，我猜我是時候準備離開了。」她對我說。「我們就在派對見了吧，瑞秋？」

我急急忙忙回到飯店房間，換上最適合會後派對的焦點裝扮，尼爾的聲音在我腦中不斷迴盪。（她很高興我喜歡她的秀！我耶！金瑞秋耶！）我需要一套又酷又別緻，同時當然還要獲得尼爾認可的造型。幸好我心中早已做好準備了。

我的衣櫃中掛著一件剛熨燙完成的尼爾．克萊默男裝西裝外套。在首爾時，我一個衝動買下了這件外套，然後就一直在等待適當的時機來穿搭。我把這件西外當成短洋裝來穿，套上一件黑絲襪，還有一雙細根高跟鞋。我對著鏡子補好霧面紅唇膏，向後退開，好檢視整體造型。一切都很完美。只是……

我打量著自己的側身。這件西外領口剪裁得太低，我沒辦法穿一般的胸罩，但是空隙卻又大得讓我沒辦法不穿內衣。要是角度抓得夠準，我可能就會被拍到走光照。我暗自咒罵自己準備不周，一邊打給鐘碩，請他幫我找防走光膠帶。這實在有點尷尬，但我們的經紀人以前也幫我們處理過比這還要更難為情的場面。

五分鐘後，我套上一件棉T，打開房門，一個門房遞給我一捲膠帶。

「噢。」我說。「我要的是防走光膠帶？雙面的那種？」

他困惑地看了我一眼，看來他完全不知道我在說什麼。我不確定這是因為語言隔閡，還是因為他這輩子從來不需要用這種東西。他拿起一段膠帶，向後捲成一個雙面的膠帶圈。

「不。不。」我說。「雙面的防走光膠帶，衣服用的。我得用來黏……」我無助地對著自己的胸部比劃了一下。他瞪視著我。我瞪視著他。

「喔。噢。」他的臉色一紅。真尷尬。好尷尬啊。他清了清喉嚨。「是的，小姐。我，嗯，我看看我們能找到什麼。」

幾分鐘後，一個門房（我注意到已經不是原本的那一個了）來敲了敲門，遞給我一個路口便利商店買的便宜隱形胸罩。

「我只找得到這個了。」她說。「這行得通嗎？」

雖然並不理想，但如果我再繼續待在飯店裡糾結我的造型，我就會錯過整場派對了。

嗯，就像他們在法國常說的，c'est la vie（這就是人生啊）。

……✦

尼爾．克萊默的會後派對在拉貝羅斯咖啡廳，是一間古色古香的咖啡館，距離飯店幾個路口之外，位於第六區。宴會廳裡充滿了精心打扮的人們，看起來就像是活生生地從雜誌裡走出來的一樣，正啜飲著雞尾酒，電子流行音樂在背景強力播送著。

這場派對真是最炫目、最美不勝收的場合，而我很高興我克難的內衣正好好地堅守崗位，至少現在是如此。我的西裝迷你裙得到了一些稱讚。這造型前衛又新穎，但它經典的版型又讓我自信不會太超過。

一群人包圍著尼爾，恭喜她的時裝秀大成功，所以我瞪大眼睛尋找著趙家雙胞胎，她們說有可能會來參加的。我發誓，朱玄可以從任何人手上弄到邀請函，就算是教宗也不是問題。

「不好意思，請問是金瑞秋嗎？」一個聲音問道。

一個穿著耀眼的白色西裝外套的女子朝我走來，臉上帶著大大的微笑。「我就想說我認得妳。我是Elle雜誌的編輯，也是Girls Forever的大粉絲。」她伸出一隻手。「我想和妳討論有沒有採訪妳的機會。」

我的天啊，**Elle雜誌**耶。「很高興認識妳。」我和她握了握手。「我當然有興趣了。」

她露出燦爛的笑容，開始和我討論時間表，以及她對採訪的一些點子。我認真傾聽著，直到我突然覺得有東西在我的衣服裡動了動。我驚恐地僵在原地，意識到我左胸的隱形胸罩正在緩緩下滑。

不。不不不不。我腦中浮現出自己的胸罩，在這位Elle編輯的面前，從外套內滑落、掉到地上的情景。我強迫自己面帶微笑，雙臂緊緊交疊在胸前，防止胸罩繼續下滑。

編輯邊說邊瞄了我的胸口一眼，不知道我為什麼要開始擠乳溝。我羞愧地快速垂下手臂，尷尬地一手覆在肚子上。我不知道我想幹嘛——在胸罩掉下來之前在衣服裡接住它嗎？——但我開始做出奇怪的半抖肩、半扭身的動作，想要試著阻止隱形胸罩繼續下滑。我極度想要保持自然，但此時此刻，我已經聽不進編輯講的任何一個字了。我看起來就像是被雙手在半空中揮舞的充氣人之靈給附身了一樣。內衣已經掉到我的肚臍附近了。我得離開這裡。

「這聽起來都很不錯啊！」我打斷她。「我會再打給妳的！」

說完後，我就衝向女廁，躲進其中一個隔間裡重黏我的內衣。我吐出一口氣。呼。好險啊。

只是……我突然意識到，我從頭到尾都不知道那個編輯的名字。也沒有拿到她的號碼。我呻吟一聲，把臉埋在手掌心。老天，我大概讓人感覺像個大混蛋吧。我唯一和Elle進行個人訪談的機會就這樣飛了。

我從女廁走出來時，我看見一個大約四十幾歲的男人，留著粗短的馬尾，帶著藍色細框眼鏡，帶著歪斜的微笑朝我走來。他穿著一件簡單的法蘭絨襯衫，還有看似不起眼的黑色牛仔褲，但他在所有的時尚精英之間，卻看起來仍然游刃有餘。我立刻感到羞愧不已。他剛剛有看到隱形胸罩的鬧劇嗎？

但當他走到我身邊時，他只是從口袋裡拿出一樣東西，一邊說著：「拿去吧。我丈夫是後台的造型師。如果我不帶這個，他絕對不會讓我去參加活動的。」我看著他伸出的手，然後便看見了世界上最美好的東西：一小捲雙面防走光膠帶。「妳永遠都不知道自己什麼時候需要幫助別人擺脫……棘手的情況。」他揚起一邊的眉毛看著我。我接下膠帶，誠懇地謝過我帶著眼鏡的救世主，然後衝回女廁裡。

當我二次走出來時，一切都已經好好地固定在原位，而那個男人還站在那裡。我對他心虛地笑了笑，然後又謝了他一次。

「認真說，你拯救了我的人生。」我把膠帶還給他。「也替我謝謝你的先生。」

「他如果知道自己拯救了韓國流行歌壇的其中一個大明星，他一定會很興奮的。」他微笑著，伸出一隻手。「我是麥斯維爾・李・哈利。我是Vogue的攝影師。我知道妳是Girls Forever的成員。」

「噢，嗨！」我和他握了握手。當然了，攝影師。我早該猜到的。高級時尚圈的人都毫不費力就能超級自在。「很高興認識你。」

「我很喜歡妳的穿搭。」他欣賞著我的模樣。「尼爾・克萊默去年春季的男裝系列，對吧？」我點點頭，暗自興奮自己的時尚選擇被業界這麼有成就的人給認可了。「非常聰明的選擇。妳自己的品牌有類似的設計嗎？」

我眨了眨眼。我的品牌？「不好意思，我不太確定你的意思？我沒有自己的品牌呀。」

他皺了皺眉。「沒有嗎？大家都稱妳是Forever時尚代表……我以為那是妳的品牌名稱呢！」

「噢。」我微笑著搖搖頭。「那只是粉絲給我取的暱稱而已。他們都很貼心。」

「拜託，女孩。別這麼謙虛。」他假裝翻了個白眼。「妳是個時尚指標，注意到的也不只是妳的粉絲而已。」

我們一起笑了起來，我感覺到內心湧起一股喜悅之情。

「可惜妳拒絕了Vogue專欄的邀約。」麥斯維爾補充道。「我好期待拍攝那個專題，當時真的很希望能安排成功。我覺得我們可以合作出非常優秀的作品。」他嚮往地嘆了口氣。「我受到韋斯．安德森的啟發，對於拍攝的內容有各種宏大的理想。我本來打算讓妳穿上一系列絲綢和皮革的潮流設計，而且每一張照片都讓妳拿著一隻訓練好的獵鷹呢。我認識一個很棒的馴鷹人。」

等等，**什麼？**現在換我困惑地皺起眉頭了。我從來沒有拒絕過Vogue的專欄邀約呀。除非……我突然回想起我偷聽到高層在討論的Vogue邀約。ＤＢ真的連問都沒問我就拒絕了這個機會嗎？我回想著自己在問魯先生時，他給我的回答：「**妳們團體沒有要和Vogue合作。**」現在想起來，這好像是文字遊戲。因為技術上來說，Vogue不是要和整個團體合作。他們只想要**我**。

魯先生為什麼沒有告訴我這個機會？我問起的時候，他為什麼要當著我的面撒謊呢？我可以感覺到自己焦躁了起來，困惑、失望、以及憤怒在我腦中爭奪著位置，但在我來得及好好思索這一切之前，我的眼角餘光突然注意到一張熟悉的臉。我腦中混亂的思緒瞬間靜止。我的天啊。那是——？靠腰。是耶。

「那是卡莉．麥特森嗎？」我脫口而出。我得確認我不是出現幻覺了。

麥斯維爾用饒富興味的表情看了我一眼。「是的。你是她的粉絲嗎？」

說是「粉絲」還太保守了。我**愛死**卡莉．麥特森了，她是流行歌手轉為時尚指標的代表，也是我童年時期最喜歡的美國女子團體B*Dazzled的前團員之一。卡莉是個傳奇。誰能忘記她在MTV音樂電視大獎時為了三套不同的穿搭，直接剪了三次頭髮？她一個晚上就從及腰長髮剪成了鮑伯頭，最後又剪成了極短髮。而誰又能忘記她去參加大都會博物館慈善晚宴時像孔雀羽毛般的造型？

「我有一件B*Dazzled的演唱會T恤，我當睡衣連續穿了好幾年。」我向麥斯維爾坦白道。

「我們都一樣。」他熱情地說。

在B*Dazzled解散後，卡莉便繼續設計她自己的時尚品牌，並嫁給了一個英俊的瑞士奧運滑雪選手，奧立佛．麥特森。我不敢相信她也在這裡。和我共處一室。和我呼吸著相同的空氣，穿著最別緻的綠色連身褲裝，頭髮梳成優雅的低馬尾，耳朵上垂掛著卡地爾的黑豹耳環。

「她本人更美耶。」我讚嘆道。「我從來沒想過我能這麼靠近她。我該去向她自我介紹嗎？這樣會很奇怪嗎？」

麥斯維爾大笑。「看看妳喋喋不休的樣子。妳知道妳自己也是個國際巨星吧？」「卡莉．麥特森和我絕對不是同一種星等的。」就我所知，她根本存在於另一個銀河系。

「嗯，我想她會很樂意認識你。」他說。「但她看起來好像好像要準備離開啦。」

噢不。他說得對。卡莉．麥特森消失在出口，使我的心一沉。

「別這麼失望。」麥斯維爾同情地說。「卡莉什麼活動都是提早離場的。」

「為什麼？」

「她家裡還有小小孩。」他聳聳肩。

「噢，對。四歲的裘德和兩歲的梅貝爾。」

麥斯維爾又對我歪嘴一笑。噢哦。我不小心展露出跟蹤狂的本性了嗎？

「對。嗯，妳知道的，工作和生活的平衡之類的囉。」

這不是夢想中的人生，什麼才是？——她不只長相美麗，她的事業超級成功，而且也兼顧了家庭。

「卡莉也許離開了，但我看有些粉絲想要和你說話唷，大明星。」麥斯維爾瞇著眼看向人群。

我順著他的視線，看見慧利站在雞尾酒吧台邊對著我揮手，朱玄則站在她身邊，對我拋著飛吻。我微笑著，快速向麥斯維爾道別，然後趕到雙胞胎身邊，向她們撲了過去，三個人抱在一團。

「好高興看到妳們！」我大喊著。她們蹦跳著，回應著我的擁抱。「而且還是在巴黎耶！」

「最美好的。」慧利說。

朱玄微笑起來。「人生。」

「沒有之一！」我把話說完。這真的是最美好的人生了。我對宇宙獻上簡短的感謝，讓我成為這麼幸運的女孩，能夠體驗這樣的時光，還和我最好的朋友們在一起。

「姊妹，我們已經太久沒有看到妳的臉啦。」朱玄穿著半透明的精緻繡花洋裝，配上抓皺的肩線，看起來十分浪漫。慧利則換掉了實驗室平時的隨性穿著，套上了一件時髦的白色襯衫，紮進垂墜的金屬色西裝褲內。這顯然不是她第一次當朱玄參加這種活動所攜帶的家眷了。她看起來幾乎和自己的雙胞胎姊妹一樣閃耀動人。「我是說，當面看見妳的臉。」朱玄繼續說下去。「慧利總是會開著妳的MV當背景音樂。」

「身為妳的朋友，以妳為傲有什麼問題嗎。」慧利咧開嘴。「妳好嗎，瑞秋？時裝秀怎麼樣？」

「別管時裝秀了。」朱玄打岔道，一邊抓著我的手臂，眼神閃閃發光。「和艾利見面的事怎麼樣？我們每次在群組提起的時候妳都會轉移話題，別以為我們沒發現喔。你們兩個現在是怎麼樣？」

「什麼都沒有啊！」我的臉一紅。她沒說錯。我是一直在迴避這個話題，一部分是因為這感覺像是應該要當面聊的話題，另一部分卻是因為我還不知道我們倆究竟是什麼關係。我要怎麼解釋我自己都不知道答案的事情呢？

「我的天啊，我就知道。」慧利邊說邊倒抽一口氣，儘管我什麼都還沒有肯定。「看看她花了多久時間才回答。」

我笑了起來。「不是啦，不是，真的沒什麼。但話又說回來，我猜也不是沒什麼……」

「好吧，快說。」朱玄說。她從吧台抓起自己的雞尾酒。「全部都告訴我們。」

我點了一杯葡萄柚帕洛瑪，然後我們三人便擠到一個角落的窗台上，至少在那裡，我們可以在群眾的喧囂之外好好聽見對方的聲音。我從頭開始講，描述我們在捷運上的初次會面，還有在佩托花園咖啡廳的約會。朱玄和慧利是最好的聽眾，在所有正確的時機倒抽一口氣或是尖叫出聲，而我忍不住興奮了起來。光是和別人講起艾利的事，都讓我的肚子裡掀起一陣陣快樂的漣漪。

「這個月以來，我們幾乎天天都有傳訊息。」我捏了捏萊姆，然後又啜了一口。「而且你們絕對不敢相信，他寄了**這個**給我。」我拿出手機，翻出巴黎世家那個包包的照片。

慧利開玩笑地戳了我一下。「他對妳的喜歡是那種喜歡唷！」她像小孩般欣喜地說。

「這傢伙的品味還不錯嘛。」朱璇認可地點點頭。

「妳是指我還是指包包啊？」我挑起一邊的眉毛。這杯帕洛瑪裡的龍舌蘭讓我覺得勇敢了一點、也活潑了一點。

「他的時尚品味是該不錯啊。」慧利忽視我無恥的發言，繼續說道。「他幫許多時尚品牌處理投資的事務。我相信他在這些年間也有學會一點東西啦。」

「他什麼？」我瞪大雙眼。我怎麼不知道？我是說，在對話中，我知道他是做投資相關的工作，但我完全不知道他和時尚產業有關係。

「妳不知道嗎？」朱玄說。「他算是滿奇葩的吧。他畢業之後在一間很大的投資銀行工作了一下下，就立刻投身開始做投資基金了。他超成功的，瑞秋！我應該沒有遇過比他更有動力的人了。」

「哇喔。」我啞口無言。我回想著在新加坡的那天，我們在櫥窗外一起看著巴黎世家的包包。那一整段時間，他都在配合我演出，假裝什麼都不懂，就只是想要逼瘋我而已。

「寶貝們。」朱玄說道，啜飲著她的邁泰，眼神中閃爍著一絲惡作劇的光芒。「我們得打給他。」

「已經在打啦。」慧利邊說邊掏出手機，用視訊打給艾利。

「慧利，不要！」我驚慌地伸手要搶她的手機。

艾利和我也許花很多時間在傳訊息，但視訊完全是另一個領域的東西了。如果我們現在已經太習慣傳訊息，面對面對話反而變得尷尬怎麼辦？

「來不及囉！」慧利把手機拋給我。我手忙腳亂地伸出手，差點把雞尾酒杯都弄掉了，但還是想辦法在艾利的臉出現在螢幕上時接住了。他的下巴上有一層淡淡的鬍子陰影，但就連邋遢的艾利也還是很可愛。

「瑞秋？」他驚訝地說。他的臉上露出一個溫暖的笑容，酒窩浮現。「嗯，嗨。我沒想到妳會用這個號碼打來。妳那裡好大聲喔！妳在哪裡啊？」

「呃，嗨。」我尖叫。我清了清喉嚨，又試了一次。「哈囉。嗨。我——我們在參加一場會後派對。真抱歉這麼晚打給你。現在不是香港的半夜三點嗎？」

「真可愛，她居然把時差都記住了。」慧利對朱玄耳語道。「她真是栽得徹底。」

我刻意瞪了她們一眼，並希望艾利沒有聽見。

「我現在其實在出差，所以別擔心，妳沒有吵醒我。」他笑了一聲。「嘿，朱玄，嘿，慧利。」他喊道。我把鏡頭轉向她們，她們則羞怯地對著鏡頭揮了揮手，然後醉醺醺地咯咯笑了起來。

我把手機轉向我自己的臉。「所以，總之呢。」我說。「我只是想打個招呼啦。」

我的天啊。這幾乎和捷運上的意外一樣令人羞愧了。

「很高興妳打來了。」他說。「這絕對是我今天截至目前為止的大亮點。」

「真的嗎？」希望這場派對的燈光夠閃亮，他才不會看出我在臉紅。

「真的。」他溫暖地對我微笑著，然後笑容變得有些狡猾。「但我今天在晚餐時把酒打翻在自己身上，剛才又有人當著我的面把我招的計程車給搶走了，所以不要太得意，畢竟妳的競爭對手都不是很強。」

我咯咯笑著，然後又後悔自己的笑聲。「嗯，那我很高興自己能讓你今天好過一點囉。」

朱玄和慧利挑著眉交換了一個眼神，我則臉色一紅，又清了清喉嚨。「總之，我只是想要再次跟你說謝謝，謝謝你送我的包包。這個禮物實在太貴重了，我不知道我該不該收耶。」

「噢，拜託收下吧。」他說。「如果妳退回來給我，我可能就得自己留下來用了。但我不確定蛋殼藍到底適不適合我。」

我大笑。「好吧。嗯。再次謝謝你囉。你真的不知道這對我來說有多麼重大。」

他微笑著，眼角擠出了一些細紋。「我的榮幸。」

我們又聊了一會，然後就互道晚安了。我一掛上電話，朱玄和慧利便心知肚明地對著我咧開嘴。

「對，對。」我揮了揮手打發他們，但我們全都笑成了一團。

「來吧，我知道還有另一場更棒的會後派對喔。」朱玄說。就讓她想辦法贏過現在這一場派對吧。當然，不管她計劃了什麼東西，我都絕不會錯過的。

回去首爾之前，我在巴黎有一整天的自由時間，但我多花了早上幾小時的時間，把昨晚的宿醉給睡掉。幸好我在喬治五世四季酒店的房間，窗外是一個小小的庭院，而且安靜無比。我的頭也許是因為最後那一場派對的最後一輪酒而脹痛不已……但當我閉上眼睛時，尼爾．克萊默美麗的服裝系列就從我腦中一件件行經而過。我還是因為時裝秀而欣喜不已，在心中不斷把每一套服裝組合給拆解。

差不多九點時，我從床上翻了下來，沖了一個長長的澡，然後套上一件寬大舒適的奶油色針織毛衣，還有黑色皮褲，然後漫步前往瑪萊區，去瑪莉安餐館買我最喜歡的咖啡和中東蔬菜球。在瑪萊區彎曲的小街道上閒逛了一小時左右的精品店後，我便跳上地鐵，前往蒙馬特。山上蜿蜒的鵝卵石街道兩側，開滿了鮮花，處處都是色彩鮮豔的咖啡館，遠處，我還能看見聖心大教堂。我貼了幾張與大教堂合拍的自拍照，覺得自己就是個徹頭徹尾的觀光客，卻毫不避諱。通常我對於自己貼文的時間和地點都會再更小心一點，但今天我太放鬆了，而且在這裡，我還是個沒沒無名的女孩。Girls Forever還沒有完全打進歐洲音樂市場裡，所以我在這裡比較不會被認出。

現在差不多是巴黎人開始擠進戶外咖啡座抽菸、喝濃縮咖啡的時刻了，我便隨意走進一座每個街角都有的咖啡廳，並拿出我的藍色筆記本。現在是寒冷清新的三月天，但陽光閃耀著，手中握著熱騰騰的馬克杯，讓我覺得自在不已。對街有個街頭藝人在表演，而我不確定他的音樂聲會不會干擾我寫歌的過程，但我發現我筆下出現的並不是歌詞，而是一張設計稿。然後又是一張、接著又一張，源源不絕。一個女服務生來了又去，送來我的濃縮咖啡，過了一會之後，又為我端來一個巧克力可頌。

遠離了我的日常生活後，我發現專注在其他事情上，真是一件無比自由的事。

我正努力地想要把一系列上衣的澎澎袖型狀給畫對，我根本沒意識到多少時間過去了。當我放開畫筆，伸展著自己的手指時，一道陰影落在我身上，擋住了午後的陽光。

我抬起眼，以為是那名服務生又回來了。但我卻看見一個男人，正對著我的桌子咧開嘴，並看起來有一些羞怯。

「作為一個習慣自己去哪裡都會被認出來的女孩，妳現在倒是滿容易找到的嘛。」

第九章

「艾利？你怎麼會在這裡？」我試著在不撞倒小咖啡桌的狀態下站起身，好給他一個擁抱，但我手上正尷尬地握著筆，所以為了避免戳到他，我最後只能跌跌撞撞地向左邊走去，使我看起來像個在走鋼索的小丑。**真是圓滑啊**。

他的笑容變得更開闊。「噢，妳知道的。我就剛好在附近。正好瞪大了眼睛在找一個韓國偶像歌手。」

他拉出一張條紋的藤編椅，在我身邊坐下——所有的椅子都安排在桌子的同一側，這樣所有人都能看到街景，但是肩並肩地坐著，卻突然讓我感到無比親密。我注意到他又穿了另一件無懈可擊的襯衫，這次是黑色，而不是淺藍色，外頭罩著一件皮夾克，圍著一條圍巾。比起在新加坡見面時，他的頭髮又長長了一點，而我現在可以看得出來他有自然捲。他一手撫過髮絲，動作可愛得無以復加，所以我拿起自己的濃縮咖啡杯，試著分散注意力，卻突然想起我的咖啡杯早就空了，不得不再度把它放回小盤上，發出一聲難聽的撞擊聲。截至目前為止，我的優雅風範完全蕩然無存。他露出有點自覺的微笑。

「我原本在倫敦開會。所以我就搭海底隧道的火車來了。」他說。「就這麼簡單。」

「好讓你可以在大街上四處找我嗎？」我在開玩笑，但一部分的我思索著，這是真的嗎？我們昨晚意料之外的視訊真的讓他這麼興奮，所以他決定要來見我嗎？

「啊，嗯，不只是這樣啦。」他招來服務生，點了一杯咖啡。「我想說我可以順便去一趟我最喜歡的藍布爾斯西裝店。吉恩－盧卡欠我一套新西裝。他在幫我丈量的時候，我就看到這個。」他舉起手機，讓我看見我幾小時前貼的自拍。「我想說我應該要先私訊妳，但反正我也需要走走……然後，就在我準備要傳訊息給妳的時候，我抬頭，就看到妳坐在那裡。真是命中註定。」

「嗯哼。好吧。」我試著藏起自己的微笑，然後認真考慮著要再多點一杯濃縮咖啡，好讓我有個東西能握在手上。我偷瞥了一眼桌子底下。打亮過的牛津鞋，或許是Berluti的。「說到這個，順帶一提，我知道你的秘密囉。」

他看起來有些困惑。「我的秘密？」

「你在時尚界工作！」我用手肘撞了他一下。好吧，這是個肢體接觸的爛藉口，但我現在很不挑了。「雙胞胎告訴我啦。」

他輕鬆地笑了笑，雙腿向前伸展，然後瞥了一眼我放在桌上的素描。「嗯，我不是真的在時尚界工作，我只是和很多品牌交易而已。說到這個，妳看起來倒是很沉醉其中。這是什麼？妳在設計什麼系列嗎？」

「什麼？這些嗎？」現在換我感到困惑了。這是兩天內第二次有人直接問我是不是服裝設計師了……真的很扯耶！「不，不。這只是我放空的時候畫的塗鴉而已。」

「我可以看一下嗎？」

有那麼一刻，我猶豫著要不要讓他看，而且只有一個原因。這不是認真的設計。

「我從來沒有正式讀過設計。」我邊說，邊把筆記本推給他。「我是說，我一直都滿喜歡把自己想像的服裝畫下來的，就像我一個人在等延誤的班機的時候……」我知道我又在碎碎念了，但我其實很好奇艾利會有什麼看法。畢竟，他顯然對時尚圈也並不陌生。他也是一份子，至少在商務層面上是。但我內心某個聲音還是告訴我，就算艾利是為一間魚餌和釣具公司處理財務，我還是會想要和他分享我的設計素描。我想要聽聽他的意見。我試著不要太糾結這心態背後的意義。或是親耳聽到他的聲音，而不是看著訊息在腦中想像，這樣的感覺有多好。

他一頁頁翻過筆記本，雙眼專注而認真。我看著他細細看過每一幅素描，試著讀懂他的表情。他會不會覺得看起來很業餘？他是在想要怎麼不傷人地表達嗎？我的手指在大腿上絞扭著，等著他的定見。最後，他闔上素描本，抬眼看向我。

「瑞秋，這些畫得很棒。」他認真說道。「非常棒。我的意思是，這兩張輪廓看起來有點像，但我從來沒有看過像這一張這樣的設計，還有這個……」他舉起最後一張。「這一幅就是，我也不知道要怎麼說才好。就是**非常像妳**。從我有限的理解來判斷，這不就是設計的重點嗎？要有自己的聲音。」

我驚訝地臉色一紅。「真的嗎？」

「當然是真的。」他點著頭，就像他在評論的東西就像是天氣那麼簡單。

他的話使我心跳加速，現在我很高興我沒有多點一杯濃縮咖啡。「我想是昨天看完那場秀之後，我就充滿了靈感。」我說。「那場秀太精彩了。她的品牌和想要傳達的訊息都太明確了。我覺得我的腦子就像是個配電盤，感覺上面的燈一口氣全都點亮了。」然後我告訴他Vogue的攝影師問我有沒有自己的品牌的事。「我是說，我永遠都不可能有資格，但他那樣說真的很貼心，你知道嗎？我想這就是我想像中的品牌吧。」我邊說邊把素描本拿了回來。現在拿在手中，筆記本感覺更真實，也更脆弱了一點，好像如果我弄丟了這本筆記，我就會失去現在這一刻，而這股確信正流經我的全身。

「為什麼是想像？」艾利歪了歪頭。「我不是設計專家什麼的，但我覺得如果妳想的話，妳確實有這麼做的能力。很多和我合作的創意總監，也沒有受過專業學校的訓練之類的。而我說的可是那些白手起家的百萬富翁喔。他們最常見的共同特質，就是有願景與韌性。」

「但是，我甚至連縫紉都不太會。」我回想著之前我試著補起一件Isabel Marant的毛衣袖子上的破洞，最後卻在手腕到手肘的部分縫出了一塊像科學怪人一樣的補丁。

「所以呢？每個人都有過新手期嘛。」艾利邊說邊在座位上往前傾身。「再說，妳又不需要真正動手縫紉，或是從頭到尾自己設計。妳可以當個創意總監——擁有獨特創意遠見的那個人。」他溫暖的棕色雙眼直望著我。「問題是，設計自己的品牌，真的是妳想做的事嗎？這樣做會讓妳快樂嗎？」

會嗎？我思索了一下。這個念頭讓我既興奮又恐懼。這完全是個未知的領域。一個我從來不覺得可以成為真實機會的選項。而成為創意總監的念頭又聽起來很完美。我可以想像自己畫出原始設計稿、挑選完美的布料與材質，和其他人溝通我們想要讓品牌傳達的造型與感受，以及我想要透過服裝來講述的故事。我的心跳加速。我的手指迫不及待地想要拿起鉛筆再度畫畫。但另一個念頭突然襲來。我的人生真的有辦法做到這件事嗎？流行歌壇永遠優先；這是必須的。音樂是我的初戀，我也不想其他事情來改變這一點。對吧？

「也許吧。」我由衷地告訴他。「但現在這大概只算是我的秘密基地，讓我玩耍、又不用擔心自己不夠完美。」

「合理。如果妳這麼做只是為了自己好玩，那就保持初心。」他輕鬆地說著，聳了聳肩。「話說回來，有時候我覺得想想那些做著我想做的事、而且已經成功的人，其實滿有幫助的。這樣一來——」

「卡莉．麥特森。」

他眨了眨眼，然後爆笑出聲。「妳是說B*Dazzled的那位嗎？」

我點點頭，這句脫口而出的話讓我有點難為情。

「喔，我一直覺得妳比較像是會喜歡妮基・凱西的女生。」他取笑道。他指的是卡莉的團員，一個總是喜歡綁超高馬尾、還有亮粉紅平底靴，還在坎城影展時把自己的腋毛染成電藍色的女孩。

「哈哈。但認真說，我在昨晚的會後派對上有看到她，天啊，艾利。」我嘆息。「她太完美了。完全就是我的目標。如果我可以做到像她那樣，同時兼顧音樂和時裝品牌，還有時間給家庭——那簡直就是美夢成真。」

他想了想，然後點點頭。「好吧。我看看我能做點什麼。」

我揚起眉。「你能做點什麼？」

他露出一個厚顏無恥的微笑，一手伸向桌子。有那麼一瞬間，我以為他是想要牽我的手，我便屏住呼吸。我的手指在桌面上抽動著，但他越過我的手，端起我的空馬克杯。

「嗯，首先我要看看我能不能幫妳弄到一杯新的飲料。」他說。「然後也許換個場景。我們要不要散散步？還是妳今晚又要趕場去戴高樂機場了？」

「我明天早上才要走。」我告訴他。「所以在那之前，我猜我確實是該找點事情做。」

「那好。我們絕對可以找到一點事情做的。」

他把錢留在桌上買單的時候，我試著不要讓自己因他的話而臉紅。他對我抬起他的手肘。我接受了。

……✦

我們從蒙馬特搭乘地鐵前往里沃利路，逛了幾間流行精品店。然後我們又越過阿爾科萊橋，欣賞著巴黎聖母院在天空下莊嚴的模樣。在聖日耳曼大道，我們鑽進莎士比亞書店，瀏覽各種語言的書籍，然後在盧森堡公園找了個位置坐下，看起我們買的書。我時不時會回頭看看身後，突然很害怕有沒有人會看見我們在一起，然後認出我來。害怕曝光的恐懼從來沒有真正離開我的心頭，但我實在很難不被此時此刻的浪漫氛圍給擄獲。不論如何，我還是時刻留心著我身邊的路人。

每次我只要拿不定主意接下來的行程，艾利就會向我提出幾個選項：A，去麵包店，然後去艾菲爾鐵塔旁邊野餐。B，去塞納河來趟黃昏的渡船之旅。C，去巴士底廣場喝酒。D，以上皆是。

一整天下來，我腦中也有自己的選擇題不斷地在打轉著。

我該吻艾利嗎？

A，上啊！

B，不行。如果有人看見了還拍照呢？不要這麼莽撞。

C，再說，你真的準備好要和別人開始交往了嗎？用腦子思考，不要感情用事！

D，但是如果我只是……吻他呢？

今天稍早，我們沿著塞納河畔散步，我們的雙手輕輕碰觸著對方，而我的手臂一陣陣酥麻。有那麼一刻，他停下了腳步。我也停了下來。他看著我的雙眼，露出他的招牌微笑，左臉頰的酒窩使他看起來同時既孩子氣又性感到不行。

「妳知道我真的很想牽妳的手，對吧？」他說。他笑了起來，搓了搓自己的臉頰。「今天在咖啡廳時，我也很想這麼做。但是我試著要讓自己酷一點。」他試著讓自己「酷一點」的嘗試使我咯咯笑不停，但他用更認真的語調繼續說下去：「我記得妳告訴過我，流行歌手談感情會是什麼樣子。我不想要給妳壓力，或是讓妳陷入妳不喜歡的境地。我不知道我需不需要說，但我想要把話說清楚，我對妳的名氣沒有興趣。我對妳、和妳讓搭新加坡捷運這件事變得像極限運動一樣的能力才有興趣。」

這句話讓我大笑起來。我不知道要說什麼才好。他好誠實。沒有耍花招、只是完完全全的坦白。「謝謝你。」我說。「謝謝你這麼說。」然後我伸出手，牽起他的手，和他十指交握，我們就這樣牽著手沿著河岸漫步。在那一刻，被他碰觸所帶來的興奮之情，壓過了被人發現的恐懼。

我們繼續探索著城市，那番對話仍然在我腦中不斷迴盪。我也還是忘不掉自己有多想要吻他。在傑森之後，我就再也沒有過這種感覺了——而且就算是和傑森在一起時，感覺也與這完全不同。這兩者根本不能比。和傑森在一起時，一切都強烈又充滿了爆炸性，不管是好是壞。現在回想起來，那就是孩子氣的戀愛。但和艾利在一起，我感到踏實，而且和他在一起的念頭，讓我感到既安全又自由，而且充滿了開放的可能性。

接近晚餐時間，我們來到了海岸酒店。它的餐廳小而溫馨，有著光線微弱的舒適晚餐包廂。這絕對是名人可以好好放鬆、不必擔心被人打擾的舒適氛圍。「田先生，預定兩位。」艾利對接待員說。

服務生前來領我們往桌邊移動，但艾利沒有往前走。我回頭望向他。

「你要來嗎？」我問。

「不了。」他說。「我其實不會和妳一起吃晚餐。」

「什麼？」我困惑地轉向他。「我以為你是預定了兩人的座位耶？」

「他是啊！」一個聲音說道。「抱歉我遲到了。」

一個女人正好踏進餐廳，穿著復古的寬喇叭褲，配上黑色的高領毛衣、黑色踝靴、還有黑色的方形墨鏡——再配上一個耀眼的亮粉紅柏金包。

我的天啊。

是活生生的卡莉．麥特森。

她親了親艾利的臉頰，和他打招呼，然後帶著溫暖的微笑轉向我。「妳一定是瑞秋。」她吻了我的臉頰。「很高興認識妳。」

「那個──我──也很高興認識你。」我結巴地說。我轉向艾利，用唇語說：**這是怎樣?!**

「我幫她老公的運動服飾品牌處理財務。」艾利輕描淡寫地說。「我請他幫我一個忙。」

我真是不敢相信。我來回打量著艾利和卡莉，不知道哪一個人現在更讓我驚訝。艾利很快地捏了捏我的手臂。

「好好享用晚餐吧。」他對我微笑道。

「走吧，瑞秋？」卡莉說。

我點了點頭，跟著卡莉和服務生走向我們的桌子，想辦法讓自己不要跌倒、也不要驚訝到當場哭出來，但我覺得我兩件事都快要控制不住了。卡莉優雅至極，也完全沒去提我現在看起來有多尷尬。她只是在座位中傾身向上前，給了我一個共謀般的笑容。

「妳知道這裡的巧克力慕斯有多好吃嗎？我有點想要跳過晚餐，直接吃甜點就好。」

我笑了起來，稍微放鬆了一些。「如果妳在晚餐前先吃甜點，我也不會批判的。巧克力慕斯就是要讓人破例用的啊。」

卡莉對我眨了眨眼。「我們是同路人呢。」

我們開始聊天之後，我就發現，卡莉有種不可思議的魔力，能讓你忘記她是，嗯，卡莉・麥特森。她對自己的所作所為感到無比自在，講著小裘德現在最喜歡的新字眼是F開頭的髒話（「老實說，他上一個最喜歡的詞是『不要！』，現在這個還是好多了。」），完全不覺得彆扭，我也開始覺得舒適多了。我們一邊吃著松露飯，喝著濃郁的勃根地，我和她分享了昨晚在時裝秀的經歷，以及艾利對我的草圖所做出的評論。

「但我不知道我有沒有本錢真的成為一個設計師。」我說。「我覺得那好像距離在筆記本上畫畫圖有很長一段距離。」

「我懂。」卡莉說。「但妳換個方式想好了。妳小時候在房裡自己唱著歌，幻想有一天能站上舞台表演，妳有想過真的會成為流行歌手嗎？我很確定，當時那個夢想也感覺遙不可及。但現在妳還是成功了。」

她說得對。我緩緩點點頭。我以前從來沒有這樣想過。

「如果這真的是妳想要的，那現在正好是個很好的起點，可以開始思考自己的服裝品牌了。」她說。「妳充滿熱情，才華洋溢，也有新穎的點子，更別提妳在時尚圈有人脈。」我瑟縮了一下，想著我昨晚錯失的另一個時尚圈人脈拓展機會，多虧了我黏不住的隱藏胸罩。卡莉當然沒有錯過我的表情。「為什麼要擺那個臉啊？」她笑了起來。

我的臉一紅，有些不情願地告訴她昨晚的故事。當我提到為了避免造型崩壞而即興產生的詭異舞步時，她瞪大眼，然後爆笑出聲。「不要笑啦！」我自己也笑了起來。「那超**羞恥**的。我覺得時尚界有好多潛規則。感覺好可怕。我只是不想搞砸，妳知道嗎？」

「我知道。」她的笑聲轉變成理解的微笑。「但是瑞秋，重點是，當妳回首自己最大的那些成就時，妳會發現如果乖乖地照別人說的做，那些成就就不會發生了。有時候偶爾打破一下成規是沒關係的。那樣的人生更好玩。」她眨了眨眼。

我啜了一口紅酒，玩味著卡莉剛才說的話。那和我在ＤＢ所學到的一切正好相反。在韓國流行樂壇，我會成功，正是因為我不打破規則。自從我成為練習生後，我就乖乖待在別人為我鋪好的道路上，我才會走到今天這個地位。光是有建立自己品牌的這個念頭，就已經讓我覺得自己在打破樂壇的規則了，因為，嗯，從來沒有人這樣做過。我真的可以考慮這件事嗎？

「我不會美化它的，瑞秋。」卡莉說。「建立自己的事業並不容易，尤其是當妳要從一個超紅的女團成員轉換身分的時候。這是個很大的躍進，但如果妳真的想要，妳就可以做到的。」

大躍進？她的說法讓我受寵若驚，又覺得難以消化。「嗯，也不完全是轉換身分。」我說。「我也沒打算要為了時尚產業離開Girls Forever。我愛我和她們一起做的一切，我也一直想像我們會變成流行樂壇最長壽的女團之一。」我微笑著。「我還年輕。我還想要再和她們合作四到五年。再說，我們就像姊妹一樣。」

卡莉嚮往地微笑著。「我還記得那些日子。B*Dazzled的女孩們和我以前也是同進同出。我想除了她們以外，應該沒有人看過我那麼討人厭的樣子。」她瑟縮了一下。「或者看過我幾乎沒有眉毛的時候，在二〇一一年，我有過一次修眉修過頭了。在接下來的四個月裡，妮基每天都要幫我畫眉毛。」

我大笑。「真的嗎？」

「噢，對啊。那些女孩們和我還是情同姊妹，就算我們現在都已經開始在不同的領域內工作了。重點是，妳要會去區分鬥嘴和惡意。每個人都會鬥嘴。我和女孩們以前也對很多蠢事有過誤會。但惡意是不一樣的。它會深植妳心，然後形成完全不一樣的東西。如果妳可以分得清楚，妳就沒問題了。」

老天，我真希望我能把整個對話逐字紀錄下來。她好像完全理解我現在的狀況——我猜她是真的懂，因為她自己以前也經歷過。和真正理解的人聊這些，讓我的心更穩定了一些。

卡莉的手越過桌子，握了握我的手。「我覺得妳現在的位置恰到好處，瑞秋。」她說。「思考妳在流行歌手之後的其他未來，和妳對團體的投入其實是不衝突的。妳可以一邊探索副業，一邊繼續好好經營和Girls Forever的事業。妳可以的。現在……」她放開我的手，拿起甜點菜單。「到了巧克力慕斯的時間了沒呀？」

我好愛她。

「到了。」我對她露出燦爛的笑容。「早就超過啦。」

……………✦

晚餐過後，我飄飄然地回到四季酒店。我從來沒有這麼備受激勵過。和卡莉・麥特森的晚餐正是我現在所需的，而且還不只如此。而這一切都是歸功於艾利。

我一回到房間，便掏出手機傳簡訊給他。

我：謝謝謝謝謝謝。

他幾秒鐘後就回覆了。

艾利：這代表妳玩得很開心囉？

我：最開心的那種。我現在回到四季酒店了。你在哪？

艾利：剛和工作上的聯絡人吃完晚餐。其實呢，我現在就距離妳的飯店幾個路口

而已……

我立刻衝出房間，跑下飯店的樓梯。我一衝出大門，我就看見艾利站在一根路燈的燈柱旁。天上開始飄雨了。點點雨絲落在他的臉上，使他的頭髮看起來像是在街燈下閃閃發光。

「嗨。」他說。

「嗨。」我說。

他把臉上的雨水抹掉。「等等，別出來，妳會濕透的。」

「不，不，這樣最完美了。狗仔在下雨的晚上更難拍照。」我朝他走去，像是受到某種無形的力量牽引。

他笑了起來。「所以妳玩得開心嗎？」

「整個人身心靈都提升了。那個巧克力慕斯改變了我的人生。」我打了他的手臂一下。「噢對了，晚餐的伴也還不錯……」

他微笑。「那太好了。」

一輛計程車在附近停了下來，一對情侶下了車，咯咯笑著，跌跌撞撞向飯店前進，顯然有些微醺。我們向後退開，躲進陰影裡，遠離飯店大門。

「認真說，我太激動了。老實說，我真的不知道要怎麼感謝你。」

「不必謝我啦。但既然妳還沒在雨中融化，我們要不要散散步？」

我沒有馬上回答。我太享受此時此刻，街燈照耀著他的側臉，使他的眼睛發光，捕捉到他懇切的神情。

「或者……B選項，妳整——天和我到處閒逛，已經累壞了，所以妳只想說晚安，然後回去躺在床上……」他提議。

我大笑著，搖搖頭。「C選項，以上皆非。」

他看起來有些困惑，但在他來得及開口之前，我便走上前，吻了他。有那麼一秒，他驚訝地做不出反應，但接著他的雙臂便來到我的腰際，他回吻著我，雨絲輕柔地落在我們腳下的鵝卵石上。

第十章

「我回來啦！」隔天早上，當我進入清潭洞的別墅時，我一邊踢掉鞋子，一邊大喊。我聽見幾聲模糊的「嘿」從關起的臥室門內傳來，但沒有人出來和我打招呼。我想我也不意外。現在是星期日早上九點，而我們沒有任何Girls Forever的活動。我現在也應該在呼呼大睡才對。

我應該要立刻拆行李，整理哪些衣服要丟洗衣機、哪些要送乾洗、還有哪些乾淨的衣服可以收回衣櫃裡。但在十一小時的飛行與八小時的時差影響之下（現在是巴黎的半夜一點），我筋疲力竭了。也許我在開始拆行李的痛苦磨難之前，可以先小睡一下。我走過走廊，聽見靠近我房間的那間浴室傳來沖澡的聲音，智允招牌的椰子洗髮精氣味從門縫中飄散出來。

我打開我們的房門，發現我比想像中的更想回家。我的飯店房間也許擁有義式庭園的風景，但那裡沒有我的拍立得照片牆、或是堆滿Vogue雜誌的床邊桌，每一本都特別把我喜歡的頁面做了摺角，也沒有麗茲在團體五週年時送我的小木頭首飾架（儘管她有時候說話帶刺，但她每年都會給我們傳統的週年禮物——第一年是紙、第二年是棉，以此類推）。我想念這一切，甚至也想念智允雜亂的那一半房間，她亂糟糟的書櫃和沉重的毛毯，她總是說那條毯子重得沒辦法從地上撿起。我把行李推進衣櫃裡，我便爬上床，縮成一團，連被單都懶得掀起來，就閉上了眼睛。

不知道過了多久，我聽見廚房傳來一陣陣人聲。女孩們一定是被夏卡蘇[2]的氣味給喚醒了，自從秀敏發現這種食物的存在後，她就要求經紀人每週末都幫我們送來。我吸進食物的香氣，肚子發出了清晰可聞的咕嚕叫聲。我猜我在飛機上吃的貝果還是不夠塞牙縫。嗯，拆箱行李和睡覺的事都可以再等等。但食物不行。

當我出房間的時候，大家都已經圍繞在桌邊了。她們嚇了一跳，仙姬則差點從位子上跳了起來。

「我的天啊，瑞秋，妳嚇死我了。」她邊說邊把一隻手壓在胸口。「歡迎回來！」

「謝啦。」我很快地對她笑了一下。

「頭髮好看耶，秀。」善英邊說邊拉開一張椅子。秀敏把頭髮頭髮盤在頭頂上，但看起來更像是鳥窩，而不是故意弄亂、但還是很可愛的造型。秀敏打了個呵欠，拉開善英身邊的椅子，顯然累得不想聽明地回嘴了。

「噢，尼爾．克萊默的秀場禮品包裡面有一款很優秀的滋潤修護髮膜耶。」秀敏為自己倒了一杯五味子茶，我則對她說道。「如果妳想要，我可以借妳用喔。」

2 譯注：shakshuka，一種番茄半熟蛋的中東料理。

「拜託，瑞秋，我們全都才剛起床。」麗茲邊說，邊一屁股坐在桌子對面的位子上。「妳可以至少給我們五分鐘的休息時間，再開始炫耀巴黎的事嗎？」

「認真說。」米娜邊說邊打開冰箱，拿出一瓶氣泡水。「妳在放假的時候，我們其他人還是在工作的。」

呃，好喔？我不知道讓別人借用護髮產品也算是炫耀耶。此外，DB一開始之所以會讓我去巴黎旅行，是因為我們Girls Forever的行程表裡剛好有個空檔。就我所知，我不在的時候，其他女孩們也沒有什麼大的團體活動。

「我不在的時候，妳們都在忙什麼啊？」我把話題再度轉回無傷大雅的中立範圍。

「我們昨晚去九〇二喝了酒。」仙姬應聲道。

啊。那就能解釋為什麼大家的火氣會這麼大了。九〇二的龍舌蘭雞尾酒真的會殺人。我想大家今天早上的頭都快痛死了吧。

「好玩耶。」我心知肚明地微笑。「我還有錯過什麼事嗎？」

「我拍了《曾經我愛你》的一個配角戲喔。」米娜驕傲地說。「顯然大家都認為這部電影的票房會大好。而且他們在最後一刻又修改了一點劇本，讓我的角色戲份多一點，因為他們的女主角實在太平淡了。」

「太棒了吧！」我說。這消息讓我的心情激昂起來。我是真心為她感到開心，她終於開始追求自己演戲的夢想了。「妳爸也支持嗎?」

「我不需要他的同意。」她回嘴,但她臉上驕傲的神情褪去了一點。「再說。」她再度找回自己自信的笑容。「等到他知道我要和誰共同演出之後,他基本上就**必須**讓我參演了。」

「噢,對,那不就是傑森拍的那部電影嗎?」我問。

「還有宋建玗。」米娜補充。「你知道只要有他參演,就一定會是票房冠軍。我拍戲的那天,他安排了冰淇淋和咖啡車,讓所有的卡司和工作人員都能保持精力。他超可愛的。他跟你在電視上看到的樣子完全不一樣。真的很親民。但當然還是很帥啦。」

恩地嫉妒地看著米娜。「而我,要和Vogue合作拍攝一組照片呢。」她邊說邊在麗茲身邊坐下。

「對,我們都知道,恩地。」麗茲簡短地說。恩地忽略她,伸手拿過一瓶養樂多,臉上帶著驕傲的笑容。看著她們小小的三人組互相攻擊真是奇怪,她們平常都是女王蜂的角色,會集結起來對付我們其他人的。

等等。

我突然意會過來。

恩地要和 Vogue 合作?

所以ＤＢ不只是替我拒絕了他們的邀約，還把邀約重新指派給別人。我真是不敢相信。

「ＤＢ上星期跟我說了這個合作拍攝案。」恩地繼續說道，好像麗茲根本沒開口過似的。「這是韓國流行歌壇第一次有偶像參與拍攝呢。真不敢相信他們想找我。」她用全世界最失敗的假謙卑口吻說道。恩地身後的米娜翻了個白眼。恩地也許不是最會穿搭的，但所有人都知道，媒體和鄉民們都認為恩地大概是整團裡最典型的美女。「我星期二要去試裝。」她補充道。

米娜拿著氣泡水走到桌邊，她的下顎緊繃著，眼神閃爍著光芒。「說到服裝，我注意到妳最愛的經紀人河俊戴了新的萬寶龍手錶耶。怎麼啦，妳家人買不起勞力士嗎？」

家長有時候會這麼做——賄賂經紀人、或甚至是比較低階的ＤＢ高層，好讓他們的女兒得到特殊待遇。但通常沒有人會像米娜這麼大膽地提出來。但話說回來，也沒有多少人和米娜一樣大膽了。

「仙姬也有做一些很酷的事啊。」永恩不著痕跡地插嘴道。

智允正從浴室裡走出來，頭髮包在毛巾裡，用手肘撞了撞仙姬的身側，咧開嘴。「對啊！仙姬要準備開始當SOAR戲劇娛樂新廣播節目的主持人啦。跟她說啊，小仙。」

仙姬的臉一紅，露出微笑。「我要主持他們的新脫口秀了。這真的很酷耶。他們想要為藝術家創造一個更私密的空間，讓他們談談自己的創意動機。」

「我一直都說妳的臉很適合廣播節目吧。」麗茲竊笑著。

仙姬的微笑變得沒那麼肯定了，而永恩伸出手，捏了捏她的手臂。「妳一定會表現得很棒的。」他說。

談到仙姬的時候，大家都會分成兩派：一派會找她碴，因為她是年紀最小的，另一派則會對她格外保護，因為她是年紀最小的。永恩也許總是十分務實，但在需要保護我們的忙內時，誰都別想招惹她。

「真的。」我同意道。「這對妳來說真是個好機會呀！」

我是認真的。仙姬一定會做得很好。她也許不是整團裡外表最美的女孩，但她非常可愛，而這多半是歸功於她有趣的電視形象。我真希望她可以看見這一點，才不會一直讓其他女孩影響她。

但我忍不住想起，這個廣播節目聽起來真是耳熟。這是SOAR高層朴先生在上海的派對時來和我提起的那個節目。他說他會和DB聯繫，但在那之後，我就沒有聽到任何消息了。顯然，DB高層決定把這個機會安排給仙姬。

我是真心為她高興，但我忍不住對DB有些不滿。這是我第二次發現他們把工作機會攔了下來，不讓我知道。先是Vogue，現在又是SOAR的廣播節目。他們顯然把所有的工作邀約都接了下來，再以他們認為適合的方式分派給特定的女孩。一方面我可以理解他們想要讓我們都有平等的機會，我想著粉絲信件的數量，我們每個人都會暗自比較誰收到的多、誰收到的少。如果可以避免的話，他們當然會想盡量不在團體中滋生那種不公平的情緒。但另一方面，我又一次受到提醒，在ＤＢ，一切都是由他們掌管——我想要追求的東西，都得先取得ＤＢ的許可，否則永遠也不會發生。

我想著卡莉·麥特森對我說的話。但比起我們的對話內容，我想的反而更多是她在談論她的人生、尋找平衡、以及做會讓自己開心的事時那股自信的氛圍。**那會讓你快樂嗎？**在討論要不要跨足時尚界時，艾利這樣問我。

會，我意識到。我會很快樂。

但如果我不去找最重要的對象先談過，我想得再多都是白搭。

ＤＢ。

「謝謝您願意見我，魯先生。我知道您的行程很緊湊。」

魯先生向後靠在棕色的皮辦公椅上，雙腿交疊。「沒問題的，瑞秋。妳知道這裡永遠都歡迎妳。」

他隔著鏡片打量著我，像是要拆解我的腦袋似的，這讓我很難相信他的話。我已經好幾年沒有和魯先生私下開會了，而我現在覺得有點生疏。這類的對話總像是一支非常精密的舞蹈——我試著要對他保持合宜的尊重，卻又要堅持自己的立場，並提出我認為公平的要求；他則試著當一名講理而慷慨的雇主，但還是要確保我知道誰才是老大。

「妳在想什麼呢？」他問。

「我想要創立我自己的時裝品牌。」我開宗明義地說。這是和魯先生開私下會議的另一條規則——不要浪費他的時間。我的腿威脅著要在桌面下發起抖來，但我強迫自己保持不動，聲音保持沉穩平靜地繼續說下去。「您也知道，我一直都對時尚產業很有興趣，我最近去巴黎的那一趟旅行，更讓我意識到，我有潛力更加深入這個產業。我想要向您保證，這不會改變我對Girls Forever的全心投入。這只會是我的副業，而不是取代團體的重心。您知道的，就像米娜去拍戲、或是仙姬主持廣播節目那樣。」我滔滔不絕地說著，技巧性地提到這兩人的事，好讓魯先生無法隨便就打發掉我。畢竟，如果他都讓其他女孩追求副業了，他有什麼理由不允許我呢？

「這個嘛……」魯先生開口。我看得出來，他打算要和我爭論，時尚品牌是另一回事。畢竟，電影和廣播節目，和我們都還算是在同一個產業裡，但卻從沒有一個偶像歌手試著創立自己的時尚品牌。至少就我所知沒有。眼看我的夢想就要從眼前溜走，我是時候該掏出終極武器了。

「或者是恩地的Vogue照片拍攝……」我讓這句話懸在半空中。

魯先生的表情沒有透露出任何訊息，但我知道他在回想我們去新加坡前的對話。回想當時他公然否認我們和Vogue有任何合作機會。我幾乎可以聽見他的心思運轉的聲音，彷彿他正在腦中計算答應我的請求後的好處和壞處。好吧，不玩遊戲了。我需要讓他知道，這真的是我的夢想，而這對他來說也不會有任何壞處。

「我也想要從我的品牌中提供一筆權利金給公司。」我打開包包，拿出一份我和艾利討論好的權利金協議草約。「在我和DB的合約期內，我品牌銷售的一部分將會歸您所有。魯先生，Girls Forever是我的第一優先順位，沒有什麼會改變這一點的。」我誠懇地繼續說下去。「真要說的話，如果我的品牌真有機會成功，這也許還能使我們的人氣更高，甚至幫助我們接觸到更多觀眾。」

魯先生的手指頂在下巴，考慮著。我屏住呼吸。

我已經把話說出去了。我從他的商業思維下手。這間公司有明確的財務誘因。我們的目標是一致的，而不是互相對抗。

我現在就只能等。

還有抱持希望。

還有——

「好吧。」最後他說。「我們很感謝權利金的提案。發展時尚品牌，很適合妳——我看不出為什麼不行。」

我吐出一口氣，胸口的恐懼感終於散去。我低下頭。「太謝謝您了。」

「其實，如果妳願意，我們還可以讓這個品牌成為ＤＢ旗下正式的公司。」他熱切地說。「把一切都留在自家。」

我猶豫著。我回想著艾利翻閱我筆記本時，那股非常沒有安全感的感覺。我現在才把這個點子告訴魯先生，是因為如果真的成功了，我們都能獲利……但如果不成功呢？如果我徹底失敗了呢？我還是希望時尚和設計可以是我玩耍的避風港，就像我告訴艾利的那樣。成為ＤＢ旗下的公司，壓力的來源在於，我一開頭就必須做得非常完美。回答他時，我試著不要動搖。

「我很感謝您的提議，魯先生。」我保持聲音平靜地說道。「但我想知道自己到底有多少能耐。我真的還處於，呃，探索的階段。」比較像是**我不知道自己在幹嘛**的階段，但他不需要知道啦！更別提，我其實不覺得我該把我這個全新的點子雙手奉上給ＤＢ。我非常樂意提供權利金當作示好的表現，但我還是希望這是屬於我的，而不是ＤＢ的。「如果我在公司之外進行這個計畫，您覺得可行嗎？」

他看起來有些懷疑——我們雙方都知道為什麼。我到底要怎麼樣才做得到這件事？我覺得還比較可能是一個有趣的小專案，在真正推出之前就胎死腹中。但他眨了眨眼，什麼表情也沒有，說道：「我想我也沒有拒絕的理由。我會請韓先生把細節處理好。但我想要看到妳用盡全力。妳的品牌也許不是屬於ＤＢ旗下，但妳還是公司的明星，妳做的一切都會反映在我們身上。懂嗎？」**意思是：不要讓自己丟臉——讓我們丟臉。**

「當然。」我現在心中盈滿了興奮與恐懼參半的情緒。他說好。他說好耶！「您知道我永遠都是用盡全力的。我保證，這件事也一樣。」

⋯⋯⋯✦

當天晚上，我和女孩們坐在客廳裡一邊吃著巧克力派，一邊看歌唱競賽節目。其中一次進廣告的時候，我告訴了她們我和魯先生的會議內容。她們倒抽一口氣，永恩抓起遙控器，把電視靜音。有那麼一刻，所有人都只是沉默地坐著。

「妳自己的時尚品牌。」永恩終於說道。「這真是⋯⋯哇喔。」

我的臉一紅。我不想要太高調，因為一切都才剛起步而已，但女孩們都知道，讓魯先生同意這類事情的意義有多麼重大。

「我真的、真的很興奮。我有好多點子。」我說。「但是我也有點嚇壞了。我真的不敢相信他居然答應了。」

米娜緩緩點著頭。「對，這真的……出乎意料之外。」她淡淡地說。「但我覺得這也合理吧。妳有時候的穿搭真的不錯。」

「對啊！妳好會搭配衣服！」仙姬讚嘆道。「妳一定會很棒的。」

「謝了，小仙。」我很感激她真誠的熱情。

「仙姬說得對。」智允說。「這完全就是為妳量身打造的。」

「我只是希望我能做好。」我深吸一口氣。

永恩肯定地點點頭，然後再度對遙控器伸出手，準備把音量調回來。但在她搆到遙控器之前，麗茲開口了。「哇喔，瑞秋。實境節目、雙人專輯，現在還有時尚品牌？事情真多耶。我希望妳能應付得了囉。」她說，但她諷刺的口氣聽起來完全不是那麼一回事。

「這不會影響到妳參與團體的活動吧？」米娜補充道，癟了癟嘴。

我懷疑，所有女孩中，最擔心這對團體會帶來什麼影響的人，應該就是米娜了。她曾經說過：**「我們只要有一個人搞砸，大家就會都跟著很難看。」**我不能怪她這麼擔心。我正要邁入未知的領域，而不管我做了什麼，都會無可避免地反映在團體的其他人——還有她身上。

「別擔心。」我堅定地說。「Girls Forever 還是我的首要目標。我也許還沒有確定所有的細節，但就這一點，我百分之百確定。」

團體中落下一片沉默，不過這次比先前的沉默更緊繃了一點。一會後，秀敏清清喉嚨，說道：「對了，瑞秋？我還可以跟妳借妳說妳從巴黎帶回來的護髮膜嗎？」

「當然，好啊。」我說。然後，這一刻的舒適氛圍，與女孩們所有的支持讓我產生的感激之情，使我突然又補上一句：「妳想要的話，給妳也沒關係喔。」

「真的嗎？」她咧開嘴。「謝了！」

「所以，巴黎怎麼樣？」善英開口。

「對啊，妳有吃到什麼時候奇怪的料理嗎？」秀敏問道。「例如田牛之類的？」

善英皺起眉。「那是田螺啦。」

「我就是這樣說的啊。」

「才不是。妳說的是『牛』，傻子。」

然後她們又像是老夫老妻般吵起嘴來，米娜抱怨著她都聽不到電視的聲音了。恩地翻著白眼，不過卻是充滿了好感的那種，而我露出微笑。嶄新的旅程就在眼前展開，但有些事是永遠也不會變的。

第十一章

七年級開學的第一天，我的初級代數老師潘女士，要我們在教室裡輪流分享一件和我們有關的趣事。當時我已經搬到韓國三年了，而我以前信手捻來的趣事，像是我剛從紐約搬來、我是韓國歌手練習生、我有一個妹妹這些對我的同班同學來說都是已知的舊聞了。再說，對十三歲的孩子而言，同儕的壓力會讓你想要分享一些讓你顯得更酷、比同輩更成熟的事情。像是邱敏蒂說她在夏天時打了耳骨洞，或是像周艾拉說自己生日時在碧昂絲的演唱會坐了最前排的位置。當我坐在教室裡，焦慮地等著輪到我分享的時刻時，我突然覺得我這輩子做過的每一件事，不管它們有不有趣，全都從我的腦海裡消失了。而現在我坐在Dal TV的錄影現場時，我又產生了一模一樣的感覺。

截至目前為止，訪談都還算順利。柳大鉉是我最喜歡的主持人之一。他有趣又溫暖，總是能讓我們感到舒適放鬆，並且大笑不止。但他有時候也喜歡向我們拋出嚴肅的問題，像是「韓國流行歌壇要怎麼改變世界？」或是「有什麼慈善或社會議題對妳們來說是有特別意義的嗎？」所以當他說：「好吧，女孩們，現在我只剩最後一個問題啦。」我在座位上坐得更挺了一點，不知道他又想要問什麼有深度的問題。

但大鉉只是說：「如果妳們要用一個詞來形容自己的話——對，仙姬，就只有一個詞！」他邊說邊大笑著，鏡頭一面切換到已經張開嘴準備抗議的仙姬身上。今天這一集節目，仙姬很愛說話這件事已經變成了不斷重複出現的哏了。大鉉甚至計時她在不換氣的狀況下能說多久的話。讀秒的結果是六十七秒。等到笑聲漸落之後，他繼續說道：「好啦，用一個詞來形容自己。開始。」

「熱情。」米娜說。

「誠實。」智允補充——這是事實，但也是個經過計算的答案。她還在回避新加坡那個事件的媒體鋒頭。

「可愛！」仙姬邊說邊用雙手捧著臉頰，逗得大炫笑個不停。

麥克風一路傳了下來，每個女孩都分享了自己的詞彙。我沒有意識到自己完全放空了，直到有人撞了一下我的身側，我轉過頭，才發現秀敏肘擊了我一下，正要把麥克風遞給我。

「好啦，金瑞秋。妳會用什麼詞形容自己呢？」

我張開嘴，又再度閉上。噢哦。我一直在回味昨晚與艾利的視訊約會，我們一起在YouTube上看了巴布．羅斯的繪畫教學影片，然後各自在小畫家上面照著畫了一遍，出來的成果則是可笑得慘不忍睹，而我完全忘了要去想描述自己的一個詞。

快啊，瑞秋。

就選一個詞，隨便一個詞都好。這只是一個愚蠢的脫口秀，不是什麼真正決定妳人生的的大時刻。再說，這是哪門子問題啊？沒有人能用一個詞形容自己好嗎。不過，這倒是個好點子……

「不守愚蠢的規矩。」我邊說邊用手指數著這七個字。這有點反諷，因為整個團體中，我也許是最守規矩的的女孩之一了，我從來不想要逆著ＤＢ的毛摸、或是試圖踩線。但接著我想到卡莉在巴黎時給我的建議，她說偶爾打破成規也是沒有關係的。旅程就是因為這樣才會有趣嘛。

「噢——」大鉉對我搖了搖手指。「看來我們之中有個叛逆小子唷！」

我聳聳肩，露出無辜的笑容，像是在說誰啊？我嗎？大鉉則開始將節目收尾。

等到錄影完成後，我和女孩們回到休息室，拿東西準備回別墅。每個人都直接朝自己的背包走去：永恩從跨肩背的小包包裡拿出一條簡單的草本護唇膏，一邊抱怨著舞台的燈光總是讓她脫水，一邊趕緊補擦。麗茲則立刻從香奈兒衍縫包裡拿出自己印有押花的粉盒鏡子，檢查自己脫妝的狀況。房間的另一端，智允正從自己塞爆的帆布托特包中，撈出皺成一團的面紙，還有散落在桌面上的過敏藥。我打趣地想著，應該要有人告訴柳大鉉，他如果真的想要了解Girls Forever的成員，他應該要問我們的包包裡裝了什麼東西才對。這絕對會比那「一個詞」更能精準地描述我們的個性。

而伴隨著這個念頭，我突然想到了一個絕佳的點子。

這幾個星期，我一直在思考要用什麼方式、什麼角度、或是什麼主題來製作我的第一個時尚服飾系列，但我想到的每一個點子——四季！彩虹！動物！——感覺都不夠原創、或是早已變成陳腔濫調了。還有一個更大的問題，就是我究竟要先發表哪個種類的服飾。根據我和卡莉的那番對話，我決心要從比較小的部分著手，而限定配件系列，則會是我進入這個產業的最佳門路。但就算這樣，我還是要做個重大的決定，要從什麼配件開始下手。鞋子？太陽眼鏡？手錶？

但當然了。我為什麼先前都沒有想到呢？我應該要設計一系列的包包。女人的包包是最個人化的配件了，因為那裡面裝滿了她生活的必需品。我想到我的巴黎世家包包。它之所以那麼特別，一部分是因為它所代表的意義——我對時尚的愛，以及和艾利初次見面的日子。我想要設計對他人來說也能充滿意義的包包。我想要人們也能擁有這樣的體驗，為自己人生特定的時刻找到最完美的那個包包。

然後我突然就能想見了——一系列的背包，全都是由我人生中的一個關鍵時刻所發想的。我在紐約的童年。被星探發掘、搬到韓國。作為練習生的日子。Girls Forever的第一次巡迴……當然，我的設計不能太貼字面意義，我的包包必須要對所有人都有吸引力，不只是對我而已！但我希望，把這個系列定調在我個人的回憶上，會鼓勵我將全部的創作熱情，投入這個計畫裡。而也許未來的某一個女孩會看見我的包包正在櫥窗中展示，並且同樣經歷改變人生的體驗。而那個包包，也將會承接她自己的回憶與人生經歷。

我立刻衝向我今天帶出門的包包（我今天決定帶舊的Chloé Faye包來錄影，因為我不想冒著讓巴黎世家落單的風險）。它正躺在角落的一張化妝椅上，我從裡頭翻出手機傳訊息給艾利，問他願不願意從他在時尚配件領域的聯絡人中，挑幾個聯絡資訊傳給我。

艾利：當然，我可以幫妳介紹幾個人。所以妳已經決定好產品的方向了嗎？

我：對！我終於想到了。萬中選一的點子。

艾利：太棒了!!是貓咪穿的雪靴嗎？拜託告訴我是貓咪穿的雪靴：）

我：哈哈哈。我回家之後再跟你視訊，再次謝謝你給我聯絡資訊囉!!

艾利：樂意之至。（親親）

「哈囉，女孩們。」就在我把手機收起來時，韓先生走進休息室。我們一一向他打招呼回應。他的視線落在我身上。「啊，瑞秋——正是我要找的人。」他大步走到我身邊，拍了拍我的背。「我想告訴妳，我們已經擬好了妳時尚品牌的草約。今天結束以前，我們就會把草約寄到妳的信箱了。」

「謝謝您！」我說。「我一看到，就會馬上檢查和簽署的。」

「完美——噢，永恩，我也想和妳談談。」他邊說邊把她叫了過來。

「怎麼了嗎，韓先生？」她充滿希望地問道。

「妳得把妳爸媽的麵包店裡那些蛋糕棒棒糖撤掉。」他說。「妳設計的那些看起來像螢光棒一樣。我們還沒有授權妳使用Girls Forever的螢光棒版權，所以這樣對粉絲來說會製造困擾。我們得要求妳在今天結束以前撤掉，不然會有法律問題的。」

「法律問題？但那就只是蛋糕棒棒糖而已啊！」她脫口而出，而自己的回嘴隨後立刻讓她瞪大了眼睛。

「所以要處理掉也不難，對吧？」

「我想是吧……」她有些不安地把重心換到另一隻腳上。「您有考慮過我YouTube烘焙頻道的企畫了嗎？我已經想了一些我可以拍攝的主題了……」

他帶著歉意微笑道：「抱歉，但是DB否決了這個提案。我們還沒有讓任何一個偶像經營自己YouTube頻道的先例。」

永恩瞥了我一眼，然後用試探性的語調說道：「但是也沒有偶像經營自己時尚品牌的先例啊……」

現在所有的女孩都轉過頭來看著我。我覺得我好像突然被人推到路當中給車撞的感覺。

「這還是有點差別的。」韓先生說。「DB以前也有讓偶像團體賣衣服當周邊的經驗。但是，永恩，別讓這件事阻止妳在空閒時間自己烘焙的樂趣。除了蛋糕棒棒糖之外，烘焙這件事對我們來說是完全沒問題的。」

這句話聽起來有點高傲，但在永恩來得及開口之前，他就對我們揮了揮手，並朝門口走去。「我得走了，晚點見啦，女孩們。」

沉默籠罩在我們之間，直到智允瞥了一眼自己的手錶。「車子應該已經到了。」

永恩嘆了口氣。「我就不跟妳們走了。晚點在別墅見吧。我得先去吃點蛋糕棒棒糖了。」

第十二章

「噢，姊，我超愛這個顏色的！」

莉亞從自己的絨毛美容椅上看向我，美甲師則在我的腳趾上塗上桃色亮片的指甲油。

「我還在想，我應該要選比較亮一點的顏色，像妳那種。」我對著她萊姆綠的腳趾點點頭。

「沒啦，這個顏色更適合妳的風格。經典又優雅——」

「抱歉打擾了，女孩們。」我嚇了一跳，看見導演正站在我們身邊，耳機掛在脖子上。「只是想要先告訴你們，做完指甲之後，我們就要前往下一個拍攝地點了。」

對。這不只是單純的姊妹約會而已。

我們正在拍攝實境節目。

就算攝影鏡頭聚焦在我們臉上，我還是太投入和莉亞的對話，好容易就會忘記我們其實是在錄影。老實說，想到人們會準時收看我們兩人之間這種普通又日常的互動，想像起來還是覺得有些奇怪。雖然我很想要透過這個節目給粉絲更近距離、更個人的生活體驗，我還是覺得自己沒有完全做到這一點，因為我有一半的時間都覺得自己在行屍走肉。

整個四月都忙到發瘋，我一直在錄實境節目，還有投入大量精力從頭開始開發我的品牌——我決定將它取名為RACHEL K.。我和幾個生產伙伴開過會，也和潛在的零售商通過無數次電話，並且花了好多時間在畫草圖。舒展我的創作神經令人興奮不已，但同時也極度令人崩潰。

於此同時，米娜一直在為《曾經我愛你》跑宣傳，他們正趕著下個月月底要讓電影完成製作；仙姬錄製了她的第一集廣播節目；恩地在替Vogue拍攝完照片之後，又多了兩組模特兒的邀約；善英正在為首爾製作的《女巫前傳》進行預演；就連永恩，也忙著在她父母的咖啡廳裡工作，為他們開發（DB核可的）新食譜、幫忙吸引更多顧客。

看到我的團員們各自活出自己的夢想感覺很棒，但意識到我們的事業發展，也已經來到大家都可以開始花時間追求各自獨特興趣的時刻了，感覺又很奇怪。而現在，Girls Forever的聲勢如日中天，我們的表演與專輯推出之間開始出現更長的假期——事實上，我們在巡迴之間休息得越久，我們回歸時，粉絲的回應就越瘋狂。我知道，等到我們今年秋天登上ＬＡ的舞台時，我們的＋EVER們會展現出前所未有的支持與熱情！

莉亞和我搖搖擺擺地踩著腳趾隔離板，走向指甲油烘乾機。我們一坐下，我的手機便立刻震動起來，我收到一封訊息。我瞥了一眼螢幕，咧開嘴。

「妳在笑什麼？」莉亞問。

「是——」我頓了頓，意識到攝影機還在錄影。「老爸啦。」

她饒富興味地瞥了我一眼。「對喔。懂了。」

我瞥了一眼攝影機架設的方向。今天只有一個攝影師，肩上扛著一個攜帶式攝影機。我知道從他的位置拍不到我的手機螢幕，所以我把螢幕轉向莉亞的方向，讓她讀簡訊的內容。

艾利：我剛經過一間寵物店，然後我突然想到最適合賓士貓的名字了……亞曼尼。還是亞喵尼？

我：閉嘴啦——你家人跟貓到底有什麼淵源？你們不是過敏嗎？？

艾利：等等，妳是說，有人在跟貓毛球擠擠抱抱的時候，是不會眼睛癢和喉嚨癢的嗎？我覺得我可能有點小問題了。

我：你的問題就是偏執了吧。外加很爛的諧音笑話！

艾利：所以妳現在在幹嘛？我在倫敦，現在半夜三點，我正在看一堆無聊的報告、吃著辣起司玉米棒，一邊希望有人可以和我一起分享。

艾利：我的意思是，像是貓那樣陪我。

我：喔喔喔！辣起司玉米棒是我的最愛耶！

我：現在這裡是早上。我正在做腳指甲——現在它們基本上就是辣起司玉米棒的顏色。

我咯咯笑著，莉亞則對著我們的簡訊翻了個白眼，但卻充滿了好感。「你們真的很扯欸。但是是好的那種啦。」

他傳了另一則訊息過來：

艾利：對了，我想妳。

我：我也是……你最喜歡的皮鞋訂製師傅是不是剛好在首爾，你最近有打算來買鞋嗎？

艾利：我會想辦法的。我很喜歡把妳放在口袋裡，隨時都在我身邊，但我更想要看見3D的妳，不只是2D的。

莉亞抬眼，用水汪汪的視線看著我。「噢——」她說。「他超愛妳的。」我輕輕撞了她一下，小心翼翼地避免太大動作的晃動，以免把我們剛塗好的指甲給弄髒。「我是說爸啦！」她很快就恢復了。「爸爸超愛妳的。」

我們努力嘗試著，卻仍藏不住我們的笑聲。

導演喊了卡，告訴攝影師說他們已經拍到足夠的輔助鏡頭了。攝影師開始收拾他的器材，我便轉向莉亞，更自在地說起話來。

「嘿，對了，妳看爸最近半夜一直寄來的簡訊。」我開始滑著手機，想要翻簡訊給她看。

「矮額，瑞秋！我不想知道！」莉亞故作驚恐地喊道，摀住雙眼。

「我是說**真的**爸啦。」我打了她的肩膀一下。

「噢，對，他又開始加班到很晚了。」莉亞翻了個白眼。「妳也知道爸這個人。他一旦開始做某件事，就不知道要怎麼煞車啦。上星期開幕之後——」

「開幕？」

「頂點呀。」莉亞回答。我眨了眨眼。「那個綜合運動中心？爸的新工作啊。」看見我困惑的表情，她補充道。「我以為他有跟妳說了。」

等等，什麼？爸又有新工作了？前一次我和他聊到的時候，他是在米娜爸爸的公司朱家企業當律師。莉亞把一切都告訴我——爸爸受到邀約，為首爾這裡的一間最新型的健身水療運動中心擔任法律顧問，並接下了這個工作機會，把他的法律背景與他一生的摯愛「運動」結合在一起。我則絞盡腦汁，試著思索自己怎麼會漏掉了這麼重大的發展。

我們幾週前簡短地通話過一次，但我卻接到了另一通插播的電話，是手提包的製造團隊打來的，所以我不得不切去接聽。他那時候有提到這個新工作嗎？我爸傳來的那些半夜訊息都只是老爸平常的碎念，像是——**收音機上在播Glow！想到我的天才**

女兒啦!!然後配上一個愛心表符、一個拇指表符，還有一個莫名其妙的獨角獸表符。沒有提到頂尖運動中心或新工作的事。我突然產生一陣罪惡感，因為我通常都只是無視他的訊息，或是按個「喜歡」，表示已讀而已。

「別擔心。」意識到我的擔心，莉亞說：「他知道妳很忙啦。」

但莉亞也很忙。作為剛出道的偶像，她的生活就和我一樣瘋狂，但她卻看起來對一切都瞭若指掌，我想這就是住在家裡的好處吧。我的腸胃一陣糾結，想著如果少了莉亞當我的中間人，我大概會覺得和家人的距離比現在更遙遠吧。

「嗯，幫我盯著他，好嗎？」我問她。然後我又拍了一張和她的自拍，附帶大概一百個愛心表符傳給爸爸，並暗自下定決心，要盡快去看他和媽媽。

⋯⋯⋯✦

二十分鐘後，我們的腳指甲都徹底乾透了，我們便準備去吃午餐，但這時莉亞卻突然說：「嘿，姊⋯⋯」我們一邊拆下隱藏式麥克風還給收音組的人，她一邊瞥了她的手機。「妳現在應該有彩排嗎？」

「啊？沒有。怎麼了？」

她把螢幕轉給我看。我的八個團員擠在一張自拍照裡，比出了和平手勢和手指愛心，善英則站在最前面。**練習前的一個自拍！現在該開唱了吧？**照片敘述裡寫道。

等等，什麼？我把手機從莉亞手中搶了過來，放大照片。對，她們確實在DB的練習室裡，這張照片也確實是今天拍的。我知道今天早上出門時，善英穿的就是那件有著玫瑰金愛心鎖頭的條紋T恤。我們的事業發展至今，我們大約練過一兩次之後就應該要知道自己的曲目，所以我們也沒有那麼多場彩排了。只有在大型活動、或是我們需要學一整首新歌時，才會在行程表中排入彩排。我現在錯過的是這個嗎？這種事怎麼會發生？如果我有安排練唱，DB不可能會安排實境節目錄影的。

「我要打給我的經紀人。」我邊說邊掏出自己的手機。

「喂？」鐘碩應道。

「嗨，鐘碩。」我說。「我看到女孩們現在在練習耶。今天原本有安排彩排嗎？」

「沒有。」他回答。「至少沒有正式的。她們一定是自己安排了額外的練唱。我還能幫上妳什麼忙嗎？」

「你可以等一下嗎？」我邊說邊把我這邊的通話消音。我對莉亞說：「這只是非正式的練習而已。」

她讀懂了我的表情。「妳想去嗎？」

我不需要去，但女孩們背著我安排練唱，卻讓我覺得很不對勁。也許她們略過我是因為知道我忙著錄影，但我的直覺告訴我絕不止這樣。我的直覺要我回去公司。

「我覺得我應該要去。」我說。但我們接下來錄影怎麼辦？攝影團隊會殺了我的。

「我來處理吧。」莉亞像是讀到我的心思般說道。「我會跟導演說我經痛，得躺著休息一下。你也看得出來，他一定是那種聽到『女人病』就會一個手足無措的人。」她邊說邊翻著白眼。「妳覺得需要多少時間？一小時？兩小時？」

「我也不確定。我完全不知道發生了什麼事。」

「反正妳再跟我說就是了。」她說。

我給了她一個很快的擁抱。「太謝謝妳了，莉亞。」

「愛妳！」她對我露出大大的微笑，然後面孔突然因為疼痛而扭曲起來，並抓住自己的肚子。「我不太舒服……」她邊說邊朝導演的座位走去。噢，她演得真好。看來看這麼多年的韓劇，讓她的演技也有不少的提升呢。

我把腳踩回靴子裡，心裡還想著不想刮壞我的腳指甲，然後再度接通和鐘碩的通話。「你可以來接我回總部嗎？」

……✦

鐘碩一放我下車，我便前往練習室。當我衝進房內時，女孩們全都驚訝地轉頭看著我。

「瑞秋。」米娜雙手叉腰地說。「我們還以為妳已經忘了我們呢。」

忘了？我可沒辦法忘記她們從沒告訴過我的事——還是，有嗎？

「我沒有啊。」我小心翼翼地說。「我錯過了多少？」

「我們才剛開始。」永恩說。

「妳願意大駕光臨，真是好心啊。」麗茲瞇起眼。「希望現在妳的行程表有了更重要的事情之後，妳不要養成遲到的壞習慣喔。」

我搖搖頭，忽略麗茲話中帶的刺。「妳知道沒有什麼事比這個團更重要了。但我們開始彩排吧，不要浪費更多時間了！」

女孩們喃喃同意道，然後便開始練習歌唱的部分。前面幾個段落，我都還有點上氣不接下氣，但我很快就不著痕跡地和她們一起唱了起來，自在地加入新的合聲。我好慶幸自己沒有錯過整場練習，但等到練習結束後，我決定再多留幾分鐘，彌補我確實錯過的時間。其他的女孩們離開練習室，準備去自動販賣機買飲料，但仙姬留了下來。

「不要留太久喔，瑞秋。」她說。「我們大概很快就要回去別墅了。妳會跟我們走吧？」

「我還得回去跟莉亞繼續錄影。」我疲憊地搖搖頭。「行程超滿的。」

「對啊，我也沒想到我們今天要練唱。」仙姬聳聳肩，承認道。「麗茲今天早上才要求要用練習室，因為她覺得自己的合聲有點不穩。但我覺得她現在聽起來很棒啊。」

我眨了眨眼。是麗茲？她是我們之中最強的主唱之一，從來就不會對自己的合聲沒有安全感……

「但妳們也知道我今天有實境節目的錄影，那有寫在行程表上啊。」我想要套出更多資訊，為什麼麗茲**明明知道**我有事，卻還要安排今天練唱。

「她最近也很忙。」仙姬再度聳聳肩。「她大概只是忘記你的節目了。」

對啦，最好。我回想著自從我和莉亞開始錄影之後，她對我做過所有酸溜溜的評論。她顯然還是很不爽，自己沒能把妹妹拉進DB家族裡。

我對仙姬揮手告別，然後邊嘆氣邊開始收拾我的樂譜。我不會因為麗茲的妹妹伊絲特當不成流行歌手，就停止我的實境節目。就像我也不會因為永恩不能製作螢光棒蛋糕棒棒糖，我就停止開發我的時裝品牌。就像我不會期待仙姬因為我沒有得到主持的機會，就放棄她自己的廣播節目。我們各自的副業都是，嗯，各自的副業。我們不該試著在其中一人成功時扯對方的後腿，也不該在對方失敗時取笑她。

我來到DB的大廳，準備搭車回去實境節目的錄影現場，一邊考慮著要不要傳訊息給麗茲。但這樣的對話，似乎還是面對面地說比較好。我們必須要想辦法度過這一關。但此時此刻，只有一件事很清楚：如果我要搞定這一切，我就一定得比以往都更加專注。如果這代表我要每天早上打電話給經紀人，確保我的團員沒有突然又把「臨時」的安排加進行程表裡，那我就會這麼做。

那天晚上回到家，我只想要把自己埋進棉被底下，直到夏天再出來。莉亞太優秀了，想辦法幫我爭取到幾小時的時間，好讓我能應付Girls Forever的排練。然後，等到我們結束拍攝，ＤＢ又把我們找去錄音室，處理更多專輯的事。他們已經讓我們試了各種不同的重唱，但我一直還沒有辦法鼓起勇氣和ＤＢ分享我自己寫的歌，那首米娜幫我一起重寫的歌。今晚，他們讓我們錄了幾首經典。真要老實說，錄製的過程並不順利。我還是因為稍早排練時的鬧劇而焦躁不已，而高層又一直給我們相反的指示——前一分鐘還在罵我們太偏離原始的編曲，下一分鐘又批評我們太無聊、太好預測。

當我躡手躡腳地走進別墅裡時，我現在唯一的想法就只有，**感謝上帝**，我昨晚有記得洗衣服。今晚我絕對需要穿上清新、舒適的睡衣。

當我走進房間，打開床頭燈時，智允已經睡著了。

「瑞秋，是妳嗎？」智允睜開一隻迷濛的眼。「呃。現在幾點啊？妳在幹嘛？」

「很晚了。」我溫和地說。「妳繼續睡吧。」

我換上睡衣，然後小心地打開衣櫃門，試圖避免轉軸發出吱嘎聲，並把格紋西裝外套掛回去。接著，我突然愣在原地。

我巴黎世家的背包不見了。

我總是把背包直接放在最上層的架子上。我現在應該要能看見漂亮的藍色皮革，但我卻只看見一件我從來不穿的莫斯奇諾T恤發皺地擠在那裡，還有一盒用了一半的棉條。我跪了下來，雙手瘋狂地在衣櫃底部摸索，把我一箱箱的絲巾和額外的鞋都翻了出來。在哪裡？我知道我是收在這裡的啊。

我看向智允。她的雙眼閉著，但我看不出來她睡著了沒。

「智允。」我低語。「妳知道我的包包在——」

「搞什麼啊，瑞秋？」她緩緩眨了眨眼，臉色一沉。「如果妳要這麼晚回家，至少有點品德，不要把我吵醒。」她翻身背對我，抓起一個枕頭蓋在頭上。「然後可以拜託妳把燈關上嗎？」

有那麼一瞬間，我覺得很難過。儘管已經過了幾個月，但我知道智允還是很難過自己被迫與阿晉分手的事，也還為那個醜聞感到羞愧。我也看過她在以為我睡著之後，就對著枕頭偷哭的模樣。天知道，當我經歷類似的事情時，只有好好睡一覺才能讓我覺得稍微好一點。

但同時，我又想要抓住她的肩膀，把她再度搖醒，然後質問她知不知道我巴黎世家的包包在哪裡。我想要在別墅裡狂奔，一扇門一扇門地敲，把所有的燈都打開，直到我發現誰拿走了我的包包，還有她們這麼做的原因。我想要質問她們為什麼要偷偷安排練唱，卻不告訴我。

但我實在太累了，無論是生理或是心理，沒辦法在大半夜大吵大鬧。

我把燈關上，溜出房間，掏出手機打給艾利。現在只用簡訊遠遠不夠了。

鈴響了第二聲，他就接通了。「喂？」

「嗨。」我低語著，走上走廊，背靠著牆滑坐在地上。

「怎麼了？」他立刻問道。

「你怎麼知道出事了？」

「從妳說嗨的口氣就聽得出來了。妳聽起來像咿唷[3]一樣。」

這使我忍不住虛弱地笑了一聲。我把「臨時」排練的災難告訴他，然後才向他承認，巴黎世家的包包不見了。讓我難為情的是，我邊說著話，一股溫熱之感從我的喉頭湧起，我的雙眼也逐漸模糊。

3 譯注：Eeyore，小熊維尼裡頭那隻憂鬱的驢子布偶。

「對不起。」我吸著鼻子。「我只是覺得我快要撐不住了，你知道嗎？我的工作和實境秀和我想要做的時尚設計，都快要壓垮我了。這些不可思議的事情，我實在不該抱怨的，但我知道我快要開始失控了。最後的最後，我只想要好好休息充電，但我和八個女孩住在同一個屋簷下，我連休息都沒辦法保證。我想念住在家裡的感覺，我想我爸媽。我甚至不記得我上次看到他們是什麼時候了，我們明明就住在同一個城市裡。」我深吸一口氣，擦了擦眼精。「對不起。」我又說了一次。「我一口氣說了好多。」

「首先呢，妳不用為自己的感覺道歉。」艾利說。「第二，妳說得對。真的好多事。然後，我可以說一句嗎？拿走妳的包包可不是一件小事。試著讓妳看起來好像對Girls Forever的義務開始鬆懈了，**更不是**一件小事。她們踩線了，瑞秋。」當他說出口的時候，聽起來再明瞭不過了。這樣做**確實**是錯的。我再度想起卡莉．麥特森說的話。這樣還算是鬥嘴嗎？還是這已經是惡毒的苦果了？女孩們真的只是沒想太多，還是她們刻意在試圖傷害我？

「一切都會沒事的。」我最後說道。「也許這全都是一人所為。」我補充道，心思飄向麗茲。她一直都很殘酷，也許甚至比米娜還殘酷。至少和米娜相處時，我真的相信她那麼無情，是因為她真的對自己和周圍的所有人都有太高的期待。但麗茲呢，那就只是她可悲人格的主要特質之一而已。「不是整個團體的問題。」我告訴艾利。「等我找出是誰做的，再和她好好談一談，就會比較好了。」

「妳確定嗎？」他說。

「確定。」我說。但我可以聽出自己聲音中的懷疑。

「那妳今晚要怎麼做呢？」他問。

真是個好問題。我今晚要怎麼做？我的腦子好累，我不覺得我有能力作出任何有邏輯的決定。「妳可以給我一些選項嗎？」我懦弱地說。

「當然。」他的聲音十分溫柔。「A，大抓狂，把女孩們全部叫醒，叫她們給妳答案。」這讓我又忍不住帶著哭腔笑了一聲。「B，爬回床上，試著無視智允打呼的聲音。C，今天晚上去找一間飯店住，讓自己真正休息一下，腦子也會清楚一點。」

「謝謝。」我輕聲說。「選項C聽起來超完美。」

「很好，因為我剛幫妳在柏悅酒店訂了一個房間。」他的聲音裡帶著一點笑意。

「你真的以為你很懂我啊。」我說，不過我很意外地發現，儘管今晚一切都糟透了，我現在卻也露出微笑。他真的就是這麼懂我。

也許比任何人都懂。

這件事想起來好可怕。我們這麼快就變得這麼親近。老實說，也許就是因為我們的關係是靠簡訊和電話建立起來的，才會讓我們這麼快就進入這麼親密的狀態。和艾利傳訊息時，我不必擔心我那天早上起床時的頭髮狀態好不好，或者在看電影時會不會吃太多爆米花。我可以完全做自己，不會感到通常需要應付的那種彆扭感。就好像手機螢幕的屏障，使我更容易展露脆弱的一面。就連現在，我坐在黑暗的客廳裡，睫毛膏都哭花了、鼻涕直流，但我還是覺得安全至極。**我愛他**。

等等。**什麼？**

這念頭是哪來的啊？但我的腦子好像完全從我的身體分離了，一次又一次地複誦著：**我愛他，我愛他**。但我不是認真的。不可能。對吧？我才認識這個男人兩個月。我認識光療指甲的時間都比這長。

我得在這三個字，絕不是認真認定的三個字不小心脫口而出之前放下手機。我再度感謝他，然後掛掉電話，試圖穩住我重重跳動的心。我躡手躡腳地回到房間，套上棉褲和球鞋，把我的睡衣丟進托特包裡，帶上我的盥洗用品，然後離開了家門。

⋯⋯⋯✦

等到我住進飯店房間裡，在床上躺下後，我覺得我整個人都乾涸了。疲憊。死氣沉沉。精疲力竭。我正準備把燈關上，我的手機卻在這時又響了。

艾利：都安頓好了嗎？

我：溫暖又舒適，準備要睡覺了。真希望我能親自謝謝你。再提醒我一次，你為什麼住在香港啊？

艾利：我可以告訴妳，因為香港是亞洲的金融中心，但其實真正的原因是ＯＸ咖啡廳。他們的牛尾湯好喝到要讓我飛去火星都沒問題。

我：你說了算囉……

艾利：別聽信我的說詞。妳來試試看就知道了。連卡佛百貨想要和妳開個會，討論妳的品牌進駐的事項。妳五月第二週有沒有辦法安排來這裡一趟？

我從床上跳了起來，無聲地尖叫和蹦跳著。這可是件大事。直到現在，我都只成功地在韓國這裡找到一間百貨公司願意接受我的品牌設櫃。我從來沒想過我的包包能進入國際的百貨公司。

而也許，比起這個商業機會，我更興奮的是終於有機會和艾利面對面地相處了。直到現在，我們都只在中立地區相處過，在新加坡和巴黎時我們兩人都只是遊客。和艾利在他的居住地共處，感覺像是邁出了一大步。我感到既興奮又恐懼。

深呼吸，瑞秋。吸氣。吐氣。

我再度坐下。我告訴自己，在香港的風險非常高。那裡的狗仔難纏程度可是惡名昭彰。但如果我以正式的商務旅行為由，那麼也許我們兩人同時入鏡的照片就會有合理的解釋……

我終於回傳了一個故作平靜的回應：

我：我看看行程表，看能不能排進去。

我：對了，準備好辣起司玉米棒等我。

第十三章

到處都是亮片。我是說，真的**到處都是**。

我們正在為了六月的多團體演唱會試裝，我們會在這場演唱會上表演我們最新的單曲《Midnight Prism》。這次的舞台服裝概念其實滿酷的。我們會全部穿著光滑的緊身黑色禮服登台，然後在唱到副歌時，解開身側的鉤子，我們的長裙便會變身成帶著閃亮彩虹的亮片迷你裙，象徵著就算從最黑暗的夜晚，色彩與喜悅還是能綻放。一位造型師為我穿上無肩帶紫紅色迷你洋裝，我則打量著全身鏡中的自己。這些亮片有點鬆脫，所以只要我移動，就會一直掉到我腳上。我懷疑過了幾天之後，我還是會一直發現亮片出現在不該出現的地方。

我瞥向右側，一位裁縫師正在丈量麗茲的腰圍，調整她水藍色的亮片洋裝。我從昨天就一直在思考要怎麼應付「突發」練唱的事情。我知道我需要和她認真談談這件事，我只是還不確定怎麼做才是最好的。

至於從昨晚開始就佔據我所有腦細胞的另一件事——和我對艾利抱有的某些特定情感有關的那件事——我就把它拋到九霄雲外了。當一個七十五歲的奶奶在我胸部下方別上閃亮亮的布料時，實在太難去思考這件事了。

裁縫師把我的尺碼寫下來，然後告訴我，我能去換回自己真正的衣服了。但在我去換裝之前，我決定把握機會和麗茲聊一聊。

「嘿，麗茲？」

她轉過身來看向我，不過這個動作使得大頭針刺到她的身側，使她瑟縮了一下。

「呃，嘿。」我尷尬地繼續說下去。「我只是在想，最近伊絲特還好嗎？妳你們兩個人感情滿好的，對吧？我懂和自己的妹妹分隔兩地的感覺有多難過。」我決定不要直接提起排練的事。也許麗茲是真的在擔心新合聲的部分。再說，如果她是真的故意要讓我錯過練唱，那最好去找出問題的根源，而不是糾結在已經發生的事情上。

麗茲對我眨了眨眼。「妳懂那種感覺？」我緩緩點點頭。「真好笑。」她說。「我還以為妳因為拍攝實境節目的關係，一週的某一天都可以跟妳妹相處十四個小時呢。」靠。她說得對。我開始退卻，想要同意她的說法，想要表示我和莉亞有多幸運，但麗茲卻繼續說下去。「或者再說久遠一點的事好了。我以為妳可以和妳妹一起住在家裡，還不用搬進練習生宿舍、然後再也見不到她呢。」

她又說對了，但我不敢相信她居然從練習生時期就開始記恨了。我感覺到臉頰逐漸泛紅，突然覺得我把最近能規律地和莉亞有珍貴的相處時間視為理所當然，簡直令人羞愧。我以為我和麗茲和我就這件事來說是有共通點的，但事實上，我比她幸運得多。

我張開嘴，想要道歉，好更認真地表達我對麗茲的同情，但麗茲只是對裁縫師惡狠狠地說了一句「我們好了沒啊？」後者則點點頭，讓她走開了。

「她父母最近在辦離婚。」秀敏穿著一身橘色的亮片洋裝走到我身邊。「顯然她妹最近過得很不好。」

我的頭倏地轉向現在和恩地一起坐在沙發上的麗茲。我都不知道。她為什麼不直接告訴我呢？我回想著過去幾個月，我回家後談論著我和莉亞拍攝節目時的點滴，還有我父母對於節目即將開播這件事有多麼興奮，這樣的行為是多麼無知。我覺得自己真是有夠混帳。

「給她一點空間吧，沒事的。」秀敏說。

我好想去和麗茲道歉，但我試著接受秀敏的建議。也許她真的只是需要一點空間。

然後，正在翻著雜誌的永恩，突然從其中一張化妝椅上大喊出聲。「嘿，妳們看這個。」她把雜誌翻過來，給我們所有人看。「《今日娛樂》辦了一場粉絲調查，Girls Forever 得了百分之八十六的票。」我們圍繞在雜誌周圍，想要親眼看看。

「八十六？」仙姬皺了皺眉。「這樣連B^+都不算耶。」

「這又不是考試分數，笨蛋。」米娜邊說邊翻了個白眼，一邊把雜誌從永恩的手中搶走。「這裡面有超過二十個女團可以選欸。第二名的女團只拿到百分之九的票——」

「哈！輸的感覺怎麼樣啊，Butterscotch。」智允從米娜的肩頭看著雜誌，插嘴道。

「——而且其他團的票都低於百分之一。我們完全獨占好嗎？」米娜驕傲地說著，把雜誌遞給我。

我快速地掃視一圈，發現在非常、非常後面的地方，明里的團體Teen Valentine票數只有不值一提的百分之零點零三。我把雜誌拋給秀敏。這看上去也許只是愚蠢的粉絲投票，但經紀公司都會很認真地看待這種東西。除了獨領風騷的Girls Forever之外，DB旗下的團體包辦了前十名中的八名。明里的經紀公司JVC，則只有四個團體在選項裡，而且全都排在後半段的排名裡。我很確定接下來的幾天，他們公司內部會有點緊繃。我真希望自己現在能傳個鼓勵的訊息給明里，但我們的友誼在過去這五年已經完全破滅，我甚至連她現在的手機號碼都沒有了。

「『我好愛Girls Forever，麗茲的即興舞蹈總是超乎水準，墨爾本的克蕾兒表示。』」秀敏大聲讀著文章。「『她完全打破了我的偏見。對不起囉，恩地！』」

麗茲咧開嘴，恩地則肘擊了一下她的肋骨。「別擔心，恩地，大家都在說妳看起來超辣的。」她邊說邊開玩笑地拍了拍恩地的屁股。

「是因為銀髮的關係吧。」永恩說，恩地則輕柔地微笑著。「妳看起來超性感的，龍后[4]。」

恩地拍攝完Vogue的照片之後，就帶著一頭美麗的銀白色波浪長髮回家了。我得承認，看著她令人驚豔的新造型，使我有些嫉妒這本來是屬於我的機會，但今天早上和麗茲的對話，提醒了我，我得為我**已經得到**的機會心懷感激才對——而不是為了我沒有得到的機會怨天尤人。

儘管我還是對弄丟了巴黎世家的包包感到有些挫折，這一點點展望（還有在柏悅酒店優秀的體溫調節竹蓆上好好睡的那一覺），還是讓我覺得心情好了一點，至少比剛發現包包不見蹤影時好些了。我意識到，女孩們不知道那個包包對我來說有多重要。她們怎麼會知道？她們只以為那是某個粉絲送的免費禮物，我也沒和她們解釋過。也許只是有人沒問我就借用了而已。這也不是第一次了。但是……我還是想要知道包包到哪去了……我清了清喉嚨，試著讓自己的聲音保持平穩。「嘿，各位？妳們有人看到我巴黎世家那個包包嗎？包包不在我房間裡了。」

「妳是說粉絲送妳的那個嗎？」善英邊說邊調整著她黃色迷你洋裝的蓋肩袖，一邊套上一雙跟高得誇張的Prada平底涼鞋。「我都沒看到耶。」

有那麼一秒，我在想要不要和女孩們說實話，說這個包包不是一般的粉絲送的，

4 譯注：Khaleesi，指《冰與火之歌：權力遊戲》中的角色龍后卡麗熙。

而是某個對我來說很重要的人。但我和艾利的事情感覺實在太珍貴、又才剛發生，我們甚至還沒正式「定義這段關係」過，所以我也還不太想讓那麼多人知道。感覺幾乎像是，如果我告訴她們艾利的事，如果我對於我們在一起的事情太放心，宇宙就會聯合起來把這個東西奪走。就像我每次想像幾個星期後抵達香港的那一刻，我的心就會砰砰跳不停一樣。那種真實性還是太可怕，讓我不敢去想。

其他女孩們聳聳肩、搖搖頭。「妳不是有帶包包去巴黎嗎？」恩地問。「也許妳在機場弄丟啦。」

我感到一陣挫敗。從巴黎回來後，我至少還用過那個包包三次，而且我知道其他女孩也有看到，恩地她自己兩天前才誇過那個包包的流蘇拉鍊頭呢。她們其中一人一定偷走了我的包吧。我的包包又不會自己長腳跑出衣櫃。但是……卡莉在巴黎的那頓晚餐時對我說的話，再度從我腦中閃過。**妳要會去區分鬥嘴和惡意。**昨晚，我很確定這已經算是惡意的範圍了，但現在，我覺得這比較像是某人借用了包包，但由於我把事情鬧得太大，她就更不想要在大家面前引起騷動的樣子。

艾利告訴我，我得先照顧自己的心理健康。而我知道他說得對。但莉亞沒問我就拿走我的東西，我也不會抓狂。所以為什麼我對我的團員們有差別待遇呢？我們也許沒有血緣關係，但就某方面來說，她們也是我的姊妹。我知道我和莉亞的關係很特別，我們幾乎從來不起衝突。我想這一部分是因為，我們之間的年齡落差太大了。這代表我們從來沒有佔據對方的空間——我們沒有搶過朋友、或是搶過男孩子。但如果我們像我和團員們的年齡這麼近，我很確定我們之間的吵架一定會多得多。這就是姊妹間很正常的相處。只是鬥嘴，不是惡意。

「好吧。」我深吸了另一口氣。「嗯，如果有人能在家裡幫我留意一下的話，我會很感激的。」

「好。」麗茲邊說邊掛起自己的水藍色洋裝，套上原本的Balmain牛仔褲。

「我們會看看的。」永恩補充道。

嗯，我想這是我現在能到最好的結果了吧。我脫下自己別滿別針的紫紅色洋裝，準備套上白色的克什米爾毛衣和黑色迷你裙，結果一把亮片又掉到了我的腳邊。今天早上，我很早就從飯店醒來，在所有女孩們起床前就回家了。當她們睡眼惺忪地擠進廚房裡，去廚房裡拿一罐罐玻璃瓶裝的隔夜燕麥片，準備帶在路上吃時，我已經穿戴完畢，可以出發去試裝了。

接著，就在我們準備離開試裝間時，其中一名經紀人突然走了進來，朝我走來。

「瑞秋？」她說。「等妳這邊結束後，魯先生想要你過去他的辦公室。」

「噢——」智允浮誇地說，好像我剛被校長廣播了一樣。「有人惹上麻煩囉。」她吟唱道。

我翻了個白眼，但卻覺得腸胃一陣緊揪。我惹上麻煩了嗎？他對我的時尚品牌已經改變心意了嗎？也許是我想太多了吧。畢竟前一次我被召進辦公室裡開高層的秘密會議時，他們給了我和莉亞一個實境節目啊。我想這件事往哪種方向發展都有可能。

「我馬上就過去。」我說，經紀人便點點頭，再度趕回魯先生的辦公室了。我很快地著裝完畢，溜出試裝間。我想現在要知道事情會怎麼發展，我只有一個辦法了。

……✦

我一走進魯先生的辦公室，就知道了。

事情很不妙。

從魯先生鐵青的表情，還有韓先生也在辦公室裡踱著步、雙手緊扣在背後的樣子，我就看得出來了。當我走進房裡時，他便停下腳步。

我敬了個禮。「您們好，魯先生、韓先生。」

「坐吧。」魯先生的語氣也和他的表情相符。

我照做了，雙手交疊在大腿上。有那麼折磨人的幾秒鐘，每個人都沉默著。房裡的氣氛好緊繃，我的肩膀僵硬得讓我都可以感覺到裡頭的筋打結了。然後韓先生開口了。

「妳昨晚在旅館過夜嗎？」他問。

我眨眨眼。我不知道自己在期待什麼，但絕對不是這件事。「是的。」我緩緩地說。

「柏悅酒店的櫃檯人員把這件事洩露給《真相揭露》了。」韓先生說。「現在謠言滿天飛，說妳是去那裡見秘密男友的。」

我的心差點從喉頭跳出來，但我控制住臉上驚訝的表情。從有時感覺更像是同儕、而不是高層的韓先生口中聽到這番責備，不知怎麼地，感覺比從魯先生那裡說出口還要更糟。所有親切友善的痕跡都從韓先生年輕的臉上抹去，他的嘴抿成一條嚴酷的細線，眼神冷淡。魯先生則是保持沉默，像是一隻老鷹般盯著我，表情完全看不出來他現在在想什麼。我立刻覺得我再度回到和他們對弈的場景了。我小心翼翼地調整自己的表情，希望我的表情像是說**他們胡說什麼啊?!**而不是**喔靠，他們知道艾利的事了？**但我還是可以否認這個主張，我可以很淡定地說，我並不是去飯店見我男友的。畢竟艾利不在那裡，而且艾利也不是我男友。我們從來沒有用這種稱謂稱呼過彼此。DB拒絕承認智允和阿晉的交往關係，好像就是因為沒有任何照片能證明他們有任何戀愛關係。但我覺得我這麼做，好像是在用文字遊戲逃避自己的審判。

「這太扯了。」我用自己感受不到的自信說道。「我在飯店是完全獨自一人的。我會去住飯店是因為我們錄影的行程結束得太晚了，而我不想要回家打擾任何人。」也許這不算是完全的事實，但這確實是一部分的真相。我離開公司的時候確實是很晚了。他們應該也知道的，他們兩人都和我一起待在錄音室裡，直到將近半夜兩點呢。他們不需要知道，當我回家時，我卻因為一個包包而崩潰了。

我還是可以感覺到魯先生正審視地盯著我。我用力過度嚥了一口口水。最後他開口了。

「妳說的也許是實話，但妳應該要知道這對大眾來說看起來像什麼樣子。」他冷淡地說。「妳在業界這麼久了，妳應該知道這類事情怎麼運作的吧？妳做的事情既自私、又輕率。」

我低頭看著自己的大腿。他沒說錯。我確實知道這個業界事情是怎麼運作的。我的心思轉向艾利。如果光是我一個人在飯店過一晚，都已經讓狗仔開始四下打探，尋找可能的秘密男友蛛絲馬跡，那如果我再和他一起出現在同一座城市裡，我該怎麼辦？我們在香港的時候，媒體一定會追著我們跑的。我不能讓發生在智允和阿晉身上的事發生在我和艾利身上。只要被拍到我們兩人在一起的照片，就算是再怎麼單純的畫面，也有可能象徵著我們兩人關係的終結。而被抓到，不只是我一個人的災難，我們整個團體都會很難看，更別提ＤＢ了。我想著我們的粉絲投票排行。Girls Forever很明顯是現在樂壇最受愛戴的女子團體。我們的粉絲對我們抱有非常高的標準，我們也一直都做得到。我不能讓他們，我的團員、我的公司、或是粉絲失望。「我很抱歉，魯先生。」我抬眼看著他的臉，臉頰因羞愧而焚燒著。「我不會再讓這種事情發生了。」

他點了一次頭，象徵著話題的結束。「我們對妳的期待更高，瑞秋。我們今天只給妳一個警告就算了，但這種類型的事情實在不可接受。理解嗎？」

「是的，魯先生。」

「妳現在可以走了。」

我站起身準備離開，然後又頓了頓，想起了昨晚的另一件事。「對了，我想應該要讓您知道。香港的連卡佛百貨，有興趣讓我的品牌進駐，所以我需要在幾週後飛去和他們開個會。您覺得我們有辦法把這趟旅行排進我的行程裡嗎？」

魯先生揚起眉毛，而我看得出他很驚豔。我稍微鬆了一口氣，知道我答應說要讓我的品牌為DB帶來更好的名聲，現在的我做到了。

「我不覺得這會是個問題。」他說。「我很高興看到妳把時尚事業看得這麼認真。」

我驕傲地咧開嘴。「謝謝您，魯先生。」我鞠了一個躬。

「噢，對，瑞秋，別忘了。」當我正準備離開他的辦公室時，魯先生突然說。我停下腳步，轉身看向他。「每個人都仰賴著妳。別讓我們失望。」

第十四章

別讓我們失望。

接下來幾週，這句話在我腦中一次又一次地盤旋，直到韓國的四月——充滿了冷冽的微風與穿夾克的天氣——逐漸進入五月初，城裡的許多樹木都開始開花。五月是首爾最美麗的季節之一，而我發現春天也使我充滿了設計靈感：花卉！粉彩！泡泡紗！

但在對香港行的興奮與期待之間，還是夾帶著一絲絲的憂慮。與連卡佛百貨的這場會議非常重要，我得讓一切完美進行。在飛機上的整整三個半小時，我都在寫小抄卡，為接下來的發表做準備。

當我抵達香港國際機場時，艾利已經開著車在機場等我，準備快速逃離。因為他不算是媒體關注的焦點，我們想，這樣就不會有人跟著他或認出他了。但他告訴我，他已經「做好萬全準備了」，天知道那是什麼意思。我則戴著巨大的太陽眼鏡，以及不引人注目的棒球帽，帽簷壓低地蓋著我的臉。但以防萬一，他還是停在長時間的停車場，然後傳訊息告訴我去哪裡找他的車。我溜進前座，把太陽眼鏡往下拉，瞥了後視鏡一眼。

「我們現在安全嗎？」

「我覺得應該是喔。」他咧著嘴轉向我。「嗨。」

「嗨。」我回給他一個笑容。他傾身越過中控台，我們接起吻，而我可以感覺到我們之間的能量在流動著。

「有東西要給妳唷。」我們向後退開後，他邊說邊越過我的身體，打開置物抽屜。

他拿出一包迷你包的辣味起司玉米棒，上面還貼了一個小蝴蝶結當裝飾。

我爆笑出聲，再度靠向他，又吻了他一次。

「哇喔，這服務可以。你的Uber評價會飆高喔，先生。」

我無法抹去臉上的微笑，儘管我知道我的棒球帽已經掉到後腦勺去了。誰在乎啊？一部分的我，真希望我們可以在這個黑暗的停車場裡度過剩下的週末。

我們駛出停車場，進入車水馬龍的街道。

突然，後照鏡中的一個動靜吸引了我們兩人的注意。為了離開長時間的停車場，我們還是得經過接機的臨停車道。幾個人本來站在機場門外，等著他們的車，卻突然往停在我們身後的一輛廂型車衝去。我看見其中一人伸手進運動背包裡，拿出一台相機。

我的天啊。這怎麼可能？他們是會魔法嗎？「艾利，是喬裝的狗仔隊！」我驚慌地說道。「他們是為了別人而來的，對吧？」

「噢，靠。」艾利說。「不值得冒這個風險。繫好安全帶了，瑞秋。路途可能會有點顛簸喔。」

我手忙腳亂地繫上安全帶，他則一股腦地鑽過路上的車陣。

而讓我驚愕的是……廂型車立刻尾隨在我們身後，飛也似地繞過其他車輛，緊跟著我們的車尾。

「靠、靠、靠。」我說。「他們在追我們！」

艾利更用力地踩下油門，提升車速。我們在車道之間狂鑽，四周的車輛憤怒地對著我們狂按喇叭。我的心臟在胸口劇烈跳動著。

「別擔心。我駕駛技術很好的。」他說。

我在座位上扭轉身子，看見廂型車仍緊緊跟隨著我們。「他們越追越近了！」

艾利按下車子內的觸控螢幕，撥出一通電話。鈴聲一響，他所撥打的那個人立刻接了起來。

「艾利？」對方的聲音說。

「嘿，丹尼爾，你看到了嗎？」

「嗯，我看到了。」丹尼爾說。

「那是誰啊？」我問。

「我朋友。他自己開了另一輛車，跟我一起來機場，就是為了避免這種事情發生。你看到我們後面那輛紅色的本田嗎？」

我太專注在那輛紅色廂型車上，我甚至沒有注意到一輛紅色的轎車正從我們身後的車道上快速衝來。它比狗仔的廂型車稍微超前了一點點，但兩方的車速基本上不相上下。

「準備執行計畫了嗎，艾？」丹尼爾問。

「準備執行計畫。」艾利說。「瑞秋，抓穩啦。」

通話切斷，艾利飛速駛離高速公路，來到城市的街道上，丹尼爾緊跟在後，狗仔則幾乎無視所有的交通號誌，緊追不捨。我抓緊車子的扶手，心臟狂跳，汗水在我的額頭上匯集。雖然這一切恐怖至極，但我還是忍不住感覺到腎上腺素在我血液中流竄的刺激感。我等不及要跟莉亞說飛車追逐的事了！如果我能活著回去的話啦。

艾利向左急轉，駛進一條窄巷裡。丹尼爾就在我們正後方，狗仔的廂型車則在丹尼爾後面。巷子越來越窄，幾乎要擦到我們車子的鈑金了。我的天啊，我的天啊。我們出不去的。

突然，丹尼爾緊急剎車，紅色的本田轎車在窄巷中停了下來。狗仔廂型車差點就直接撞上他，但及時停了下來。丹尼爾的車堵住了他們，巷子又窄得讓廂型車無法繞過它，狗仔們便被攔了下來，逼他們不得不退出小巷子、另找出路。我從後照鏡裡看著他們，攝影師爬下副駕駛座，一手用力拍打著廂型車的車頂，我們則擠出小巷子，逃離這裡。

艾利和我發出勝利的尖叫聲。

「不敢相信剛才居然發生這種事！」我喊道。所以這就是他所謂的「做好萬全準備」啊。

「我就說我是個很棒的駕駛吧。」他說，一邊大笑著拍打方向盤。「呼，剛才真好玩。」

隨著我們離小巷子越來越遠，我的心跳也開始恢復正常。我把手按在胸口，感覺著自己的心跳，然後轉頭看向艾利。「你說我們可以一起面對所有的事，你是認真的，對不對？」

艾利咧開嘴。「對。我和妳一起對抗全世界，瑞秋。妳、我、還有像丹尼爾這樣的好朋友啦。」

我笑了起來。我和艾利一起對抗全世界。有他在我身邊，我真的覺得我們能面對一切難關。

飛車追逐，或是什麼都好。

儘管艾利提議我可以去住他家，我還是在四季酒店訂了一個房間——如果還有狗仔在伺機而動的話，這樣比較安全。機場的追逐戰提醒了我，這趟旅行，我們還是要低調一點。雖然我想要和艾利手牽手逛街，不過待在他的公寓裡度過週末，翻閱他書架上的書、或是取笑他用顏色排列的玉米片紙盒，也讓我一樣開心。他的好友丹尼爾人真的很好，幫助我們在飯店與艾利的公寓之間移動，不讓別人看見我們，也幫我們把風、注意任何有可能躲在附近的攝影師，甚至還提議，如果我們有需要的話，他可以幫忙轉移焦點。

他這麼願意幫助自己最好的朋友，真的很貼心，但當丹尼爾開始描述自己要如何用跨年時用剩的煙火來當作轉移焦點的目標時，艾利終於不得不開口了：「好啦，〇〇七，我想我們從現在開始靠自己就可以了。」從艾利說這句話的口氣，我感覺得出來，這不是艾利第一次要稍微讓丹尼爾冷靜下來了，而最後，我終於知道，艾利和丹尼爾在一次大學時的失控的整人玩笑中，就結下了不解之緣（而那次玩笑裡不知怎麼地包含了一隻邪惡的兔子、一架無價的小提琴，還有一位法學院入學考試的家教）。

星期天晚上，我們在艾利的公寓裡，試著自己製作牛尾湯，因為去OX咖啡廳實在太危險了。突然，艾利咒罵一聲，跑出了廚房。

「什麼？我做錯了嗎？」我邊說邊立刻從火爐邊跳開。我已經警告過他，我在廚房裡實在不算個專家，但他堅持我可以負責攪拌牛肉和蔬菜。

「不是啦。我今天應該要和我家人視訊，幫我奶奶慶生的！」艾利在隔壁房間喊道。我把火爐的火轉小，來到客廳，正好看見他拿出自己的筆電，在沙發上坐下，一邊瞥著螢幕上的時鐘。

「噢，太好了。」他說。「我們才遲了五分鐘。」

「我們？」我有些猶豫地說著，一邊在他身邊坐下。「你想要介紹我給你的家人嗎？」

「當然！」他邊說邊登入。然後他的手指在鍵盤上頓了頓，他轉向我。「但如果妳會覺得不舒服的話，也不需要啦。我懂。」

我微笑著，吻了一下艾利的臉頰。「如果你信任他們，那我也是。」

艾利登入家人的視訊電話，我的肚子便一陣翻攪。我從來沒有和交往的男生的家人見過面，就除了那一次在加拿大時，我不小心和傑森那三個活力充沛的阿姨們一起吃過晚餐，不過那也不是正式的見面。我把頭髮塞到耳後，撫平我沾著番茄醬的白色T恤，並暗自希望我有時間可以搭配出更適合「見對方家長」的穿搭。艾利的奶奶、父母和兄弟們出現在螢幕上。

還有一群十幾個叔叔、阿姨和表親。

我愣在原位。他說和家人視訊時，我沒意識到是指**整個家族**的人。我信任艾利，也想要信任他的家人們，但我的樂壇生存直覺開始不斷敲響各種警鈴。如果有人螢幕截圖下來、賣給《真相揭露》怎麼辦。如果有人在ＩＧ上貼了一張團體照，被鄉民看到了怎麼辦？如果？如果？如果？

「奶奶！」艾利說道。「生日快樂！」

艾利的奶奶有著和艾利一模一樣的微笑，她的眼角瞇起，露出酒窩，愉快地對著鏡頭揮揮手。「艾利！見到你真好哇！」我看見她的其中兩隻貓緩緩地從她大腿上走過。從灰貓的體型來判斷，我猜那就是胖子多米諾。

「對不起，我遲到了。」艾利說。他清了清喉嚨，咧開嘴，瞥了我一眼。「各位，這是我女友，瑞秋。」

女友？

房間突然感覺變得好熱，好像我突然站在艾利的火爐前，鍋裡的熱蒸汽正直直往我臉上撲來一樣。他以前從來沒有用這個詞彙來形容過我。至少沒有當著我的面。雖然我們在過去幾個月變得無比親近，我對他的感覺也十分強烈，但給我們的關係貼上這麼一個決定性的標籤，還是好像有點太超過、太快了。好像我原本只是在做一件我可能不該做的事，現在卻變成一件我真的不該做的事。一個流行偶像歌手是不可以當女友的。

我感覺到艾利的視線落在我身上，才意識到所有人都在等著我回應。

「你們好。」我很快地說道，一邊垂下頭。「很高興見到你們。奶奶，生日快樂。」我的心臟在胸口怦怦跳著。我看著不同視窗中同樣撥打著視訊電話的田家人，注意到了幾個比較年輕的家族成員開始交頭接耳，互相肘擊著對方。我聽見最角落的一個視窗中，一個約莫十歲、綁著馬尾的小女孩，坐在媽媽的大腿上，正用氣音喊著「Girls Forever！」她們突然意識到自己的麥克風還是開的，便立刻把聲音關掉了。嗯，看來紙包不住火。

「哈囉，瑞秋！」艾利的母親喊說道，把我的焦點從那個小粉絲身上轉開。我立刻就認出了她是在他給我看過的家庭合照中出現的人。她身上帶著平靜而穩定的率直，而儘管是透過視訊，看見她的臉就立刻讓我覺得安全多了。「艾利和我們說了很多妳的事喔。恭喜妳的品牌成立啦！」

我再度垂下頭。「謝謝您。艾利真的幫了我很多忙。」

「哈囉！哈囉！對不起，我遲到了。生日快樂啦，媽。」一個頭髮蓬亂的高大男子，穿著沒有紮進褲子裡的正式襯衫，旋風般地衝進畫面裡，在他就座時，他的鏡頭一陣晃動。根據他莽莽撞撞的舉止，還有其他田家人對他翻白眼的模樣，我猜想這人在家族聚會的場合應該常常遲到吧。

「我的休叔叔。」艾利對我低語道。

「工作有夠忙的。每個人都在併購、收購個沒完沒了，好像怕買不到一樣。」休氣勢洶洶地碎念著。「好啦，我錯過了什麼？」

大家頓了頓，然後艾利的母親終於開口了：「艾利剛才介紹他的女友瑞秋給我們認識。」

「噢，真好，瑞秋，妳在哪啊？我要怎麼讓每個人同時露臉？」

「開啟圖庫模式就好了，休叔叔！」綁馬尾的女孩說道。

我身邊的艾利開始無聲地笑了起來，我也忍不住笑了。「嗨，我在這裡！」我說。「很高興認識你，田先生。」

「啊，在這裡啊。很高興認識妳。所以瑞秋，妳是做什麼的？跟我的姪子一樣也做金融嗎？」

又是一陣停頓。每個視窗中的臉都露出不可思議的表情，而綁著馬尾的小女孩看起來像是被冒犯了一樣很不悅。

「呃，我是一個歌手。」我猶豫地說道。

「噢，那很好啊！祝妳好運喔。娛樂圈真的很難打進去耶。我以前學校有個同學，現在已經四十五歲了，還在咖啡廳駐唱呢。真的滿可憐的。喔，諾拉，我聽說你在上週末的足球賽大殺四方喔！」

然後話鋒便轉向了艾利那對住在西雅圖的十歲龍鳳胎堂弟妹，諾拉與傑瑞米。他們各自把自己的足球獎杯和新球鞋展示給奶奶看。接下來的三十分鐘裡，我一直試著讓自己在對話中放輕鬆，但「女友」一詞仍然不斷在我腦中迴盪。

最後，奶奶告訴我們，該給貓王打糖尿病的針了，於是他們就結束了通話。艾利關上筆電螢幕，然後轉頭面對我，握住我的手。

「剛剛還好嗎？希望不會讓妳壓力太大。」他說。「我保證，沒有人偷偷錄影之類的。我媽一開始就有警告過所有人了——他們懂的。嗯，我的意思是，就只有休叔叔例外。但我想妳在那裡很安全的。」

我搖搖頭，露出微笑。「我不擔心那個。」這是事實。我也許在視訊過程中都在擔心我和艾利的正式感情關係，但就算在我緊張的狀態之下，我還是知道他的家人都是真心友善又尊重的。艾利的媽媽或奶奶、或甚至小堂妹諾拉，都不可能出賣我們。

「你的家人真的很不錯。」我對艾利說。

他回我一個笑容。「對，沒錯。」有那麼一刻，我迷失在艾利的雙眼裡，想像著我們一起參與未來田家的家族聚會，想像著艾利的媽媽和我媽會如何相處，想像著諾拉會有多開心能和莉亞認識……讓我自己成為他的女友，真的有這麼糟糕嗎？稱呼他為我的男友、帶他回家見爸爸，這樣是錯的嗎？

嗶！嗶！

艾利瓦斯爐的計時器叫了起來，提醒我們牛尾湯已經煮好了。而我快樂的小幻想，似乎也隨之消失得無影無蹤。**別讓我們失望**，魯先生這麼說道。我想著康基娜和智允，她們選擇追隨自己的心，卻付上了終極的代價：基娜失去了偶像的事業，智允失去了自己的男友。

我得離開這裡。我的腦子現在亂成一團。我該專注在要怎麼把自己的包包用最完美的方式呈現在連卡佛的櫃位上，而不是沈浸在只要我身為DB偶像的一天、就永遠也不可能實現的幻想中。

我從沙發上跳了起來，從餐桌椅背上拿起我的夾克，然後四下尋找著我的包包。

「嘿，妳要去哪裡？」艾利站在客廳的出入口，困惑地皺著眉。「妳不想要嚐嚐自己努力的果實嗎？」

「我突然發現現在好晚了。」我避開他的視線。這樣拋下我們晚上的計畫讓我感覺很糟，但我知道這樣才是最好的選擇。我不能讓自己分心。我的工作必須優先。「明天的會議，我有很多準備要做。我該回飯店叫客房服務了。」最後，我看見我的包包掛在公寓的門把上，便把它掛上我的肩膀。「但我們明天還是會見面，對吧？」

「當然。」他看起來似乎還是很迷惑。

「太好啦，那就到時候見！」

我把他的大門揮開，快速走過走廊，然後聽見艾利在身後說道：「掰掰？」

第十五章

成為練習生的第一年，我和DB高層們開過一次會。十一歲的瑞秋實在太緊張了，所以當我終於離開會議室、也終於敢把雙拳鬆開之後，我發現兩隻手掌上都是深深的半月形指甲印。這些指甲印，一天後才退去。直到現在，和DB高層開會，都還是會讓我有點害怕。但至少和高層們開會時，我會知道要期待些什麼。韓先生是最平易近人的一位，但這並不代表你該踩他的底線。沈小姐也許會用強烈的目光瞪視著你，但她通常十分公正。林先生或許非常堅持己見，但也比其他人更樂意稱讚我們。

但是時尚界的會議呢？我完全沒有任何一點概念。

秘書從電腦螢幕上方看著我。「如果妳改變心意了，想要咖啡或是茶，再跟我說喔。」

「謝謝你，但我沒關係。」我說。今天早上，我和艾利在飯店的咖啡廳碰面時，我就已經喝了太多咖啡因了。

儘管艾利沒有提起，我還是為昨晚這麼快就落跑的事感到很不舒服。但當我問他牛尾湯好不好喝時，他只是給了我一個淺而緊繃的微笑，說：「超好喝。真希望妳也有喝到。」

我們點了冰咖啡（我想說，用吸管的話，我比較不容易把咖啡灑在小心翼翼選好的服裝上），艾利則開始用我的小抄卡給我進行抽考，直到我們準備前往連卡佛百貨為止。

「妳的表現一定會很出色。」我們前往亮晶晶的玻璃辦公大樓時，他說。「我晚點和妳在四季酒店碰面。」

「你不一起來嗎？」我警覺地問。我一直以為艾利會陪著我開會，給我心靈上的支持。

「不了，我只是負責牽線而已。我負責讓你們進到同一個會議室裡。接下來就是妳的任務了。」他露出充滿信心的微笑。「記得這一點，瑞秋，這是妳的願景。沒有人比妳更了解妳的品牌了。妳一定會成功的。」他很快地吻了我一下，他就走了。

在連卡佛百貨的接待區時，我瞥了一眼手錶。會議二十分鐘前就應該要開始了。最後，秘書終於把我領進一間乾淨俐落的會議室，落地窗讓我們能飽覽海灣風景。一個女子穿著瀟灑的西裝褲套裝，深色的頭髮綁成一個低馬尾，從紅木桌邊站起身來，和我握手。「妳一定就是金瑞秋了。我是阮希莉，是香港連卡佛百貨的資深採購。很高興認識妳。」

我微笑著，和希莉握了握手，但我內心感到一陣惶恐。我以為自己會和比較低階的助理採購張理查開會。我查的全部都是他的資料，我把他的事業成就全部寫在我的小抄卡上，我還花了整晚在複習。我知道理查對衍縫格紋特別有興趣，而且他認為黃綠色是時尚界最不該出現大的大災難；我對希莉卻一無所知。

「理查臨時有個緊急事件要處理，所以今天由我來參與這場會議。」希莉解釋道。

「那太好了！」我輕快地說。「當然不是說緊急事件很好啦，但是……」我讓話音漸落，露出一個淺淺的微笑。冷靜點，瑞秋。

「所以。」希莉邊說邊坐下，並示意我就座。「金瑞秋。妳作為Girls Forever的一員，履歷非常耀眼喔。」

她的表情十分中立，我也沒辦法解讀她的語調——她其實私底下是粉絲嗎？還是她討厭我們的歌？她是在會議前五分鐘才上網去查我的資料的嗎？

「我們以前也進過一個名人的品牌。」希莉繼續說下去。「妳知道王氏姊妹嗎？」

我點點頭。王克莉出演過亞洲幾部火紅的電影，王蜜雪自己雖然不是演員，卻嫁給了一個非常有名的演員。我記得蜜雪在其中一個訪問中提到，她雖然愛自己的伴侶，卻不希望自己被貼上一個特定的標籤，因為像是「丈夫」與「妻子」這種稱謂，充滿了背後的意義與複雜的內涵。聽起來完全就像是昨天艾利稱我為他的女朋友時的感覺。我很愛這背後所代表的感受，但這個詞彙本身，對於我這個偶像歌手而言，實在太沈重了。

「總之，和王氏姊妹合作的經驗真的很獨特。」希莉把故事說完，我才意識到我從頭到尾都在放空。

「這樣真是太好了。」我說。

她對我揚起眉毛。「克莉和蜜雪大吵一架，在準備進駐我們櫃位的幾小時前試著把品牌撤出，妳覺得這樣太好了？」

我的心一沉。「當然不是這個意思。」我很快說道。「我只是說，很高興聽到妳這麼有經驗，也這麼有能力處理任何突發狀況。我覺得我能放心把我的設計交在妳手中。」

這些話說出口後，我才意識到我把話說得像是她得證明給我看，而不是我有東西要賣給她。

希莉打發掉我說的話。「沒什麼。她們的品牌下只有九個商品。我從來沒有看過有人只有這麼少的設計，就想要推出一個品牌。就算克莉成功取消了品牌，我也不覺得有人會認真地看待那個品牌，因為它實在是太小了。」

我嚥下一口口水。我的商品甚至更少——我只有**六個**。這樣會是個問題嗎？我突然意識到，我根本不知道服飾品牌的上市標準是什麼。「六」感覺是個很棒的數字，尤其是像我這樣的代表性商品，但也許我應該要多做些功課的。

希莉的手指交織在一起。「所以，妳為什麼會時尚產生興趣呢？」

「我從小就喜歡時尚。」我開始說起我的故事。隨著我述說自己進入時尚產業的旅程，我越來越放鬆。至少今天的會議中，這部分是我完全不需要小抄卡片提醒的。

「雖然我最後追求的事業是音樂，我卻不只是個歌手和舞者。我是個表演者，而服裝也是表演的一部分。服裝和飾品的選擇，帶有很強大的力量。」

希莉點點頭，然後說：「我們來看看妳的產品清單和樣品吧。」

我拿過自己的手提包原型，並和她解釋結構與顏色的選擇，每一個色彩都大膽又獨特，卻又彼此相稱。我已經介紹過這些包包太多次，這些話不費吹灰之力就從我口中說了出來。

「而用這種可拆卸的背帶。」講到以練習生時期作為靈感的包包時，我說：「這個包包就可以適用在任何場景裡。」

希莉頓了頓，手指撫過包包的皮背帶。「這很不錯。我可以看看其他的包嗎？」

「我只有六個。」我猶豫地說。

她的眉間出現一條皺折。「啊，我懂了。」

我真的應該要多做功課的。

「我計劃在下一季推出幾百個新包包的設計。」我說著，腦中卻想到，**幾百個**?!

我在想什麼啊？希望希莉會理解我只是在誇飾而已——除非真的要一百個包才夠格？

我感到頭暈腦脹。設計包包太有趣了，使我完全沒意識到，當談到時尚產業的商業層面時，我完全一無所知。

「但我們先談談這一季吧。」希莉說著，打發掉我也許太荒謬、卻又可能是完全正常的下一季要拿出幾百個包包的承諾。「妳的交貨呢？」她瞥了我的單張商業規格書一眼。

「我想要傳遞的是，一種實用又適合日常生活使用的包包，也還是可以是個代表性的飾品。」我自信地說。但希莉看起來有些困惑。

「我是說妳的交貨日。」她說。「如果我們真的想要妳的產品進入我們的百貨櫃位，妳最快什麼時候能把手提包送來給我們？」

「妳什麼時候需要，我就什麼時候就能送到。」我說著，為自己誤會時尚界的商業行話感到羞愧不已。

「妳不用先和妳的生產團隊討論嗎？」希莉揚起眉。

靠。我當然要了。我沒有先確認過物流，就這樣亂答應交貨時間，我到底在幹嘛？「呃，要的。」我心虛地說。「我得事後再回覆妳更精確的時間。」

希莉露出微笑——這是真心的微笑，還是她只是想要表示友善？「妳要不要把手提包的原型留給我，讓我的團隊更仔細地審查一下？我們幾週後再聯絡。也許到時候，妳就會更了解物流的狀況，也對下一季有所計畫了？」

我點點頭，並露出一個淺淺的微笑，讓她領著我走回接待區。我很感激她甚至提議要更深入地檢視我的包包，但我也忍不住覺得，這整場會議達成的唯一成就，就是讓我清楚看見自己是多麼徹底的門外漢。

回程的飛機上，我做了一個計畫。我也許搞砸了和連卡佛百貨的會議，但我不能讓自己太糾結在這一點上。接下來，我要確保自己每一次都百分之百做好準備、百分之百地專業。而至於技術上來說，我是不是艾利的女友，或者這到底代表什麼意思……嗯，我也不能繼續糾結這件事。我不行。我有太多事情要做了，我不能分心。

回到首爾後，我便致力於我所有的工作。由於多團體演唱會的表演就在下個月，Girls Forever的彩排又開始緊鑼密鼓了。後來我們發現仙姬會沒辦法上場表演，因為衝突到她要出席的一場廣播節目獎了，所以我們得重新安排所有的舞步，編成八人而不是九人的舞。舞步在我腦中不斷盤旋著。擺臀。甩髮。抖肩。另一邊擺臀。在和莉亞拍攝實境節目時，我試著享受相處時間、好好放鬆，我知道我們真實的姊妹情誼才是他們真正想拍到的東西，但是就算和莉亞在一起，我腦中也還是不斷有思緒在盤旋：忽略攝影機，但確保妳沒有離開鏡頭。不要再點燉飯當午餐了，上一次配菜卡在妳牙齒上了，酸民全部爽翻。不要看起來太累。不要看起來壓力很大。而且不要、不要、

不要在鏡頭前提起艾利。

我在手機上設了鬧鐘，確保我每一項工作都提早五分鐘到現場。我沒有錯過任何一場彩排。願意讓我品牌進駐的韓國零售商樂天百貨，我也沒有遲接任何一通他們的電話。每次和莉亞要連拍十二小時的節目時，我都會在開拍前喝下三杯濃縮咖啡。我不能有任何失誤。我必須要隨時隨地都打起精神。我得向DB再度保證，我把我所有的工作都顧得好好的，證明我都做得到。而也許，最重要的是，我想要向自己保證。

「姊，妳還好嗎？」在錄音室會合，準備錄製專輯時，莉亞問我。「妳看起來很累耶。」

「我沒事，我沒事。」我說。

她皺了皺眉，好像她不相信我，但她也沒有追問。她只是端起一盤冰咖啡，把一杯遞給我。「來吧。我幫妳叫了這個。」

我當下都快哭出來了。「妳真的是我的救命恩人耶。」我邊說邊撕開吸管的包裝袋，然後一口氣喝下半杯咖啡。我的腦子差點凍僵，但我沒辦法用正常的速度喝冷飲，這甚至不是個選項。我沒有這種餘裕。

最後，我們終於結束錄音，我便衝回別墅為今晚做準備。我們受邀去參加《曾經我愛你》的首映，而DB為我們安排的髮型與化妝師兩小時前就已經到別墅了。我們通常只有在參加頒獎典禮時才會這樣全副武裝，但我猜作為米娜的電影處女作，DB就會為了她開先例的。當我進入家門時，客廳已經被打造成了化妝室，到處都是附燈的鏡子和臨時沙龍椅。大部分的女孩都已經穿戴整齊——秀敏正在戴上一副精緻的垂墜型水晶耳環，善英則套上一雙Manolo的高跟鞋。恩地正瞪視著鏡中的自己，看起來有些蒼白，正一次又一次地重塗著口紅。我們已經好一陣子沒有走過紅毯了，也從來沒有和宋建玗一起參加過活動。大家都焦慮地想要讓自己看起來最美麗動人。

我換上Fleur du Mal的絲質長袍，然後一邊在造型師為我的頭髮上髮卷時，試著吞下幾個Noe麵包店的紅豆甜甜圈。

「妳如果吃得太快，會水腫喔。」米娜邊說邊挑起眉。她綁著光滑的馬尾，畫著誇張的眼影，身穿落肩連身褲裝，看起來驚為天人，但我可以從她平靜的表情下感覺到一絲緊張的情緒。她爸爸今天也會去首映，而儘管她從來沒有承認過，我知道她想要用自己的演出表現來使他刮目相看。只要米娜開始緊張，妳就可以立刻看穿，因為她會對自己不太肯定的事物展現出絕對的自信。這其實滿讓人欽佩的。這整個星期，她都不斷高傲地提醒我們，雖然整個團體都受邀參與首映，但作為演員陣容之一，只有她會得到VIP級的待遇。而現在，她已經整裝待發，準備迎接鎂光燈了。老實說，我鬆了一口氣。去參加一場我只需要出席、而不需要擔心自己是舞台中心的活動，是我現在能擁有最接近休息的時間，而我舉雙手贊成。「我會留一雙束褲在妳床上的。」米娜邊說邊朝走廊走去，前往自己的房間，而我真心看不出她到底是心懷惡意，還是真的想要幫忙。

一位彩妝師擠了過來，開始幫我化妝，而從她不斷重複在我眼下輕輕點上遮瑕液的動作，我知道我一定有非常嚴重的黑眼圈。等到我的妝容完成，髮型師又回來了，告訴我我的髮捲還要再過十分鐘才能拆，所以我便前往房間，準備換上我的洋裝。我把手伸進衣櫃裡，去拿禮服袋，並試著在看見巴黎世家包原本所在的位置時忍住嘆息，手機卻突然在這時響起了視訊的鈴聲。我把禮服平放在床上，鎖上臥室的門（抱歉囉，智允），然後接通電話。

「哇喔，造型不錯喔！非常像麗莎・辛普森呢。」艾利看著我的髮捲，笑著說。

結束了連卡佛的會議之後，艾利載我去機場搭飛機回韓國。我整路都沉默又暴躁，而艾利知道最好的做法就是讓我自己靜一靜。我很不想承認，但在那個當下，我其實有點不爽他。他為什麼不告訴我他不會一起參加會議？他最後一刻才突然消失，讓我瞬間亂了陣腳。而且他為什麼沒有事先和我講好，就擅自在家人面前稱呼我為女友？如果要我老實說，那才是我開會時真正分心的主因。

我在安檢區和他快速吻了一下臉頰，簡短地說了一聲「掰」，但他離開之後，我就立刻意識到，我把我的挫敗感遷怒到別的地方了。我很不爽自己搞砸了會議。這場會議的走向是我自己一人的責任，我不能責怪別人。在飛機起飛之前，我傳了一連串的訊息給他謝謝他為我安排了這個機會，並為自己鬧脾氣的行為道歉。

所以現在看著艾利的臉出現在我的螢幕上，輕鬆地對我開著玩笑，我覺得我終於可以放下香港行的尷尬了。我也許還沒有和他好好談談男女朋友這回事，但我們又變回了艾利與瑞秋——而就目前為止，這也只是我唯一在乎的定義。

「謝啦，麗莎．辛普森是我最大的造型指標，你不知道嗎？」我正經地說。

他笑了起來，不過他的表情立刻就變得認真，故作認真的那種；我總是可以看得出來。「嘿，聽著，我有個壞消息要告訴妳。」

「是嗎，怎麼了？」我微笑著問。

「我知道我是韓國人，這麼說也感覺很不敬，但我其實從來沒有吃過豆腐煲。」

我誇張而驚恐地倒抽一口氣。

「我知道，我知道。」他說。「妳有什麼推薦的地方嗎？我在想，我下星期去首爾的時候，妳可以帶我去吃。」

這次我是真的倒抽了一口氣。

「等你**什麼**的時候？」

「我臨時要出差一趟唷。」他露出大大的笑容。

我知道我想要帶他去哪裡——我想要帶他去一大堆地方、帶他見一大堆人。莉亞和我從新加坡回來之後，她就把艾利的事告訴我爸媽了。媽從那時候起就一直在追著我問，要我傳他近期的照片、他的在校成績單、還有他最愛的食物清單給她……如果她知道艾利要來首爾，我很確定她會站在仁川機場的入境大廳，舉著印有他名字的牌子迎接他。老實說，我也很希望他能認識我的家人，我想要帶他去我以前的學校、我認識雙胞胎的地方。我想要帶他去東大門夜市，帶他去美食街找最好吃的水餃。我想帶他去貓頭鷹屋頂酒吧看現場音樂表演。

但我們能做多少事呢？到處都有人在盯著我們看。如果和艾利在他的主場相處，感覺像是跨了一大步，那和他一起在韓國行動，就是超級大的一步。

「如果妳擔心被狗仔拍照。」艾利讀懂了我的表情。「我有個朋友住在首爾。她可以和我們一起出去——這樣如果狗仔拍到照，那也是兩個女生和一個男的。這樣就沒那麼可疑了。」

我搖搖頭。「不，我想要和你單獨碰面。」

「我們會找到辦法的啦。」他鼓勵道。

「連卡佛那邊有什麼消息嗎？」希莉說我們幾週後再聯絡，但在那之後，就無聲無息了。

艾利的表情再度變得嚴肅。但這次，我知道這是真心的。「還沒有。」他溫柔地說。「但這也不代表他們決定拒絕了。也許他們只是還沒有時間檢視妳的設計而已。」

我的心一沉。又或許他們已經檢視完了，然後覺得我實在太菜，所以根本懶得回覆我。就那場尷尬的會議來看，我雖然對這結果不意外，但還是覺得有點挫折。我討厭我自己對此事產生了希望。一個國際大公司讓我的第一個時尚品牌進駐？我在想什麼啊？

就在此時，門把扭動了起來。「瑞秋！」智允喊道。「為什麼上鎖了啊？」

「噢，不小心的！」我喊道。我對艾利低語：「我得走啦。」然後我掛上電話。

⋯⋯⋯✦

抵達首映現場後，我們擺了姿勢拍了一張團體照。我很快地撫平我的洋裝——一件奶油色的貼身無肩帶連身長裙，裙擺帶著荷葉邊，高衩一路開到大腿——並把波浪捲髮撥到一邊的肩上，對著鏡頭微笑。這麼做了將近六年之後，我已經學會要怎麼送給全世界充滿感染力的微笑，就算我內心只想要縮成一團大哭也一樣。等到拍完團體照後，米娜便衝上前去和在戲中演她母親的朴有華打招呼，不過她們的年齡只差了十歲而已。米娜和有華拍了更多照片，我們其他人則往活動大廳走去。秀敏幫我開門時，我可以感覺到清涼的冷氣從門內竄出，我迫不及待地想要進到室內，遠離五月底夜晚悶熱的空氣，但在這時，我突然聽見有人喊了我的名字。

「瑞秋，嗨！」

熟悉的聲音使我轉過身，我看見麥斯維爾．李．哈利在一架相機後方對我揮著手。是巴黎那個Vogue的攝影師！我對他揮揮手，他便朝我走來。

「真高興又見到你啦！」我說。「你來首爾做什麼？」

他對相機打了個手勢。「當然是工作囉。」他笑了起來。「我們要做個專題，在講韓國娛樂圈西移的狀態。我拜託安娜讓我來首爾拍幾組照片，我已經太久沒有吃到這邊7-11賣的三角飯糰啦。」

我笑了起來。「其他地方應該也有三角飯糰可以買吧？」

他聳聳肩。「從7-11買的就是不一樣呀。」他向後退了一點，欣賞我的造型。「妳看起來一如往常地動人呢。那個顏色很適合妳，還有那些髮夾！」

我碰了碰夾在我頭髮側邊的金色橫條重點髮夾。等到造型師把髮捲拆掉後，我覺得頭髮實在捲得有點太像貴賓狗了，我便多配了這副髮夾。髮夾幫我把頭髮的捲度稍微壓了下來。

「真是謝謝你。」

「這種奶油色和金色的組合……妳完全和男主角群的造型相配啊！」他興奮地說。「你們一定要一起合照幾張。」

「噢。」我錯愕地應了一聲，他便把我推向傑森和宋建玗正在拍照的位置。我沒打算要拍更多照片，但是這算是我的義務吧。

「瑞秋！」傑森看到我時便說。他穿著一套奶油色的西裝，以及消光的金色襯衫。我們真的不小心穿得成對了。「真高興妳來了！你見到賽娜了嗎？」他對著紅毯的另一邊打了個手勢，而我看見賽娜正在結束《Star》雜誌的訪問，她亮紅色的頭髮與光滑柔順的長裙相互輝映。她對著我們眨眨眼，我則快速揮了揮手。

「Girls Forever的金瑞秋嗎？」宋建玗微笑著，低頭和我打招呼。哇喔。他看起來真的就和螢幕上一模一樣。他長得十分高大，嘴角帶著歪斜的微笑，右眼下方長著一顆鮮明的美人痣。他身上帶著柑橘古龍水的味道。他穿著光亮的黑色西裝，裡頭則是一件奶油色的襯衫。「真高興終於認識妳了。」他邊說邊咬著牙齒，露出電力十足的笑容。我意識到麥斯維爾已經開始拍照了，便也快速勾起嘴角，露出微笑。麥斯維爾稍作休息，動手檢查相機的數位螢幕時，建玗便更自然地繼續說下去：「我聽說了很多關於妳的好事呢。」

是嗎？是誰說的？我很確定米娜不會幫我說好話的。那會是傑森嗎？

「你們看起來真的太完美了！」麥斯維爾喊道。「你們可以靠近一點，再多拍幾張嗎？」

傑森和建玗各向我踏了一步，建玗一手環著我的腰，傑森一手則搭上我的肩膀。我從眼角看見，我的團員們都在等著我，要一起進去參加派對。不只是在等而已。我和米娜這部電影的兩個男主角一起拍照拍得越久，她的雙眼便逐漸瞇了起來。

麥斯維爾結束了他的瘋狂拍照行程後，我便和傑森與建玗揮手道別，並衝回女孩們身邊。「謝謝妳們等我。」我說。

能量很明顯地改變了。原本一路上都在談天笑語不斷的米娜，現在氣得七竅生煙。就連麗茲和恩地也用惡毒的眼神看著我。

「真的嗎，瑞秋，妳就非得要在今晚搶走我的光環嗎？」前往放映室時，米娜低聲說。她四下張望著，而我跟著她的視線，看見朱先生正在排隊進男廁，雙手抱胸，臉上掛著嚴厲的表情。噢不。他有看到我突發的拍照現場嗎？我知道今晚對米娜來說多重要。我知道她有多需要是明天的媒體報導的對象——不只是為了她自己的尊嚴，也是因為這樣她父親才會認真看待她的演員夢。

「不是的，米娜，對不起。」我誠懇地說。「妳才是今晚的明星啊。只是麥斯維爾是我在巴黎認識的一個攝影師，然後——」

「又是巴黎？」麗茲翻了個白眼。「我們都知道，瑞秋。妳去過巴黎。妳認識了很了不起的人。妳不用一有機會就重講。」

「真的是。」恩地看起來甚至比米娜和麗茲更不悅。事實上，她已經不只是看起來不悅了。她看起來是真的很不爽。「妳憑什麼這樣予取予求啊？」她啐道。然後她微微皺起眉，好像這並不是她真正想表達的意思。米娜奇怪地看了她一眼，然後恩地便喃喃說道：「我是指米娜的鎂光燈，妳不能就這樣搶走。」

我還來不及開口做任何彌補，我的八個團員們，便丟下我，往活動大廳裡走去。

第十六章

整場首映，我一半的時間看著螢幕上的米娜，為出車禍後失憶的宋建玗而哭，另一半的時間，則用眼角餘光看著現實生活中距離我三個座位的米娜。我們就座時，米娜還是火冒三丈。但幸好影片開始播映之後，她似乎就漸漸平靜下來了。也許是因為被大螢幕上的自己分散了注意力吧。老實說，就連我都不得不承認，米娜的表現真的不錯。我很高興她接受了這個機會，接下這份工作，儘管她知道爸爸不會喜歡的。

我聽見更遠處的座位傳來壓抑的啜泣聲。恩地的淚水沿著臉頰滾滾而下。嗯，我是說，建玗告訴自己的爸爸，說他永遠不會忘記他，這一段確實是很感人啦，但是也沒有那麼感人吧。她現在哭得這麼慘，稍早又不太對勁地大發脾氣，一定是有什麼別的原因。她最近的表現確實有些奇怪。打從練習生的時期開始，她就一直追在米娜屁股後面，但我從來沒有從她那裡得到像麗茲那麼銳利的酸言酸語。我其實一直都有點可憐她。她和仙姬有點像，從來不知道自己的價值在哪裡。她真的是團裡最美麗的女孩之一，但她還是覺得自己得牢牢抓住米娜和麗茲，才能讓自己高我們其他人一等。

我今晚也許沒辦法彌補連卡佛那邊的狀況，或是想清楚我對艾利的感情，和我們的關係，但我可以試著和恩地聊聊。

我太沈浸在自己的思緒中，我甚至沒意識到電影已經結束，直到米娜的名字出現在螢幕上的片尾名單裡時，我們這排傳來歡呼與尖叫聲，我才清醒過來。

會後派對上，我決定去找恩地。

「我們可以聊聊嗎？」我輕柔地碰了碰她的肩膀說道。

一開始，我以為她一定會拒絕我的，但她猶豫了一下後，還是嘆了口氣答應了。我帶著她來到宴會廳一個比較安靜的角落，一張深藍色的絨布長椅旁。

「是……是發生了什麼事嗎，恩地？」我問。她把玩著音符項鍊的鍊條，迴避著我的視線。她優雅的鎖骨看起來比我印象中的更明顯了。她瘦了嗎？「聽著。」我向後靠在牆上。「我知道我們一直都不算是最好的朋友，我會這麼問，是因為我覺得妳最近好像有點怪怪的，然後……嗯，我有點擔心妳。」

她瞥了我一眼，然後再度撇開視線，這次還憋住了快速湧出的淚水。

「恩地？」我的口氣變得更溫和了一些。

她抿起嘴，而儘管她費盡心力，淚水還是盈滿了她的眼框。她四下張望了一下，確保無人偷聽後，才壓低聲音開口。我靠向她。「是宋建玗的事。」她說。「我們……在交往。」

噢。真沒想到。我回想著這段時間以來，米娜炫耀著自己在《曾經我愛你》中的角色時，恩地都會變得緊繃。她嫉妒的不是那個演出機會——她嫉妒的是和她男友相處的時間。我不太確定怎樣安慰她最好……我也不確定我想告訴她多少我自己的戀愛生活。

「噢，哇喔，恩地。」我輕拍著她的背。「這樣一定很辛苦。你們是什麼時候開始交往的啊？」我試著回想他們過去是什麼時候產生交集的。「你們怎麼有辦法見面呀？」我補充道。她和建玗也許有住在同一個城市裡的優勢，但他甚至比艾利更容易被人認出。如果連我都沒辦法在艾利來訪時想出一個兩人能安全見面的方式，我真的不知道他們是怎麼有辦法逃離眾人耳目這麼久的。

「噢，誰在乎啊。」恩地邊說邊用掌根按了按自己的眼角。「反正也沒什麼意義。我要結束這段感情了。」

「為什麼？」我問。

「拜託喔。」她的聲音帶著濃濃的鼻音。「妳有看到他看妳的樣子嗎？而且他還一直把手放在妳的背上？他擺明了就是對妳有意思。」她把雙手壓在眼睛上，肩膀一垮。「我早該知道他是個玩咖的。」

噢，恩地。我把她拉了過來，給她一個緊緊的擁抱。「嘿，嘿。妳搞錯啦。他對我才沒有興趣。那只是拍個照而已，因為我們的穿搭剛好成對。而且……」

我放開恩地，雙手仍搭在她的肩上。她對我很誠實。至少我也可以對她誠實，尤其如果這樣可以釐清這次的誤會、並且讓她對自己的感情更有信心的話。我討厭看她這麼崩潰的模樣。

「我最近也有在和一個男生約會。」我坦白。「他叫做艾利。而我一點都不打算跟別人在一起。」

恩地瞪大雙眼。「什麼？真的嗎？」

「對啊。」我啜了一口香檳，等待著。不過我不知道自己在等什麼。我半期待魯先生會從吧台後面跳出來大喊：「抓到了吧！」好像和除了莉亞以外的人討論到我的戀愛生活，就會讓我遭到天打雷劈什麼的。

但恩地只是咧開嘴，露出燦爛的笑容，說道：「瑞秋！我完全不知道耶！」

我淡淡地微笑。「嗯，妳也知道這是怎麼回事囉⋯⋯」

而在那一刻，我意識到，恩地真的知道那是怎麼回事。我一直拚命想要讓艾利的事情保持低調，擔心讓太多人知道的話，會摧毀我們之間脆弱的關係，所以我從來沒有考慮過，向我的團員坦白，也許其實能減輕我身上所扛的重擔。

「我的天啊。」恩地看起來比過去幾週都要有精神得多了。「我們應該要來個雙人約會的！」

我差點被我的香檳嗆到，使得一堆氣泡竄進我的鼻孔裡。我們怎麼可能辦得到？但恩地看起來好快樂，而我覺得認識她這麼多年來，我從來沒有和她這麼親近過，所以我不想要讓這一刻就這樣消失。

「好啊，可以。一定會很好玩。我從來沒有跟別人雙人約會過呢。」

我們把酒喝完，回到派對上，但在我們回到團員身邊之前，恩地一手搭上我的手臂，攔下了我。她深吸一口氣，然後說道：「瑞秋，之前真的很對不起。我只是有點鑽牛角尖了，你知道嗎？談戀愛有時候真的好難，尤其當妳很有名的時候。」

我點點頭。「我懂。」喔，我太懂了。

她有些猶豫地伸出手，準備給我一個擁抱。我咧開嘴，雙臂環住她。

現在我只需要想一個超級機密的計畫，讓全韓國最有名的一個電視電影演員和最有名的兩個流行女團歌手來場雙人約會。

沒問題的。

⋯⋯⋯✦

雙人約會計畫

六點——瑞秋抵達餐廳；前往私人包廂C。

六點〇三分——艾利抵達餐廳；假裝接電話。在接待處徘徊，直到恩地抵達。

六點〇五分——恩地抵達餐廳；立刻前往女廁。瑞秋會等一切安全後傳訊息給恩地。

六點〇八分——建玗抵達餐廳；前往私人包廂F。
六點十分——艾利與瑞秋在私人包廂C碰面。
六點十三分——建玗從私人包廂F前往私人包廂C。
六點十五分——瑞秋傳訊息給恩地，請她前往私人包廂C。
全體請注意：預定人名字為金由美。預定的私人包廂在餐廳最裡面。指定時間到時，請直接前往，中途勿逗留！

恩地和我把雙人約會計畫得萬無一失。而且真的是**萬無一失**。雖然要讓我們四個人全部進入同一個房間裡，讓我焦慮不已，但我也得承認，和恩地一起偷偷計畫這一切，其實真的很好玩。好像我們在執行什麼《瞞天過海》等級的計謀一樣。我們花了好幾個小時搜尋有私人包廂的餐廳，還特地挑在不引人注目的社區，最後終於決定選擇金盞花飯店。這間餐廳高級，卻又遠離喧囂鬧區，隱身在江北區之中。這毫無疑問還是個很大的風險，但我對金盞花飯店的感覺還不錯，畢竟那裡的員工還保守過比這更大的秘密。傳言說，如果國務總理需要協商某項法規，就會在那裡舉辦最高規格的機密會議，並且可以確保不會外流。此外，那裡的領班是恩地的小學同學，她也保證那女孩沒問題。我還是對整體狀況有一點緊張，但恩地和我已經盡了全力，要讓這場雙人約會越隱秘越好。我也安慰自己，如果艾利和我可以在香港避開飛車追逐的狗仔，我們在首爾應該也可以安安靜靜地吃一頓晚餐吧。

這個計畫的目的是把我們四個各自在不同時間抵達，不要同時進入這間餐廳。艾利簡直像個聖人，願意配合這一整套複雜的安排，而且不斷堅持他不介意這種遮遮掩掩的行動。他其實也很期待能見到恩地。我知道這是因為我一直刻意保密艾利的事，但我的團員們一個都還沒見過艾利也是很奇怪，反過來說也一樣，我人生中最重要的兩個部分完全沒有交集。

夜晚終於降臨。我花了太多時間在思考穿搭，最後決定穿上簡單的白T恤、黑色皮窄管褲，還有短版機車夾克——可惜，今天穿搭的重點是讓自己看起來更不引人注目，而不是盛裝打扮。

雙人約會任務的第一部分執行得順利無虞。我們就像計畫的一樣，分別抵達餐廳，而在我踏出不起眼的黑車後二十分鐘內（好吧，沒那麼完全照計畫進行），我就已經和艾利、恩地和建玗一起坐在桌邊，不敢相信我們真的做到了。

我們一邊享用黑鱈魚、淋滿辣椒醬的炭烤雞肉、野菇糯米飯和藍鰭鮪魚佐韓國水梨薄片，一邊談笑，我覺得自己好像進入某種平行宇宙一樣。

「哇喔，這太棒了吧。」艾利邊說邊叉起一大塊鮪魚。「光為了這個，我就願意回來韓國了。」

「你說你住在香港對吧？」建玗說。「我之前去那裡辦過一次粉絲見面會。很不錯的地方。」

「你下次去的時候，記得找我。」艾利說。男人們才認識五秒鐘就可以表現得像是最好的朋友，這點真的讓我感到很不可思議，畢竟其中一個人還是公認的韓國甜心呢。但也許這並不是男人的特質。也許這是艾利的天賦。他太自在了，因此他也擁有不可思議的能力，能讓身邊的人同樣感到自在不已。

我還在思索著，他突然朝我伸出手，牽住我的手，手指輕撫過我的手背。他用深邃的棕色眼睛望著我。

「哇喔。」恩地從桌子對面輕柔地說道，看著我們，好像這就是她這輩子最大的夢想。「你們在一起多久了啊？」

我愣了愣，一叉子的烤雞肉在半空中停了下來。**在一起**。我要從在新加坡初次見面時算起嗎？還是我們在巴黎的初吻那時候？或者幾週前，他在香港第一次稱我為他女友的時候？

但我的腦子還在猶豫這所有的可能性，艾利就輕鬆地回答道：「三個月。」

恩地聳起眉毛。「三個月。這以韓國偶像的標準來說，已經算是一輩子啦。」

「真的嗎？」艾利問。「嗯，我是不知道妳怎麼想的，瑞秋，但我希望這段感情可以維持得比三個月長得多。我們才剛開始呢。」他直盯著我的雙眼。而我好像真的能從他眼中看到永恆。這同時既讓我覺得美妙得不可置信、卻又難以承受。我撇開視線，把雞肉塞進嘴裡。我的臉頰泛紅，淚水威脅著要落下，但我不覺得那是因為辣椒醬的關係。艾利談起我們的感情是這麼輕鬆又自信，但對我而言，這就像是有一隻九百磅重的黑猩猩蹲在我心中的一角，手臂上刺著「女朋友」的刺青。一部分的我想要忽視它的存在，專注在和艾利相處的過程中就好，但另一部分的我，則知道這是不可能的事。

我嚥下烤雞，轉向恩地和建玗。「那你們是怎麼認識的呢？」

恩地狡猾地微笑著。「顯然他花了好幾個月的時間，試圖要到我的電話。他一直問我們的共同朋友，能不能幫他安排一次約會。」

「沒有好幾個月啦。」建玗防衛地說。「幾個星期吧。然後再加上幾個星期。」

「幾個星期再加上幾個星期，就等於好幾個月了。」恩地取笑道。

建玗的臉一紅，羞怯地一聳肩，我們全都笑了起來。

整頓晚餐，建玗的手都不斷在桌下牽著恩地，一邊聊天，手指一邊與她的手指交纏。他的動作好自然，好像他已經這麼做一輩子了，而我知道這讓恩地高興到不能自己。她看起來充滿活力，他們兩人好像真的在熱戀中。但我猜讓自己看起來像在熱戀中，就是建玗謀生的工具。我把這個念頭拋諸腦後。現在別這樣，瑞秋。別毀了這個氣氛。

「跟他們說你最新的代言機會吧，寶貝。」建玗興奮地說。

恩地害羞地微笑。「我剛得知，我要幫SK Amore新推出的香氛拍一組代言照。感覺一定會很好玩的。」

「太棒了！」我說。「妳一定會表現得很棒。」

準備散會時，我們照著抵達餐廳的方式離開：個別行動。不受人注目地離開是今晚任務的第二部分，而我祈禱這部分也能一樣順利。建玗首先離開。接著十四分鐘後，換恩地離開。艾利和我並肩坐著，盯著手機上的時間，又多等了十五分鐘。

「所以，你真的覺得我們不能去漢江旁邊散步嗎？」艾利擠眉弄眼地問道，但我知道他只是在開玩笑。我們已經達成共識，他這次造訪必須要非常低調、非常隱密。但他會順路送我回別墅，所以我們還有至少二十分鐘左右的時間可以相處。

「很想啊。」我嘆了口氣。「但我覺得我們今晚已經冒夠多險了。再更多的話，我就要開始疑心病重了。相信我，疑神疑鬼的瑞秋真的不是很好相處。」

「不管有沒有疑心病，妳都還是很好相處。」他瞥了手機一眼。「換我出去了。等等見。」

他對我咧開嘴，吻了吻我的臉頰，然後轉向入口——但在他溜出去之前，我抓住他的手臂，把他轉了回來，把嘴唇貼上他的嘴。

「我們的行動還真是天衣無縫啊。」我們分開時，他輕聲笑著說道。

「我需要好好說再見。」我說。

「我們又不會在這裡說再見。」他說。「我們還要一起搭車啊。」

然後他又吻了我一次，緩緩地、甜甜地，提醒著我們之間所有因為距離而喪失的那些細碎時光。

「我們真的要把計畫打亂了。」我說。

「我們在車上見。」他放開我。

然後他就走出了包廂。

輪到我離開時，我把機車夾克的領子拉起來擋住下巴，戴上一頂棒球帽（我真的很努力讓自己看起來不像瑞秋了），走出餐廳，直接朝等待中的車子前進。艾利租了一輛車窗噴得特別黑的車，以防萬一。我溜進前座，坐在他旁邊，然後快速地四下張望了一下。沒有狗仔。車子駛離人行道。我不敢相信，事情居然有這麼容易。任務第二部分大成功。

我向後靠在椅背上，鬆了一口氣。

「開心嗎？」艾利在方向盤前瞥了我一眼，問道。

「非常。」

「妳原本真的很擔心今晚的事，對不對？」

我轉頭看向他。他微笑著，但眼中帶著憂慮的神情。我輕柔地撫平他眉宇之間的皺褶。

「沒關係的。」我說。「很順利。比我想像中的好多了。我希望這代表你來首爾的時候，我們可以更常見面，不用一直擔心東擔心西的。」

他微笑著握住我的手。「這樣很好啊。但妳也知道，我不介意偷偷摸摸的。」我對他露出燦爛的笑容，一如往常地感激他願意接受和我交往所帶來的一切鬧劇。「這樣其實滿性感的。」他補充道。

我開玩笑地打了他的手臂一下，而他大笑起來。

「嘿。」他變得嚴肅了一些，一邊用大拇指輕撫著我的手背。「我在進餐廳之前收到一封郵件，但我不想要在晚餐時間告訴你。希莉說他們想要在上市日時看到下一季的設計品。如果你能給出承諾，他們就會同意先讓你的六個包包上架。」

我被手中艾利柔軟的手給轉移了注意力，使我的大腦多花了一分鐘的時間才理解他說了什麼。連卡佛要讓我的品牌進駐了？我尖叫出聲，在副駕上快樂地舞動了一下。艾利笑著，一邊盡可能地在開車的同時跟我一起跳舞，但他接著便皺起眉。「聽著，這真的很棒，妳也應該感到高興，但明年的設計，他們的期待就高很多了。他們要的數量，是妳第一次開會時拿給他們看的三倍。」

我深吸一口氣，不想要讓焦慮毀了這個快樂的夜晚，但我的胸口突然一緊。三倍的數量？那就是十八個包。我花了兩個月的時間才想出我現在擁有的六個設計。我有辦法在同樣的時間裡設計出**十八個**原創的背包嗎？除此之外，我還有人生中的其他事要做耶？

「嘿，妳可以的。」看見我快要開始過度換氣了，艾利說道。「這些新設計不用像妳一開始給希莉看的那麼完整。」他再度伸過手來，用手牽住我。「我整路都會陪妳的。妳就算只是給他們看草稿，他們也會刮目相看的。我看過妳素描本裡的那些點子。妳很棒、很有創意，也很有天分。」

讓他鼓勵我的感覺很棒，牽著他手的感覺也很棒。

車子好像有點太快就到別墅了。我有些遺憾地看向窗外，又嘆了口氣。「我真希望你可以待得更久一點。時間實在太短了。」

「我也是。」艾利邊說邊把車停下。

我微笑著，靠過去吻他。他的嘴唇溫暖而柔軟。他的手輕柔地滑下我的腰際，我則更加深了那個吻。我的手掌貼著他的後頸，他把我抱得更緊，吻得更加急切。我們吻著、吻著，而我完全不想停止。但最後，我又開始意識到那隻九百磅的現實大猩猩的存在了，而我強迫自己微微向後退開。

「我該進去了。」我輕聲說著，和他的額頭相貼。

「嗯哼，好。」他聲音沙啞地回覆道。

我們就這樣坐了一會，就只是聽著彼此的呼吸聲。最後，他牽起我的手，吻了吻我的指關節。

「晚安，瑞秋。」他說。

「晚安，艾利。」我低語道。

我踏下車，走進溫暖的六月微風中，然後回頭給了他一個飛吻。接著，在這個近乎完美的夜晚魔咒破滅之前，我快步衝回屋內。

……✦

隔天早上，我沖過澡後，看見女孩們都坐在廚房裡吃著早餐。除了恩地之外，所有人都在。

「恩地還在睡嗎？」我問和她同房的麗茲。

「她不久出門了。」麗茲說。「怎麼了？」

「就只是問問而已。」我說。我想問她昨晚和建玗後來怎麼樣了。就在我準備傳訊息給他時，我的手機收到一封簡訊，振動了起來。

是魯先生。

魯先生：瑞秋，麻煩妳立刻到DB總公司來一趟。

我的肚子一陣翻攪。

魯先生幾乎從來沒有直接傳訊息給我過，而他從來沒有要求我「立刻」到公司去過。這一定很嚴重。我衝回房間準備出門，把仍然濕漉漉的頭髮綁成一個髮髻，套上一件牛仔褲和一件寬鬆的條紋T恤。前往公司的途中，我反覆讀著魯先生的訊息，尋找任何可能的蛛絲馬跡。

但當我踏進他的辦公室時，一切都再明顯不過了。恩地已經坐在沙發上，臉上涕淚縱橫。

我們對上視線。

他們知道了，她用唇語說。

第十七章

照片。好多張照片。

魯先生從電腦中叫出那些照片，然後把螢幕轉過來面對我們。首先是建玗離開餐廳的畫面。然後是他給侍者小費的樣子。接著他上了自己的賓利轎車。接著，照片上的時間過了幾分鐘，恩地也離開了餐廳。她試著隱藏自己的身分，用大號的黑色方框墨鏡遮住了臉，但在接下來的幾張照片中，你可以看見，她一打開建玗的車門，就立刻把墨鏡抬到了頭頂上，然後人才進入副駕駛座。那就是她，無法否認。但話說回來，這些照片沒有拍到任何浪漫的舉動。只是兩個人共乘一輛車，非常單純……

魯先生繼續往下點擊。

恩地和建玗去了鬆餅屋。他舔了一口她的甜筒。近拍的照片清楚到我都可以看見冰淇淋中的奧利奧餅乾屑……然後，是壓垮駱駝的最後一根稻草：一張他們兩人在接吻的照片。事實上，他們還拍了好幾張。

我忍不住一陣寒顫。雖然我很為恩地感到難過，但我現在腦子裡只有一個念頭：這本來很有可能是我和艾利的。

但被拍到的不是我們。我屏住呼吸，看著魯先生點完《真相揭露》用郵件傳給他的照片，但一張我和艾利的照片都沒有。大部分的時候，我也許很討厭那隻九百磅重的大猩猩，但現在我很感激它一直都存在。如果沒有它隨時隨地都在我腦中徘徊，艾利和我很容易就會得意忘形，最後大概也會被抓包。

我突然意識到，我們之所以能那麼輕易地離開餐廳，就是因為這樣。並不是因為我們運氣好、一個狗仔都沒有。而是因為當我們出來時，所有的狗仔都追著恩地和建玗去冰淇淋鬆餅屋了。

我瞥了恩地一眼。我從來沒有看她這麼心煩意亂過。她的臉色蒼白至極，弓著身子坐在座位上，好像試圖讓自己縮得越小越好。她不斷擦著臉上的淚水，但一抹去就立刻湧出新的眼淚。我的心為她疼痛不已。靠。我不敢想像這對她來說有多艱難。嗯，這也不是實話。我可以想像。每次我和艾利在一起時，我都會想像。最糟的情況隨時都在我腦中打轉。而恩地現在正活生生地演出了我最害怕的惡夢。

「《真相揭露》說，如果承認妳在和建玗交往，他們就不會刊出所有的照片。」魯先生的嘴抿成一條殘酷的線。「他們只會公開妳和他一起上車的照片。」恩地似乎稍微打起了一點精神，但接著魯先生又說：「如果妳簽下協議書，同意《真相揭露》正式報導你們的交往關係。」恩地向後倒回椅子上。「當然，如果妳決定要照這個計畫走，DB這裡也會發表聲明，證實妳和宋建玗的關係。」魯先生把話說完。

恩地咬著嘴唇。正式報導就代表公開戀情，而公開戀情是件大事，尤其當妳還沒有準備好的時候。

「我建議妳謹慎思考再做決定，申恩地。」魯先生說。「這是保護妳的形象不要受到更多傷害的唯一方法。SK Amore已經得知一點風聲了。他們今早打來取消了你的代言。」

恩地錯愕地抬起眼。我不敢相信SK Amore這麼快就得知這件事了，但我想壞事——或者至少，醜聞——在這個產業裡真的會傳千里。恩地指著我，聲音顫抖著。「那瑞秋呢？她也在場啊。她有需要坦白嗎？」

「沒有拍到瑞秋的照片。」魯先生說。「沒有照片，就不用坦白。」

恩地不可置信地張開嘴。

「但如果恩地說的是實話。」魯先生補充道，一邊把嚴厲的視線轉向我。「妳最好小心自己的行為，瑞秋。我今天早上把妳叫來，是為了要給妳一個警告，也讓妳可以自己看看這種行為所導致的後果。妳不會希望自己和妳朋友落得同樣的下場吧。」

我重重嚥了一口口水，低下頭。「是的，魯先生。我理解。」我覺得罪惡深重，當她簽下同意《真相揭露》報導她的協議書時，我甚至沒辦法直視恩地。這樣很不公平，我知道。

我們一離開魯先生的辦公室，我便對她伸出手。「恩地……」

她把手抽走，臉上淚痕斑斑。「這太扯了！我們兩個都和男友出去耶。妳為什麼可以逃過一劫，我就不行？為什麼壞事都不會發生在妳身上？」

她的每一個字都帶著濃濃的挫敗。

「對不起，恩地。」我說，雙手疲軟地垂在身側。她是這樣想的嗎？她認為壞事都不會發生在我身上？這是事實，我一直都運氣很好，我也很感謝自己擁有的這些機會，但我也不是過著一帆風順的日子呀。我張開嘴，試著再度和她交心，但在我來得及說出任何一個字之前，她便轉身大步離去了。

……✦

如果下一個就輪到我了呢？

這是每個人心頭最大的問題。先是智允。現在又是恩地。下一個被抓到有秘密情人的人會是誰？沒有人直說，但別墅裡緊繃的氣氛，讓我知道大家其實都在想同一件事。大家都對恩地投以緊張的目光。晚上我去上廁所時，經過秀敏的房門口，總會聽見急切、低聲的通話聲。當麗茲翻閱著《真相揭露》，第一百萬次讀著恩地和建玗的報導時，她臉上的表情也說明了一切。她的臉上就寫著：**如果這是我怎麼辦？**

而我比任何人都更有切身之痛。艾利和我差點就要被人拍到兩次了。如果把我們初次見面時，粉絲要求和我合照的那次也算進去，那就是三次了。這場雙人約會完全就是魯莽之舉，而我之所以沒有落入和恩地一樣的困境，是因為我真的走了狗運。

新聞刊出時，艾利立刻就打了視訊過來，但我讓它進入語音信箱，並傳了一封「我現在沒辦法接」的訊息給他。我得和他保持一點距離，重新建立我心中每次只要碰面就會被推翻的界線。我一直在玩火，而我真正吃虧只是時間的問題而已。

我花了三天試著和恩地說話，但她拒絕和我獨處，每次只要我進了一間房間，她就會立刻逃離，並在離開時對我投以惡毒的目光。事實上，恩地幾乎不和任何人說話，甚至連米娜和麗茲都沒有。最近她唯一願意說話的對象只有智允。她們兩人從來不算特別親近，但顯然恩地知道，智允比我們其他人都更能理解她現在的處境。我試著給予她們兩人支持，但最近好像我做的每一件小事都不受歡迎。我試著遠離所有人，躲在房間裡，專注在我必須提出的十八個新設計，但儘管如此，我還是覺得我在別墅裡都得小心翼翼，不斷試著迴避會無預警爆炸的各種地雷。

當我們抵達多團體演唱會的現場時，緊繃的氣氛仍然揮之不去。

「妳今天最好不要搞砸舞步喔，秀敏。」善英邊說邊把黑色的長裙拉到黃色的亮片短裙上。但她今天的口氣不像平時無害的小鬥嘴，而是真的帶有怒意。「妳副歌的最後一拍每次都會漏拍。那是整支舞最好跳的部分了，但妳就是有辦法跳錯。」

「妳認真的嗎？」秀敏怒瞪了善英一眼。「妳要不要擔心自己的就好了。每次妳唱到第二節主歌的高音，我都覺得我耳膜要破洞了。」

善英張開嘴，正要反駁，但米娜插嘴，惱怒地打斷了她們。「妳們兩個可不可以閉嘴？妳們讓我頭很痛。」

我難得認同米娜的話。

我得離開現場一下。我已經處理完妝髮和服裝，所以我便溜出更衣室，來到側邊後台，正好趕上SayGO的表演開場。真是剛好。

莉亞和她的團員穿著黑白棒球外套和野戰靴，這樣的造型實在太可愛了。我笑了起來，在莉亞舞動到舞台中央時為她拍了一張照片。

「喜歡這場表演嗎？」一個聲音在我身後說道。

我轉過身，看見傑森朝我走來，身穿紅色皮夾克和刷破的黑牛仔褲。我微笑著，把手機收了起來。

「嘿！你看起來很不錯喔。」我說。「等一下換你上台了嗎？」

「對啊。但我滿緊張的。」他對著舞台點點頭。「接在妳妹後面上場的壓力很大耶！」

我微笑地想著，十一歲的莉亞聽到傑森這麼說，應該會開心到發瘋吧。噢，我在開什麼玩笑？十六歲的莉亞大概還是有一樣的感覺吧。

「祝你好運啦。」我說。「你的表現一定會很棒。」

他眨眨眼。「我不是一直都很棒嗎？」

還是那個自信滿滿的傑森。我看著他走上舞台，並在半途中拿起一把放在吉他座上的吉他。

「是不是有什麼東西又死灰復燃了啊？」

聽見米娜的聲音，我整個人從地上跳了起來。

「什麼？」我說。「才沒有呢。那都是幾百年前的事了。」

「很好。」米娜緊盯著我的雙眼。「因為現在和另一個偶像扯上關係，就是天字第一號大蠢蛋，妳也知道吧？」我點點頭，但什麼也沒說。過去這三天，恩地都躲在自己的保護殼裡，我很確定她還沒有跟其他女孩說，她和建玗出去時我也在場。她也一定來沒有說，我自己也差點被拍到和另一個男孩在一起。「來吧。」她說。「造型師想要在我們上場前再最後一次確認大家的樣子。」

我們前往更衣室，但就在靠近門口時，我們停下了腳步。魯先生正站在那裡，和負責轉播這場演唱會的電視台Mnet的一個高層，激烈地討論著什麼。米娜和我交換了一個視線，然後悄悄往前走了一點，想要不動聲色地聽聽他們的對話內容。

「絕對不可以。」魯先生壓低聲音喊道。「我告訴過你我們絕不能接受。」

「嗯，但他們已經來了。而且他們再過十分鐘就要上台了。」高層說著，一邊看著手中的記錄板。「你想要我怎麼樣？叫他們不要表演嗎？」

「對。」魯先生說。「我就是要你這麼做。」

「講點道理，永哲。」高層翻了個白眼。

「取消N&G的表演，否則我很抱歉，我就得把我的藝人們帶走了。」

「哪一個？」高層緊張地瞥一眼Girls Forever的更衣間。

「全部。」魯先生的語調決絕，這是我過去聽了無數次的口氣。

高層目瞪口呆地瞪視了他一會，然後喃喃說道：「好吧。」他趕緊前往另一間更衣室，我猜N&G準備要接收一些壞消息了。

我將在原地，思索著方才眼前令人不舒服的一幕。顯然DB已經完全封殺了N&G。而因為這間公司實在太強大、旗下也有太多成功的團體，他們基本上可以利用我們其他人來制衡N&G這類的團體，讓他們在離開DB之後，也無法得到任何公平的待遇。現在我終於理解，為什麼過去一年，我們都很少聽見他們的消息了。他們並不是躲起來準備新的音樂，而是因為經紀公司在阻擋他們任何曝光的機會。這正是一個活生生的例子，告訴你一但脫離DB的保護傘，你會失去多少東西。

「走吧。」米娜又說了一次，我們便溜回更衣室，做最後一次的造型確認。我可以看見她臉上的擔憂，但她很快就用圓滑而無關緊要的表情給蓋了過去。

我們走出後台、排出隊形，舞台燈則暗了下來。《Midnight Prism》有許多充滿活力的舞步，而副歌的招牌划步則一直都是粉絲的最愛。這對非舞者的粉絲來說也很容易模仿，我總是喜歡在社群軟體上看粉絲展現他們的舞步。我擺出開場的動作，背對著觀眾，一手高舉過頭頂，手部優雅地下垂。腎上腺素在我的血管中流竄，就像每一次我們準備表演的時候那樣。

舞台燈亮起，音樂開始，群眾則瘋狂起來。

開始囉。

雖然團體這幾天的氣氛十分緊繃，我們在台上還是默契十足。就連善英和秀敏的舞步也都完美無瑕，專業地微笑著，看起來輕鬆寫意。

我玩得不亦樂乎，完全投入在表演中，也意識到過去五個月中我有多麼懷念這種感覺。當我們來到副歌時，我便在心中準備好要解開我的黑色長洋裝、並在開始划步時往身後拋去。我們已經練習過這個動作幾百萬次了，確保我們能在同樣的時間點把衣服換好，還要確認我們都把黑色洋裝丟得夠遠，這樣才不會有人滑倒（智允有一次差點在練習時摔得狗吃屎，永恩脫下的裙子在她腳下就像香蕉皮一樣）。但現在，我們已經是專家了。我們練到連睡覺都能跳好。我們在彩排時就已經成功了幾千次，而現在我們要把苦練的成果展現給粉絲們看。

時機來了，我則輕易地解開扣環，露出下方紫紅色的亮片短洋裝。我聽見粉絲們倒抽一口氣，為這意料之外的新造型尖叫歡呼。我輕鬆地把黑色洋裝拋到身後，並向右划步，右腳先踏出，左腳則緊接在後。我對著觀眾們拋去一個媚眼，然後突然間——

好痛。

我的左腳傳來一陣令我頭暈目眩的痛楚。

我低下頭，發現我左邊的恩地，正重重地把高跟鞋尖銳的細根踩在我的左腳大拇指上。我一個踉蹌，吃痛地倒抽一口氣，差點撞向我另一側的永恩。幸好我及時穩住自己的身體，很快地回到隊形裡，將我痛苦的抽氣嘴型，轉變成在觀眾眼中看起來像是在歡呼的表情。舞蹈繼續進行，我的舞台微笑凝固在臉上，但我的腳指滾燙而抽痛著，而我得拚命眨眼，才能阻止疼痛所造成的淚水流下。

剛才那是怎麼回事？恩地是故意的嗎？

我很快地朝她瞥了一眼，但她正微笑著跳舞，好像什麼事都沒發生一樣。她知道自己做了什麼嗎？她一定知道。她怎麼會不知道我的腳在她腳下？

我們把剩下的表演做完，沒有再發生任何意外，並擺出最後一個動作，接受觀眾的歡呼與鼓勵。我看向台下一整片微笑的面孔，看見我們的＋EVER們最喜歡戴來看我們表演的發光頭帶。有那麼一刻，腳趾的痛楚彷彿直接蒸發了，我享受著表演和讓粉絲們快樂所帶來的喜悅。但當我們前往後台時，疼痛感又一鼓作氣地湧了上來。當我發現魯先生正在等著我們時，痛苦變更加劇了。

「瑞秋，那是怎麼回事？」他質問道。「妳居然踩錯舞步，還差點摔倒！」

「對不起，魯先生。」我咬著嘴唇。我感覺自己的腳趾已經腫了起來。

「妳們最好在去洛杉磯的大表演之前把舞練好。」他瞇起眼，然後掃視了其他女孩們一圈。「我是指妳們所有人。妳們是一個團體，只要有一個人搞砸，大家就會都跟著難看。」

「是的，魯先生。」大家懊惱地回答。

真是場災難。我試著在更衣室裡和恩地對上視線，但就和過去三天一樣，她就是不肯看我。我的腳趾抽痛著。指甲周圍已經有了一些乾燥的血，看起來又青又紫。希望我的指甲不會掉下來。

我們換完衣服，回到後台，傑森便朝我跑來。他已經換下了舞台裝，換上了舒適的大號白色帽T。「晚點在會後派對見囉？」

對喔。還有會後派對。我猶豫了一下。莉亞會去，Girls Forever的其他團員們也會去。如果我不去的話，可能會不太好看。但老實說，我現在只想要回家，躺在沙發上喝一杯熱茶，一邊休養我的腳，一邊思考連卡佛要的新包包設計。在準備載我們去參加派對的廂型車旁，我看見恩地正在和米娜與麗茲竊竊偷笑著。她們爬上車時，麗茲刻意誇張地絆了一下腳，我猜她是在模仿我在舞台上時的模樣。恩地和米娜又咯咯笑了起來。

「其實呢，傑森，我覺得我今晚還是回家好了。」我說。

「當然。」他邊說邊舉起手，隨興地擺了擺手道別。

我和他揮揮手，朝等待的經紀人們走去，希望鐘碩能送我回別墅。

……✦

我癱坐在車上，思索著魯先生說的話。他沒說錯。我們得在洛杉磯的演唱會前整頓好整個團體。再幾個月之後我們就要去表演了，而且那是Glow亞洲巡迴後我們的第一場大型演出。如果我們連像今晚這樣只有一首單曲的國內小型表演都沒辦法做好，我們要怎麼撐過一整場國際演唱會？

我嘆了口氣，伸手拿出手機。解鎖螢幕時，我發現有五通來自爸爸的未接來電。我的心臟狂跳起來。他為什麼這麼急著想要找我？他已經好久沒有打給我了，但現在突然有五通未接來電？

我立刻回撥。

「瑞秋？」鈴響了第一聲，他就接通了。

「嗨，爸。一切都還好嗎？」

「不只是還好而已喔。」他說。我可以聽見他聲音裡的笑意。我的心跳穩定了下來，我的大腦也停止想像醫院、火災和其他可能的災難。

「是瑞秋嗎？你要跟她說了嗎？」媽媽的聲音從背景傳來。「你開擴音，讓我也一起講啦！」

一秒之後，我就聽見電話那頭傳來兩人的聲音。

「瑞秋，妳聽得到我的聲音嗎？」媽媽說。

「嗨，媽。我有聽到喔。」我說。「發生什麼事了？」

「妳跟她說吧。」爸爸說。

「不要，不要，你說吧。」媽媽說。

我用手指點著膝蓋，雙腿緊張地上下顛動著。「可不可以請你們快點說？我快緊張死了。」

「好吧，那我們一起說。」爸爸說。「三、二、一……」

「我們搬來清潭洞啦！」他們同時對著電話喊道。

「什麼！」我大叫。「你們搬去清潭洞是什麼意思？你是說我住的那個清潭洞嗎？」

「更準確地說，距離妳住的地方只有五分鐘的路程喔。」爸爸愉悅地說。「我們真的很想要搬得離妳近一點，所以我一直在努力加班，才能存到足夠的錢買這間房子。」

哇喔。清潭洞的房價真的不便宜。我回想著爸爸半夜三點傳的那些簡訊。他傳訊息的時候，一定是還在辦公室吧。我不敢相信他這麼努力工作，就是為了要讓他們能離我近一點。

「要對妳保密這件事真的很難耶，尤其是對莉亞來說。」媽媽笑了起來。「她一直在問說什麼時候可以告訴妳。」她繼續說著。「但我們想要給妳一個驚喜。」

快樂的淚水盈滿了我的眼框。「我的天啊。真不敢相信你們現在住得這麼近！這樣太棒了。你們是什麼時候搬家的啊？」

「上個星期。我們剛整理完。」爸爸說。「我們希望準備好之後再告訴妳。妳什麼時候有空過來看看？」

「把地址傳給我。」我說。「我現在就可以過去了！」

我們一掛電話，我便傾身靠向前座的鐘碩。「你可以把我載到另一個地方嗎？」

我微笑。

「沒問題。你要去哪裡？」他問。

「我要回家。」

第十八章

走進爸媽的新公寓時，第一個迎接我的，是一股熟悉而溫暖的泡菜炒飯氣味，才剛起鍋，上頭還鋪著一顆荷包蛋。

「吃吧，吃吧。」媽媽邊說，邊把我招呼到廚房裡的胡桃木長桌旁。「如果我知道妳今天要來，我就會準備更多菜的！」

「不用，不用，這樣就很完美了。」我說。光是聞到媽媽做的菜，對我來說就已經夠有安撫作用了，讓我好想要像裹棉被一樣，把自己裹在這個氣味之中。「但是，等等，我想要先看看房子！」

「等一下我們就會讓妳參觀了。」媽媽堅持地說，一邊把我安置在一張廚房椅上。「但妳要先吃。」

媽媽叫你吃飯時，跟她爭執一點意義都沒有。我拿起一根湯匙，開始吃起炒飯。噢，真是天堂。我上一次吃這種家常料理是什麼時候的事啊？我身為偶像，伙食當然也不差。在過去五個月裡，我在上海吃了令人垂涎三尺的熱騰騰小籠包，在新加坡吃了新鮮到都快要從我的盤子上逃走的辣螃蟹，還在巴黎吃了令人墮落的巧克力慕斯。但這些食物、這些地方都比不上一道在家用心準備，簡單、可口的料理。就算這個

「家」對我來說是新的也一樣。

我從座位上環顧著公寓，盡可能吸收更多屋子的細節。這裡比我們的舊家大多了、也新多了，有巨大的窗戶，還有遠處美妙的城市夜景，但我很高興我的家人們決定要把大部分的舊傢俱都帶過來。那條地毯的邊緣已經隨著時間變得磨損；白色的沙發是媽媽在莉亞滿十二歲後買的，說我們現在已經可以負起責任，不會再把沙發弄髒了。但十分鐘之後，我就立刻把香蕉牛奶灑得滿沙發都是。客廳擺滿了爸爸的盆栽植物，綠色的葉片包圍在牆上的家庭照片四周。我的視線順著一棵毬蘭的爬藤，看著它繞過我最喜歡的一張莉亞的照片，那張照片裡的她少了兩顆門牙。就算這是新家，感覺還是好熟悉，熟悉得令我心都痛了。

「妳的腳怎麼了？」爸爸問著，視線落在我紅腫的腳趾上。

「表演的時候，有個女生不小心踩到我了。」我說，一邊把左腳藏到右小腿後方。我不想要讓爸爸擔心。「沒關係，現在已經好多了。」

他嘖了一聲。「不管如何，我還是拿冰袋給妳吧。」他說著，已經起身往冰箱走了。

我以前很討厭爸媽對我大驚小怪，但我現在照單全收，讓媽媽為我的杯子添滿水，並讓爸爸照料我的腳趾。整段時間，我緊盯著他們，牢牢記住他們的臉。距離我上次看到他們，已經不知道過了多久。是聖誕節吧？但是，不，等等，聖誕節假期的時候，我們還在巡迴。我記得我在台北的飯店裡打視訊給他們和莉亞，當我看著他們在舊公寓裡打開聖誕禮物時，我很努力地憋住自己的眼淚。現在看著他們，我突然覺得他們老了。媽媽的臉上出現比印象中更多皺紋，爸爸的頭髮也絕對變得更白了。我想，我從來沒停下腳步來思考時間對我來說流逝得這麼快的同時，對他們來說更是如此。我突然意識到，我錯過了好多與他們相處的時間。

「準備好要來一趟完整的參觀之旅了嗎？」等我吃完最後一口飯之後，爸爸說。他整個人散發著活力，突然好像我小時候那個年輕的職業拳擊手爸爸，使我差點大笑出聲。

「早就準備好啦。」我說。

他們帶我看了客廳、主臥室，還有莉亞的臥室。我看她也沒有比小時候整潔到哪裡去，但她的房間已經不再是小女孩的房間了，牆壁上再也沒有貼滿NEXT BOYZ的海報，棉被上也不再印有銀河花樣，床上也不再塞滿絨毛娃娃了。好吧，我還是有看見一隻兔子娃娃擠在她的枕頭之間。

走廊的牆上掛著爸媽結婚後搜集的各種藝術品。復古的《紐約客》雜誌封面、首爾的炭筆素描，還有他們初次約會實在康尼島的木棧道上，讓人幫他們畫的Q版漫畫——媽媽的額頭比她的臉還要大了兩倍。這間屋子裡的一切都有故事。我家的人不可能找到比這更完美的屋子了。

「這間是客房。」爸爸邊說，邊領著我走向公寓的最後一間房間。「但我們希望妳來的時候，可以把這間當作妳的房間。」

他打開門，向一旁退開，讓我先進門，我則讚嘆地環顧四周。床邊桌上擺著一瓶新鮮的紫丁香——我最喜歡的花。我吸進我最喜歡的Diptyque漿果蠟燭香氣，一邊想像著今晚稍早，媽和爸把電話掛上之後，就趕著來把蠟燭點上的樣子。窗戶下擺著一張竹製桌面的桌子，上面還擺著一個馬克杯，裝滿削尖的鉛筆。

「我們想說，妳可以用這張桌子來畫設計稿。」媽媽邊說邊領著我走到桌邊。他打開其中一個抽屜，拿出一個小小的製圖光箱，打開開關，使它散發出微微的亮光。「還有這個，如果妳有需要描圖時就可以用。我是在網路上看到的。」

「喔！」爸爸打岔道。「我還要告訴妳，我找到了一間很棒的小餐館喔，距離清潭公園只有幾個路口呢！」

爸爸繼續說著那間餐廳可以幫你把蛋煎成特別的形狀，像是鯨魚或是星星，而我突然感到一陣熱淚盈眶。我知道，相較起首爾的其他地區，他們並沒有那麼喜歡清潭洞。我記得我還是練習生時，我爸帶我去DB受訓，路上他總會評論那些停在路邊的名牌車，賓士、瑪莎拉蒂、BMW……。他總是輕鬆地打發掉這些事，但我當時就知道，這個最奢華的社區中所展現出來最平凡的財富，都還是使他感到不舒服。我剛出道時，我帶著全家人去Class餐廳用餐。我好驕傲自己能請他們吃飯，我也知道他們心懷感激，但整段用餐時間，爸爸都在緊張地開玩笑說他不知道要用哪一支叉子，媽媽則不斷暗自抱怨這裡的訂價有多荒謬。尤其對我媽而言，這次搬家算是一件大事。她一直都是務實又簡樸的人，而清潭洞則……完全不是。我不敢相信他們為了離我近一點，就這麼大費周章。不過，我想我也沒什麼好意外的。畢竟，他們都為了讓我追逐夢想，放棄了他們在紐約的人生，搬來韓國了嘛。所以我猜，搬到城市的另一邊，對他們來說，只是世界上最棒的父母應該做的事而已。

大門砰的一聲打開，我聽見莉亞的聲音從走廊的另一端傳來：「姊，妳來了嗎？我回家囉——！」

我跑出房間迎接她。我們一見到彼此便放聲尖叫起來，她朝我衝來，雙臂環著我的脖子。

「會後派對怎麼樣啊？」我問。

「還可以，還可以啦。海芬喝了太多香檳，又逼我們開始幫她找手機，但她的手機從頭到尾都在她的手提包裡。老樣子啦。但是，快說！」她說著，一邊張開雙臂轉了一圈。「妳覺得這裡怎麼樣？」

「呃，超完美的。」我說。「不敢相信妳居然沒有告訴我！」

莉亞燦爛地笑了起來，爸媽則走來加入我們。「我很擅長給驚喜的。所以，妳今天會在這裡過夜嗎？」

我回頭看著擺了紫丁香和鉛筆馬克杯的房間。這間房子已經比別墅更像我的家了。而且就這麼近……

「其實呢。」我說。「你們覺得我搬進來怎麼樣?」

……✦

那天晚上，我在新桌子上拚命畫著草圖，直到深夜，然後穿著一套和媽媽借來的睡衣進入夢鄉。這是我很長一段時間以來難得睡好的一次。隔天早上，爸和我坐在廚房桌邊，面前擺著一碗豆芽湯。那是媽媽在出門去梨花女子大學教課之前，為我們做的。我試著不要為她現在長長的通勤時間感到罪惡，並在內心提醒自己，明天一定要做早餐——至少這樣我能幫她節省一點時間。莉亞也已經出門去了，但由於這裡離爸爸的辦公室夠近，所以他還可以和我一起享用早餐之後再去上班。

「妳還好嗎，女兒?」他問。我低頭看著我的湯，一邊用筷子攪拌著湯裡的黃豆芽。「妳看起來心事重重的，應該不是在後悔自己的決定吧?」

「不是後悔，不。」我說。「我只是在想女孩們會怎麼想。」

「妳的團員們。」爸爸同情地說。

我點點頭。「還有媒體。」昨晚，一切都感覺好正確，但今早一起床，我想到要和所有人公佈搬家的消息，我突然感到很不舒服。和八個女孩住在一起的許多煩躁的小事，確實已經讓我越來越受不了了，過去這幾天，別墅裡的氣氛又因為恩地的關係而變得緊繃，但我搬走，並不是因為我想要拋下這一切——而是因為我想要靠我的家人近一點。「我不知道耶。」我對爸爸說。「我想一部分的我是覺得，就算住在這裡已經讓我好受了很多，但我還是應該要繼續留在別墅裡。我不想要讓別人失望，也不想要讓人覺得我好像放棄了。」

他從桌子對面對上我的視線。「就我對妳的了解，我最清楚，妳不會輕言放棄。妳只是用自己的方式做事而已，就像一直以來那樣。」

我嚥下喉頭湧起的腫塊，點點頭。「謝謝爸。」

他微微一笑。「現在，快喝湯吧。」

不知怎麼的，我爸用這麼簡單的方式說這些話，反而正是我現在所需要的。早餐過後，我鼓起勇氣，前往別墅。反正我遲早要面對女孩們的，而且我也得回去打包東西。整趟路程（整整五分鐘的腳程），我都一次又一次地在腦中練習要說的話。但不管我多努力想要把話說好，我還是無法想像女孩們的反應。我想我只有一個辦法找出答案了。

⋯⋯✦

我一進入別墅，就聽見她們在客廳裡聊天和碗盤碰撞的聲音，電視則在背景播放著。我深吸一口氣。只能姑且一試了。

我踏進客廳，揮了揮手。「嘿，各位。早安啊。」

每個人都停下了手邊的事，轉頭過來看著我。女孩們都頂著懶洋洋的假日造型，睡衣發皺，頭髮綁成雜亂的髮髻。麗茲推了推眼鏡，揚起眉。

「看來有人昨晚玩到很晚喔。」她說。「妳現在才回家嗎？」

「對啊，瑞秋，妳到哪去了？」米娜從馬克杯上方打量著我說。她露出竊笑。「妳是不是在會後派對喝掛了，找人去飯店開房間啦？」

在我來得及告訴她我根本連會後派對都沒去之前，恩地就插嘴了。

「拜託，米娜。」她說。「對瑞秋有點信心好嗎。她才不會這樣對待自己的男友呢。」

整個客廳陷入一片沉默。

有人把湯匙扔進碗裡。有人驚訝地瞪大雙眼。

現在唯一可聞的，是電視中巴克斯能量飲料的廣告正在大聲放送的聲音。

「男友？」秀敏終於說道。

靠。

對其他女孩來說，恩地這樣聽起來也許是在護衛我，但從她眉毛揚起的弧度，我知道她很清楚自己在做什麼。她知道我寧可讓我和艾利的交往關係保持隱密，但她還是硬把它說出來讓全部的人都知道了。

「對，男友。」我回答，雖然這個詞從我嘴裡說出來還是顯得很尷尬。「他叫做艾利。我們在新加坡認識，之後就一直聊到現在了。」

「哇喔。」仙姬的雙眼閃閃發亮。「不敢相信妳和他是在新加坡認識的耶。智允不就是在那裡……」

她的話音漸落，朝僵著身子的智允投去抱歉的視線。她不需要把話說完。我們都知道智允就是在那裡被抓到的。

「所以在新加坡的那晚，你真的是跟一個男生在一起。」米娜一手叉著腰。我回想當時自己是怎麼解釋的——和朋友的朋友一起喝杯咖啡。嗯，當時確實只是那樣。但現在我可以理解這看起來有多糟糕。尤其是智允那晚還發生那樣的事。

「對。」我緩緩地說道。「是我們的共同朋友牽的線。但我們那時候只是朋友。我們的關係一直到後來才變成交往。」我不確定自己為什麼要澄清這種事情，尤其是智允臉上的表情正擺明了告訴我，這不會改變什麼現實的。「但是總而言之，我昨晚也不是和他在一起。」我很快地轉移話題。「我是和我的家人們在一起。其實呢，我有一件很重要的事要跟妳們分享。」要來囉。「我要搬出別墅，回去和我的家人住了。我知道這感覺很突然，但我父母最近在這附近買了一間房子，他們也幫我準備了一個房間。這不會影響我對團體的投入程度、或是我在DB所有的活動。事實上，我覺得這樣可能會比較好！這會是一個很棒的新開始。」我很緊張，所以開始喃喃自語了。我抿起嘴，淺淺地露出微笑。「所以，妳們覺得呢？」

又是一陣錯愕而尷尬的沉默。

最後，智允清清喉嚨。「哇喔。妳家人住這麼近，超幸運的。」她有些嫉妒地說。「能選擇和他們一起住，感覺一定很棒。」

「老實說，我也不介意搬回去跟家人住。」永恩補充道。「這對妳來說會是個不錯的改變呢，瑞秋。」

我點點頭，對永恩理性的頭腦心懷感激。我開始往自己的房間走去，但就在我來得及踏出第一步之前——

「我們可以先回頭去聊男友的事嗎？」仙姬說。「他長什麼樣子啊？妳有照片嗎？」

就差一點點。

「他人很好，也很貼心。」我猶豫地說著。在恩地和建玗的醜聞爆發之後，馬上就接著談艾利的事，感覺好像很奇怪。從恩地臉上無奈的表情來看，我知道她還是覺得很不舒服。我把剩下的對話草草打發掉。「但我沒有什麼照片。畢竟我們是遠距離嘛。」

「好吧，恭喜了，瑞秋。」米娜微笑地說。「妳有男友、又要搬家了。妳人生中還發生了真多大事啊。」

「謝了，米娜。」我緩緩說道。她沒有多說什麼，但我還是忍不住覺得不太舒服。整體而言，大家面對我的新消息，反應都挺好的。但突如其來地坦白了艾利的事，讓我感到很不安。女孩們不會爆我的料，對吧？我懷疑大家都有自己的秘密男友。恩地和建玗的事曝光時，麗茲和秀敏看起來特別擔心。她們不會希望有更多Girls Forever的成員曝光在秘密交往的聚光燈之下吧？這樣只會為她們自己引來更多不必要的關注而已。

「好吧，嗯，我要去打包了。」在她們來得及繼續問我艾利的事之前，我便直直往房間走去。

我進到房裡，把抽屜櫃裡的東西都翻了出來。我爸媽給了我一些搬家用紙箱，但我決定先看看我能把多少東西塞進我大大小小的行李箱中。我捲起T恤、襪子和睡衣，墊在我的Away行李箱下方，然後我突然感覺到有人站在門口。我抬起眼，以為我會看見智允，卻沒想到是恩地。

她面無表情，沒有任何情緒起伏。她沉默地徘徊了一下，然後說：「所以妳真的要搬走喔？」

「對啊。」我邊說邊捲起一雙羊毛襪。

「妳破壞了我們的水晶雪球。」恩地撅起嘴。但比起指控，她聽起來更像是充滿嚮往。我抬起眼，看見她眼裡湧起了一點情緒。

「恩地。」我說，然後她的下唇便開始顫抖。我牽著她的手，把她帶到智允的床上坐下（我的床被衣服堆滿了）。「妳發生的事，我真的很遺憾。這真的很不公平。本來也很有可能是我和艾利被拍到的，老實說，妳和建玗先走出去、先被人拍到，完全就是只是運氣太差。」我打了一陣寒顫，突然意識到這是事實。「可能是有服務生認出了建玗，偷偷爆料給《真相揭露》的。我們誰猜得到呢？」我試探性地伸手環住她的肩，她的身子一僵，但沒有退開。「我真的很遺憾事情的走向是這樣。真的、真的很遺憾。不敢相信事情會發展到這種地步。」

「對啊。」她撇開視線，聲音顫抖。「真的很扯。」

「但是拜託妳不要生我的氣。我們需要一起走過這段時光。我們真正應該要生氣的對象是媒體才對。」我說。「他們逼我們在做好準備之前就公開感情狀態。」我說，一邊刻意壓低聲音，好像魯先生會在別墅裡偷聽一樣。「還有ＤＢ，他們居然讓媒體牽著鼻子走。要他們說一句『不予置評』是有多難啊？」我知道ＤＢ都是為了我們好，也只是試著用這個業界的遊戲規則來保護我們，但有時候我只希望他們能為我們挺身而出，並把我們的隱私權看得更重要一點。「還有……至少他們沒有逼妳分手，像是智允和阿晉那樣。」

「我想是吧。」她嘆了一口氣。她垮著肩膀，怒氣逐漸從她身上流逝，轉變成了沮喪。「呃啊。和跟我一樣有名的人交往就會落得這種下場。他甚至比我還要有名。我應該和妳一樣找個無名小卒就好了。這樣比較容易避人耳目。」

我知道就某種層面來說，她說得沒錯，難道她沒意識到說艾利是「無名小卒」，這樣有多麼失禮嗎？嗯，好吧。現在不是吵這個的時候。

「我忘了，他是做什麼的？」恩地問。「金融的，對吧？」

我點點頭。「他幫時尚集團做投資。我的品牌能發表，他真的幫了我很大的忙。」我一邊說著，視線一邊不由自主地轉向我打開的衣櫃，看向屬於我巴黎世家包包的那個空位。

但是，等等。

不是個空位了。

就在那裡。

藍色的巴黎世家包包回來了。

它就躺在頂部的架子上，就在我最後一次看到它的地方。

但它確實和我最後一次看到的樣子不一樣了。

包包的皮革破裂，前面那一側看起來也沾上了筆的墨水。有人用過了它，而且還不是很溫柔。我從床上跳了起來，手指撫過摧殘過後的皮革，胸口一陣緊縮。

「噢，寶貝。」我說。「是誰對你做了這種事？」

包包失而復得，讓我鬆了一大口氣，但它被人偷走的這件事，卻又使我的惱怒感捲土重來。我留下不安的恩地，提著我的包包前往客廳。我知道一直糾結這件事很蠢，但這是我和女孩們同住的最後一天了。如果我要找到是誰沒說一聲就借用了我的包包，我唯一的時機就只有現在了。

「各位，認真說，是誰拿走了我的包包？」我試著不要表現得太不滿。「拜託，這不是什麼大事，但是拜託誰快承認吧。」

「認真嗎，瑞秋？」麗茲說。「妳偏要在最後一天來指控我們偷了妳的東西？」

「我沒有在指控——」我開口。

「不敢相信妳真的要搬出去了耶，瑞秋。」仙姬用悲傷的眼神望著我。

我嚥下挫敗感，惱怒的情緒無奈地消褪了。是的。顧全大局。我得專注在更重要的事上，我要搬走了，而這對所有人來說都是一大轉變。我基本上算是為一個時代畫下了句點，所以我得表現得更成熟才行。

「沒關係的，仙姬。」我說。「真要說的話，我覺得我們的關係會變得更親密呢。少一個女生跟大家一起搶浴室，對大家來說都是福音。我保證。」

「我猜是吧。」仙姬說。

「噢，還有，麗茲。」我邊說邊轉向她。她警覺地揚起一邊的眉毛，等著聽我為什麼點她的名字。「我知道妳妹妹對妳來說有多重要。如果妳也想要搬回家，我完全會支持妳去和DB討論的。」麗茲垂下視線，看起來有點像是被人責備了。

「還有啊。」智允愉悅地說。「看看好的那一面吧——現在我有自己的房間啦！」

「我們應該要輪流住單人房。」秀敏很快地說道，提起了一個久遠的老問題。這間別墅有五個房間，我們則有九個人。這代表除了米娜之外，每個人都有室友，只有她是住單人房。直到現在為止。

「我先喊先贏喔！」善英說著，高舉自己的手。

「不公平，我本來要先喊的！」秀敏說。

她們鬥起嘴，我則低頭看著我包包上的裂縫。人們都說距離會產生美感。我希望這套在我們身上也適用。

第十九章

Girls Forever不再永恆：金瑞秋準備單飛！

將近六年前，Girls Forever突然在流行歌壇上爆炸性地出道，讓所有人拜倒在她們裙下，但俗話說得好，所有好事都有盡頭。對金瑞秋來說，五年是不是就足以使她與這個團體漸行漸遠呢？一名與她們交好的消息來源表示：「瑞秋和其他女孩們不和的事已經很久了。她其實一直都沒有放下傑森和米娜的那段三角戀，過去幾年間，也一直在逼迫團員們選邊站。」另一位目擊者也表示，上週末，他聽見女孩們的別墅裡傳來非常激烈的爭吵，致使瑞秋拖著行李箱奪門而出……

在我搬回家後，這只不過是眾多八卦小報的其中一篇荒謬的報導。

為了控制損害，DB砸重本幫我們預約了更多的團體照拍攝，也幫我們九人買了更多廣告，確保全世界都還是認為我們是一個快樂的大家庭。

「再撐一下，女孩們。」在我們最新的一場拍攝的團照拍攝中，韓先生說。「妳們的行程很快就會恢復正常了，但現在，妳們需要更團結在一起。大眾對Girls Forever姊妹情誼的信心，最近已經受到太多動搖啦。」

我皺起眉，他的評論令我不太舒適。我知道公司對媒體說法的影響力，絕對比韓先生口中所說的大得多。

「而且別忘了，小姐們。」魯先生來到拍攝現場，站在韓先生身邊，警告道。「妳們的粉絲應該要歡慶妳們的回歸，而不是有任何多餘的事需要擔心。」嗯，至少這一點是我能接受的。現在是六月底，但我知道我們九月的洛杉磯演唱會，眨眼就會到來。我們得為了＋EVER團結起來。我們的粉絲支持著我們走了這麼久，我們不想要現在讓他們失望。

好消息是，在我搬家後，我們團內的狀態**真的**進步了。雖然我們最近的行程十分緊湊，但我發現自己在抵達拍攝現場時，都會很興奮要和團員們見面；也迫不及待想要和大家更新近況，或是聽她們講別墅前一晚發生的趣事。

「我的天，可惜妳沒有親眼看到。」我們一邊換上黑白相間的賽車服，為汽車廣告拍攝做準備，善英一邊滔滔不覺地說道：「到處都是草莓牛奶。我從來沒看麗茲笑得這麼用力過。」

「她們根本就是抱在一起睡！」在可口可樂的廣告拍攝現場，一位彩妝師正在為我們補上鮮豔的紅唇妝，仙姬則對我悄聲說道。「認真說，那畫面其實滿可愛的。智允是被抱的那一個。但不要跟米娜是我告訴妳的喔。」

當我結束一整天Girls Forever的工作回家時，媽媽總是會準備一杯麥茶和溫暖的晚餐等著我。我週末會和爸爸一起吃星型歐姆蛋，然後幫莉亞背誦她們第一張中文專輯的中文歌詞。如果我沒有和Girls Forever一起跑宣傳、或是和我家人相處，我則一定是坐在新房間的竹製書桌前，為我的品牌包包畫設計稿。

我剛知道連卡佛要我在上架時準備好第二季的設計、才會答應和我合作時，我真的覺得這根本就是不可能發生的事。但不可思議的是，在六月就要結束之際，我發現他們要求的十八個包包，我已經設計完一半了。我不知道這是因為我遠離了別墅的壓力，還是因為家人的存在讓我倍感安慰，或是因為媽媽為我準備的竹子桌和燈箱實在太完美，但搬回家似乎為我打開了一扇創意大門。點子源源不絕地從我腦中冒出，我的鉛筆完全停不下來。我的品牌上架日就在眼前，而我可能還是得到最後一刻才會完成設計，但這是我第一次覺得，我也許真的能辦到。

「噢，這看起來很酷耶。」七月初的一個晚上，莉亞從我身後看了過來，一邊說道。「這是哪一個包包啊？」

我正在設計一系列的新包包，以我被DB招募後舉家搬來韓國、以及後來的練習生生涯為靈感。這系列的包包是光滑的長方形迷你包，配上可拆卸的背帶，使它們能同時做為跨肩包和手拿包使用。每一個包包都會有不同的顏色和不同的背帶風格，所以使用者可以自由搭配。我在那七年的練習生階段中改變了好多，我想要這些包包反映出成長和進化的意涵。

「噢，我懂。」在我解釋過跨肩包與手拿包概念背後的靈感後，莉亞說。「它能從白天轉變成黑夜，就像妳從一個普通的女孩變成一個流行巨星一樣。」

「對，沒錯。」我笑起來。

「這個超美的。」莉亞邊說邊從桌上拿起一疊樂天百貨最近拍的照片範本。他們要在韓國重金廣告我的上架日。我靠在莉亞的肩上，看向她指的照片——照片中的我，站在純白的背景前，臉上掛著燦爛的笑容，試著把一個三角形的包包頂在頭上。

「這是紐約系列的其中一個，對吧？」莉亞問。我點點頭。這是我的設計中最困難的包包之一。我絞盡腦汁在思索要怎麼設計拉鍊頭，想要讓它帶著紐約的靈魂，卻又不要太俗氣。「妳要幫我預留一個喔。」莉亞說。「這個包包的造型超酷的。」

我咧開嘴。「希莉說它『既懷舊又清新』。」自從艾利告訴我，連卡佛願意讓我的包包上架後，我就一直和希莉與她的團隊保持聯繫。儘管他技術上來說是品牌的投資人，我並不希望艾利成為我和連卡佛的中間人。尤其是現在……

然後我的手機震動了起來，我的心跳立刻加速了幾階。每次艾利傳訊息給我，我就覺得有一道雷射光從我的手機發射出來：**嘿，看這裡！金瑞秋在和一個男生傳簡訊喔！她還親過他了！他還稱她為女朋友呢！**自從恩地的醜聞和我搬出別墅之後，媒體對我們日漸增加的關注程度，使我和艾利親自碰面成了不可能的任務。但每一次我傳訊息或和他視訊，都只使我更想和他碰面，所以我一直在試著降低和他聊天的頻率，好減少我自己所受的誘惑。我知道我應該要和艾利坦白說清楚我在猶豫的點，但我自己的內心就好衝突，我根本不知道要從何和他解釋起我的感覺。所以目前，和他保持距離是比較簡單的作法。

我的手指正準備打出**對不起，最近忙翻了**，但我看向螢幕，卻發現這並不是艾利傳來的訊息。

俞真：嘿，小妹——下星期二在ＤＢ總部一起喝個咖啡吧？

……✦

我已經很久沒有好好和我練習生時期的導師聊天了，但鄭俞真還是一點都沒變。她俐落、實事求是，但卻同時又溫暖而熱情，她的雙眼總是帶著好奇的光芒，頭髮則染成鮮豔的亮藍色。我們坐在ＤＢ總部的頂樓咖啡廳，在巨大的白色陽傘和閃亮的玻璃桌邊，啜飲著冰咖啡。

「聽起來妳過得很不錯啊。」等我報告完所有的近況之後，俞真說道。

「是真的很不錯，也真的很忙。」我笑道。「品牌上市日在八月初，所以從現在開始我只會變得更忙而已。」我邊說邊想著所有要核准的宣傳素材，還有下個月之內要準備完成的上市日訪問內容。「更別提ＤＢ還幫我們排了一堆團體宣傳的拍攝。」

「啊，對，妳們最近的活動真是多到停不下來。」俞真邊說邊揚起眉。「我聽說妳搬回家跟家人住了？」她補了一句，顯然注意到了我最近搬遷與團體宣傳突然增量之間的關係。

「妳是從DB那裡聽來的，還是從《真相揭露》看到的？」我打了個寒顫。「他們寫了超多關於我的不實報導。」

俞真放下自己的咖啡杯，向前傾身，表情若有所思。「聽著，瑞秋，全世界都在盯著妳看。妳也知道，對吧？就是因為這樣，《真相揭露》和其他所有媒體平台才會這樣拚命寫妳的新聞。尤其妳現在又有這麼多令人興奮的工作在進行著。」

我的臉微微一紅，感到愉悅又難為情。

「這是好事，妳完全配得上所有的成功。」俞真繼續說道。「但擔任訓練師這麼多年來，我學到一件事，那就是團體內部的競爭才會製造出真正的嫌隙。尤其當一個團體達到某個特定高度之後。一開始，妳們都還是通力合作，試著往上爬。但一旦妳們爬到頂端，團員們就會試著在**團體裡**爭執頂尖的位置。妳們組團多少年了？五年了嗎？」俞真問。

「六年。」我說。「下個月就滿六年了。但是說真的，俞真姊，我們之間的狀態滿好的。自從我搬走之後，其實還進步了呢。妳知道媒體有多喜歡扭曲事實。除非有什麼超大的陰謀論可以寫，否則他們不會善罷甘休的。」

俞真看起來不以為然。「說到這個……」她瞇起雙眼，緊盯著我，好像我是個在彩排時違規偷帶手機的練習生。「我聽說妳和恩地一起去吃了一頓晚餐？」她意有所指地問。

她的話在空氣中迴盪了一陣子，然後我突然意識到，這也許不只是個友善的敘舊邀約而已。也許是ＤＢ派俞真來給我一個警告。我吸了一大口冰咖啡，最後才回答：「對。」我緩緩說道。「我有去，但是——」我頓了頓，謹慎地思考我的用詞。雖然我一直和俞真很親近，但不論如何，她還是ＤＢ的管理層。「妳沒有什麼好擔心的，俞真。我……在處理了。」

對啦，最好。如果「處理」的意思是直接迴避艾利、所以我就不用處理這一整件事的話，那可能還勉強算是。

我深吸一口氣，然後直視著俞真的雙眼。「作為團體的一員和ＤＢ的偶像，我知道我有什麼責任。」這是真的，而且我也知道，如過要讓俞真回去給魯先生正面的回饋，這就是她需要聽到的答案。

「嗯，這樣很好。」她說著，表情逐漸變得溫和。「但妳也一定知道，事情**實際上**是怎樣，和表面上**看起來**是怎樣，有時候是分開的兩件事。在我們這個產業裡，後者和前者一樣重要——有時候甚至更重要。」

她向後靠在椅背上，掃視著頂樓咖啡館。這裡聚集著練習生、偶像和管理階層，大家正在喝著拿鐵和小點心。表面上，所有人似乎都在享受輕鬆寫意的咖啡時間，但我確定大部分的人都像是我和俞真一樣，正在討論著非常嚴肅的話題。就像她說的：外表並不總是能反映現實。

「我知道了！」她突然說道，一手拍在玻璃桌上。「妳應該為下個月的出道週年舉辦一個派對。我很確定DB也有些計畫，但如果妳能採取主動，那至少妳能向女孩們表現出，不論妳住在哪裡、或者妳有多少旁騖——」她再度對我揚起眉，而這話中的雙重涵義使我的臉頰一紅。「——不管妳有多忙，Girls Forever永遠都會是妳的第一要務。」

我吸著最後剩下的幾滴冰咖啡，思索著她的提議。俞真說得對。和她聊天，使我想起好多練習生時期的回憶，而幾乎所有的回憶都有明里的存在。知道我毀了那段友誼，這使我覺得無比痛苦。我不能再對我的團員做一樣的事。目前為止，只是媒體在猜測Girls Forever的團員們之間有嫌隙，但我知道媒體有多麼強大。類似的報導多讀幾篇之後，你就會開始相信那是真的了。我不想要女孩們開始懷疑我對團體的忠誠度。為我們團體舉辦週年派對，絕對可以展現我對她們的重視，我也希望這能給媒體一些新的寫作素材。

我對俞真露出微笑。「我樂意之至。」

「妳今晚打扮得很好看喔，瑞秋。」鐘碩說著，看著我爬進車子後座。我今天穿著一席簡單但經典的白色西褲套裝，戴著金色的圓圈耳環，肩上揹著一個巨大的購物袋。

就和俞真所想的一樣，DB很樂意讓我來接手主辦Girls Forever的週年慶祝活動——而且確保所有的媒體平台都知道我是主辦人。過去三週，我花了無數個小時在安排菜單（秀敏對草莓過敏；智允討厭朝鮮薊），還有參考大家的行程表（一定要避開仙姬的廣播節目、善英的音樂劇、或是米娜的戲約；在DB的指令下，我們九個人都一定要出席）。當然，這段時間，我還完成了我的品牌發布計畫，現在距離上市日只剩下一週了。今晚前往餐廳之前，我才把第二季要給連卡佛的最後幾個設計圖寄出去。我花了不只一個晚上，配著蜂蜜奶油薯片、熬夜趕工，才把圖稿完成，但我確實做到了。今天下午，當我把要給希莉的郵件寄出時，我覺得好像終於放下一個重擔了。我知道今晚的晚餐對媒體來說就和對我們而言一樣重要，但我還是等不及要好好享受一個放鬆的夜晚，和女孩們一起慶祝。

我們在餐廳前停下車，我則在此時收到一封簡訊，手機響了起來。

艾利：週年快樂!!

看見艾利打的這幾個字，我的心跳一陣混亂。我知道他指的是Girls Forever，但我還是立刻就聯想到未來的某一天，也許我們也有慶祝週年的時候。我再次感到已經逐漸熟悉的罪惡感與渴望。我有好多話想要對他說——關於我們、我的的未來、我的恐懼、還有我的希望。但時機似乎怎樣都不對，有太多事情在爭奪我的注意力，還有狗仔們隨時準備要讓我們曝光。所以我只是回了他一連串的愛心表符，然後把手機收進了口袋裡。

我抵達時，媒體已經聚集在OASIS411門口了。我在車子裡等著，直到所有的女孩們都到場，這樣我們就可以一起進入這間像宮殿般奢華的餐廳。OASIS411和我與恩地雙人約會的金盞花飯店完全相反。這間餐廳豪華、鋪張又高級，充斥著看人和被他人看見的機會。我的團員們比我晚了一點點到場，四周的相機則開始瘋狂拍攝，捕捉我們擁抱招呼、在七月溫暖的微風中流連，看起來興奮又激動的畫面，我們甚至為了六週年的紀念，正式擺了姿勢，勾著彼此的手臂讓媒體拍照，然後對狗仔們揮揮手，才消失在餐廳裡。

我們在帶領下進入一間私人包廂，但和我與恩地雙人約會的包廂不同，這個房間有著落地窗，因此如果有攝影師躲在戶外的灌木叢裡，想要隔著玻璃多拍幾張照片，我也不會感到意外。但包廂門一關上，十秒鐘之前還籠罩著我們的興奮之情就立刻褪去，讓我們陷入了不太熱烈的沉默之中。好像過去幾週，我們為了拍攝宣傳照片而展現的同袍情誼，已經把我們之間任何一絲真正的友情都消耗光了。

尷尬的幾秒鐘之後，米娜問道：「妳是在來之前去瘋狂血拚了還是怎樣？」她對著我放在椅子旁地上的購物袋點點頭。

「有時間去血拼的感覺真好啊。」麗茲冷冷地說。「我最近連睡覺的時間都快沒有了，但瑞秋還有心思去精品百貨掃貨。」我開口正要反駁，但此時一名女服務生走了進來，開始宣布我提早為今晚安排的菜單。

當她讀到烤比目魚的主餐時，智允哼了一聲。我的心涼了一截。我特別花時間為女孩們選了這份菜單，把每個人的喜好都算進去了。但我是不是漏掉了什麼？

「對不起。」服務生走後，我立刻說。「如果妳們不想吃大比目魚，我想廚房一定也可以準備別的……」我想要讓這一晚完美無瑕——不是為了媒體，而是為了我們。六年對一個女子團體來說是一個很大的里程碑，而我們應該為此歡慶才對。

「不是，不是。」智允笑道。「我愛比目魚——做得好，瑞秋。我只是想到我們第三年拍的那個海鮮廣告。妳們還記得嗎？」

「我的天啊！」麗茲說。「我想我應該封鎖這段記憶了吧。」

「妳說有活龍蝦的那個嗎？」允恩說。「仙姬還想要帶一隻回家當寵物呢。」她戳了戳仙姬的手臂。

「我沒有……」仙姬開口，但智允先搶了話頭。

「拜託，誰會想要做這種事啊？」

善英抱著肚子大笑起來，一名服務生則在這時進了包廂，開始把抹有番茄與茄子製成的酸甜醬小薄餅端上桌。

「好吧，龍蝦是很糟糕沒錯，但我覺得我們為了光棍節，在巧克力醬裡面滾來滾去的那次更可怕。」秀敏說。「那超級不衛生的。」

「我的天啊，我也把那段記憶封鎖了。」麗茲呻吟一聲。「**那次**才是最糟的。」

我和莉亞以前總喜歡在光棍節時互送巧克力餅乾棒給對方，但在真的打扮成人型巧克力餅乾棒之後，我就對那個節日一點興趣都沒有了。

「我現在看到巧克力餅乾棒，都還是會不小心在嘴裡吐。」米娜承認道。這次我們全都笑了起來，善英則更用力地抱著自己的肚子，一手在半空中揮舞著，叫我們住手。

「認真說，這樣很痛欸！」她說。

這只使我們笑得更大聲了。第一道菜先行上桌，擺盤漂亮的小份番紅花墨魚燉飯、南瓜牛肉湯餃，還有生蠔配鮪魚生魚片。我們分享著過去六年的各種回憶，回味著我們最糟糕、最好笑與最害怕的時刻。

「我最害怕的時候，應該是我們在台灣的機場找不到仙姬的時候吧。」我說邊說邊毫不優雅地吸著一顆生蠔。「而且飛機就快要起飛了。妳們記得我們當時有多慌嗎？我們還以為妳被綁架了耶，仙姬。」

「對不起嘛。」仙姬笑著，臉紅了起來。「那天的早餐讓我肚子不太舒服。」

「妳可以告訴我們妳要去廁所啊！」我笑道。「米娜都快要叫航空刑警來了！」米娜翻了個白眼，但她露出一抹淺淺的微笑，並寵愛地看著仙姬。

「我最害怕的時候，應該是有個粉絲看到我們太興奮，結果就昏倒了吧。」秀敏說。「永恩還想要爬過桌子幫她做人工呼吸咧。」

「那就是急救訓練的目的啊。」永恩嚴肅地說。

「我記得那個粉絲。」善英說。「她十秒鐘之後就自己醒了，覺得超難為情，但我們後來都抱抱她、和她合照，她就說那是她人生中最美好的一天。」

「滿貼心的。」米娜承認道。「我們的粉絲最棒了。」

「等等，現在是朱米娜的感性時間嗎？」恩地咧開嘴。

米娜聳聳肩，叉起一顆湯餃塞進嘴裡。「妳剛剛聽到的話都不是我說的喔。」

時間一小時、一小時地過去，我們吃著飯、聊著天，交換彼此的故事。我真希望媒體能看見我們現在的模樣——輕鬆而熱烈，放下心中的戒備，回憶著我們共同經歷的一切，每個人都打從心底享受彼此的陪伴。但話又說回來，或許就是因為，這樣的時刻才會這麼特別。這些時刻只屬於我們。也許沒有人比這些女孩更能惹毛我了，但到頭來，過去六年中，也只有她們和我一起經歷了所有大大小小的事。我們真的是一家人，不管我們喜不喜歡都一樣。而今晚，我環顧著桌邊，我知道我很喜歡。

「對了，我想我應該要告訴妳們。」麗茲說。「ＤＢ允許我搬回家住了。所以我下星期就會搬離別墅。」她的視線轉向我，用最短的時間向我致意，然後撇開眼，拿起酒喝了一口。

「我也是。」永恩說。她轉向我，感激地微笑著。「我媽很高興，她也希望你們可以全部都來咖啡廳坐坐。我想她大概打了十四通電話給魯先生，要求他做點什麼安排，所以等著把這件事加入行程表裡面吧。」她淺淺地微笑一下。「總之，我們都要謝謝妳，瑞秋。我之前就有想過要搬回家，但如果沒有妳打頭陣，我大概永遠也不會開口跟高層提這件事吧。謝謝妳帶來的靈感。」

我鬆了一口氣。一次又一次聽到我搬家的事為ＤＢ帶來多少媒體的麻煩之後，現在知道這個舉動在團體裡帶來一些正面的影響，讓我倍感欣慰。「這樣真是太好啦。」我說。「真的太好了。說到靈感……」我拿起我巨大的購物袋，突然覺得肚子一陣翻攪。我整晚都在期待這一刻，但我現在突然緊張了起來。「我有幫你們每個人準備了禮物唷。」

我從購物袋中一一拿出八個手提包。「這些是我品牌的包包。每一個都是從我人生的重要時刻或階段找到靈感設計的。過去六年，我的每個重要時刻都有妳們。所以我希望妳們能成為第一個入手包包的人。」我把包包擺在桌上，緊張得滿臉通紅，也許還帶有一點點的驕傲。我舉起紐約包、練習生包、第一次巡迴包，還有我最愛的「現在的瑞秋」包。這個包包的皮料光滑得如同奶油，包體呈現圓球狀，意圖展現出現在我身為全球知名流行歌手的人生。

她們爭執著誰要拿哪一個包包，我則忍不住微笑著。我的團員們實在太難以預料，所以我一直都對她們不抱什麼期望，但我一直到現在才意識到她們的支持對我來說有多麼重要。我看著恩地試背著可以從跨肩包改成手拿包的練習生包。我以為我在練習生時期的七年間改變了很多，但現在我才發現，過去這六年，我們出道後的這些年，對我來說也象徵著同樣的轉變，也許甚至更多。我成為了一個更全面的人，能夠用盡全力熱愛流行音樂，卻又有能力追逐其他熱情。

全面。這是「現在的瑞秋」包最好的詮釋。我在心中默默註記著，要記得把這句話加入我們的文宣裡，接著又提醒我自己，先專注在現在。我們的週年紀念。真不敢相信已經六年了。我再度環顧包廂，感覺眼眶開始有些濕潤。這八個女孩和我，我們一起經歷了好多事。

我舉起酒杯。「敬 Girls Forever 的六週年。」

我們乾杯。「還有更多更多年！」

第二十章

「噓，先不要吵醒她。」

「過去一點啦。」

「好了，準備，數到三嗎？」

「上市日快樂！」

派對喇叭的聲音炸響，我倏地睜開雙眼，從床上跳了起來。「我的天啊，我覺得我心臟病都要發作了！你們把我嚇死了！」

所有人放聲大笑，我則徹底清醒過來，看了看四周。金色與粉紅色的碎紙屑正從我頭頂上飄散下來。媽媽靠在房門口，爸爸坐在竹子桌的椅子上，莉亞、慧利和朱玄則擠在一起，坐在床沿，頭上戴著生日帽。

「這些是怎樣啊？」莉亞一邊把一頂鑲著金邊的粉紅生日帽戴到我頭上，我笑了起來。

「我們在慶祝品牌 RACHEL K. 的生日啊，廢話。」莉亞說。「只有**妳**會在這種日子還睡成這樣啦！」

「莉亞，現在才早上八點耶！」

「我知道啊，但又沒差！我們提早兩個小時起來準備的耶！」

「朱玄和我沒辦法待太久。」慧利說，而我注意到她穿著一條簡單的合身灰褲、長袖襯衫，還戴著名牌，這是她的實驗室裝扮。「但我們還是一定要來祝妳好運一下的。」

「妳一定會成功的，寶貝。」朱玄邊說邊伸出手來，給了我一個單手的擁抱。「我等一下要去和我的品牌經紀人喝咖啡，然後我就要把她拖去狎鷗亭羅德奧街，買一個妳的包包來用。我已經計劃好要為這個包拍一支Vlog啦。」

「噢，妳真的不需要這樣做的。」我淺淺地一笑，對她的待辦事項感到有些難為情。

「妳在開什麼玩笑啊？當然要啦。」朱玄用像是看瘋子一樣的眼神看著我。

「而且啊。」慧利補充道。「就算我們不需要這麼做——畢竟妳知道，這是閨蜜的守則嘛。我們還是會買，因為這些包包超屌的！」

「好吧，如果妳們堅持的話。」我的笑容變得更燦爛。打從四年級認識他們起，我第一百萬次意識到自己如此幸運，居然能擁有這麼棒的朋友。此時，慧利的Apple手錶鬧鐘突然響了起來。

「好吧，我們現在真的該走了，不然我就要正式遲到啦。」她邊說邊從我床上跳了下去。

「晚點再去喝一杯慶祝吧？」朱玄邊問，邊跟著慧利往門邊走去。

老實說，我甚至不敢想像今天晚上的行程，今天的事讓我太緊張了。但我還是點點頭，跳下床，給了雙胞胎兩人各一個大大的擁抱，然後揮手道別，看著她們急急忙忙地離開我的房間。

「謝謝你們。」等到只剩下我們四人之後，我對莉亞和我父母說。「你們這麼做真是太貼心了。」

「妳為了這個品牌這麼努力。」媽媽說著，一邊捏了捏我的肩膀。「我們不能就這樣隨隨便便地度過這一天啊。」

「哇喔！我們的女兒，是時尚設計師呢。」爸爸驕傲地說。

我的心漲得滿滿的。我真不敢相信，我居然撐到了上市日。昨晚，我躺在床上想今天的是，一躺就是好幾個小時。在街上看到別人穿戴著我的設計，那會是什麼感覺？如果沒有人買怎麼辦？我輾轉反側，幻想著包包躺在百貨公司的貨架上，積著灰塵的樣子。雖然我確實是孤軍奮戰，但我知道我做的一切，都會反映在DB和Girls Forever上。而看著我爸爸現在驕傲的神情，我知道這也會反映在我的家人身上。他們當然無論如何都會愛我，不管我的這個新事業是成功，還是一敗塗地。但儘管如此，我還是好怕會讓所有人失望。

莉亞吹著派對喇叭，把我從緊張的心思中拉了回來。「我們也幫妳準備了一頓特別的早餐喔，姊！」她說。「是對街那間新的早午餐店賣的起司蛋可頌。」她用誇張的法文腔說著**可頌**一詞。「這家的可頌又軟又有層次，又好吃——妳一定要趁熱吃喔。」

「我都可以聞到奶油味了。」我咧開嘴。「我只是有一件事要先做。我等一下出去找你們。」

我伸手拿過手機，爸媽和莉亞則離開了我的房間。我已經準備好一則ＩＧ貼文，要在今天發布。我最後一次檢視了自己把六個包包全掛在肩上的照片，為成果感到欣喜不已。包包們帶著整體性——它們代表著色彩與夢想，還有活出自己最棒的人生——卻又充滿了各自的特色，所以在拍攝這張照片前，我的背景和穿搭都經過了認真的考量，才能同時襯托每一個包包。最後，我們在純白的背景前拍了這張照片，地上鋪著各色花朵。我則穿著一套俐落的洗白丹寧褲裝。

進入 RACHEL K.，挑選你最愛的新包包。照片描述裡寫道，鼓勵大家來追蹤我們的 @rachel.k.shop 帳號。

我深吸一口氣。

要來囉。

我按下「送出」。

好了。我的天啊。完成了。我確定好貼文張貼出去後，我便把手機關上，塞到枕頭底下，確保我不會忍不住再去檢查一千次。如果不這麼做，我會一直重新整理我的頁面的。我已經可以感覺到我的手指不由自主地想要朝手機伸過去，想要看看人們的反應，所以我很快地離開了我的房間，去浴室盥洗，然後和我的家人們一起吃早餐。

沒有什麼比可頌更適合開啟全新的一天了。這家的可頌真的如莉亞所說，帶著濃濃奶油香，又有層次感，而我甚至一口熱茶都還沒有喝，就吃掉了半顆，我的茶是英式伯爵茶加上全脂牛奶，只有在沒工作的舒適早晨才會這麼喝。大半的早餐時間，我都想辦法無視自己肚子裡不斷翻攪的感覺，只是好好和家人一起慶祝上市日。但是麵包太快就吃完了，而且儘管十點有個造型師來幫我準備接受採訪的造型，我還是緊張到沒辦法專心，所以我提議，幫莉亞搭配SayGO接下來一場粉絲見面會時的穿搭。然後我一屁股跌坐在客廳的沙發上，轉著電視台，幾乎沒有看見螢幕上的任何畫面，直到爸爸問我為什麼在看動物頻道，我才突然意識到，我不知道已經盯著貓鼬求偶的影片看了多久了。

就在我快要忍不住去拿手機的衝動時，造型師米希已經到了，我們則開始一連串的服裝和妝髮搭配。我可以聽見我的手機在房間裡叮咚作響。

「妳想要我先幫妳偷看一下嗎？」米希看我一直坐立難安地想要去拿手機，便在造型完成時問道。鐘碩五分鐘之後就會到了。我要和採訪者在附近一間可愛的小咖啡廳碰面。

「沒關係。」我說。「我可以自己看。」

如果要我說，在過去這六年間，我在娛樂圈裡學會最重要的一件事，那就是你遲早要接受大眾的眼光。沒有人可以幫你完成這件事，不管你有多麼希望別人能替代你都一樣。

出門前的最後一刻，我抓起手機。準備踏入在街邊等待的車輛時，我瞥了一眼螢幕。我的解鎖畫面完全被訊息給淹沒了。

我快速輸入密碼，開始瀏覽訊息。

卡莉．麥特森：瑞秋，我好愛妳的包！恭喜啦!!我好以妳為傲，也好為妳高興（親親抱抱）。

朱玄：嗯，瑞秋，妳的品牌太讚了吧!!我現在正在樂天百貨裡和大家炫耀設計師是我朋友呢。

慧利：認真說！我剛趁午休時間來了一趟。我沒辦法只選一個包……每一個我都需要！

我ＩＧ貼文的按讚數和留言數增加的速度快到讓我幾乎跟不上。一篇文章稱讚我的包「清新又實用」，另一篇則盛讚我有「獨特的視角」。我開始讀起NYLON貼出的其中一篇文：

RACHEL K.是流行偶像歌手推出的第一個品牌。一如所料，這位Girls Forever的明星（韓國首屈一指的女團——想看她們爆炸性的出道歷程，請點此閱讀），一手打造的品牌吸引了全球粉絲的目光，但RACHEL K.所吸引的對象，顯然不只是熱愛韓國流行歌壇的粉絲。以此推斷，金小姐很快就會收穫一群全新的粉絲，不只是為了她的音樂，更是為了她以時尚設計師身分推出的強勢處女作而來。

我覺得自己好像在做夢一樣。我本來還在希望我的品牌不會一推出就失敗，但這已經完全超越了我的所求所想。不過，就算評論給予這些包包很高的評價，也不代表消費者就會買帳。

⋯⋯⋯✦

看見媒體報導我的包包就已經感覺如此不真實，看見包包在實體店鋪上架更是如夢似幻。在樂天百貨裡，我在泳衣專櫃旁看著一群消費者拿起我的包包，在全身鏡前試揹著。等到他們離開後，我便走過去，親自看看狀況。看著我的設計成果在百貨公司的燈光下閃閃發亮，座落在Prada與Fendi這些設計師品牌之間，我感到一陣興奮，腎上腺素爆發。我不敢相信這是真的。

百貨公司方面為我設計了一個美麗的熱氣球展示區，只不過氣球下方掛的不是籐編籃，而是分別掛著不同的包包。熱氣球本身則是用晶瑩剔透的水晶所打造，吊掛在半空中，後方則是金色的亮片背景。我快速拍了一張照，傳給艾利。

「我的天啊，是瑞秋！」

聽見有人喊我的名字，我轉過身，才發現有一小群民眾已經聚集在飾品部了。

我的保鑣走上前來，好把人潮向後擋開，但越來越多粉絲開始對著我的方向尖叫揮手。「嗨，瑞秋！嗨！我們好愛妳的包包喔！」

我揮著雙手致意，嘴角的笑容燦爛得讓我臉頰都痛了。「太感謝你們的支持了，各位！」

我沿著粉絲排成的隊伍走過去，一一和大家握手、致上感謝。一個年輕女子告訴我，她要買一個RACHEL K.包來慶祝自己從法學院畢業，而且她會走入法律相關的事業，也是因為我激勵了她去追尋夢想。一個高中女生則告訴我，她找了一份工作－這是她的第一份工作──在一家冷凍優格甜點店，而且一逮到機會就多排一輪的班，好讓她存到足夠的錢來買我的包。和她一起站在隊伍裡的媽媽則和我開玩笑，說我終於讓她的女兒有了一點工作倫理。每個人都好可愛、好興奮，其實實在讓我有點難以承受。

等我回到車上時，我只想要換上舒適的編織寬褲，然後窩在床上好好吃一碗紅豆雪花冰……

我的手機響了起來，把我從雪花冰的白日夢中驚醒。

一則手機通知提醒我，我有三通來自艾利的未接來電。我立刻撥了視訊電話給他。鈴響第一聲，他就接通了。

「瑞秋？」他的臉出現在螢幕上。「終於出現啦。我一直想要聯絡妳耶！」

「呃……你能相信這一切嗎？」我一手摀住嘴。我完全說不出話來。

「當然可以啊！」他說著，並且露出最燦爛的笑容。「我完全可以相信。妳的品牌太優秀了，妳又這麼努力。老天，真希望我能在現場親自和妳一起慶祝。」

「我也是。」我嚮往地說。艾利這幾週都被困在香港，處理一樁棘手的商業協調案，這時間點感覺既像是祝福又像是詛咒。雖然我很想要和他一起分享這個美好時刻，但我今天實在被媒體追得太累了，我們也不可能在避人耳目的狀況下好好相處的。

「聽著，我有個好消息。」螢幕上的艾利說。「樂天初期的銷售數字蠻不錯的。」

「是嗎？」我問。「有多不錯？」

「照這種數字發展下去，妳大概幾年後就可以準備開自己的精品店啦。」

我自己的精品店？我連想都不敢想。腎上腺素竄過我的全身，那是興奮與恐懼的綜合體。這品牌在自己成長，而且成長的速度好快。別誤會我的意思，我是很高興。但也同時很嚇人。現在已經沒有回頭路了。一開始對我來說只是個小實驗的產物，現在已經正式問世。它有了自己前進的衝力，而不論好壞，我現在都無法控制接下來的發展。

第二十一章

如果我覺得上市之前就叫做忙的話，我實在不知道當時的自己在想什麼。日子一天天過去，塞滿了Girls Forever的工作、RACHEL K.的採訪電話、設計與安排新包包的訂單，還要拍攝社群平台的宣傳照片。

這就是贏者全拿的感覺嗎？

關於成功這回事，大部分的人都不知道，最瘋狂的部分是這個：不管那一刻是多麼盛大，它其實都不會像你想像中那樣，對你的日常生活帶來多大的改變。你早上還是會趕著淋浴，才能及時衝去團體見面會。你打算買一杯外帶的冰抹茶時卻被卡在長長的人龍裡，你也還是會感到焦慮不已。你還是會擔心自己有沒有維持好形象。你還是會想念你的家人。你還是不知道要怎麼面對想到未來時，心中湧現的恐懼——包括那個在全家人面前稱你為女友的好男人，儘管你當時還沒有準備好讓他這麼做。

我知道我該和艾利談談我們的關係。我該告訴他，每次當他用到那個稱謂時，我心中都會同時湧起喜悅與焦慮的情緒。但同時，現在一切又都感覺這麼的正確，我實在不想冒險。我的品牌接受度比我一開始期望的還要好。我才剛和團員們慶祝了成軍六週年的紀念日，我覺得自己從沒有和她們這麼親近過。我搬回家和家人住了。

而且，雖然我們沒辦法隨心所欲地頻繁見面，我人生中還是有這麼一個優秀的男人存在。我不想要用艱難的對話破壞這一切。至少此時此刻，我覺得我好像達到了某個完美但脆弱的平衡。好像我同時讓好幾十個盤子保持平衡，但只要走錯一步，就會把它們全部砸碎。

⋯⋯⋯✦

沒有比八月的上海還要更炎熱的地方了。剛走出浦東機場，我就能感覺到一股潮濕的熱氣，我的皮膚上爬滿了汗水。我迫不及待想要沖澡，但我們這趟旅行不會入住半島酒店。再過不到八小時，我們就會再回到這裡，搭回程飛機回到首爾。

我這週的行程全是DB的工作，但我絕不能錯過讓我的產品在連卡佛的上海旗艦店開幕時亮相的機會。有時候，因為個人的其他工作而錯過了行程，這本來就是正常的——像是仙姬因為廣播節目的頒獎而錯過了多團體演唱會，或是米娜得重拍《曾經我愛你》的一些鏡頭，而錯過了我們當天安排的七場見面會。但現在洛杉磯演唱會就迫在眉睫，我不想要錯過任何一場事先安排好的宣傳活動。所以我告訴DB，我會在一天內來回上海。現在只需要撐過去就好了。

抵達連卡佛之後，鐘碩便領著我來到一間準備室。我一邊讓髮型師試著把我的頭髮扭成一個俐落而複雜的髮髻，一邊聽著希莉告知我活動的流程。然後，我便被推上店鋪中央閃爍的玻璃天井之下的一個舞台。粉絲們穿著支持Girls Forever的T恤、戴著發光的頭帶，相機的鎂光燈閃個不停。我把我的六個包包展示給台下的觀眾們看，並解釋著每一個包包的靈感來源，再向我韓國的團員們隔空喊話更多愛的告白。展示過後，我有半分鐘的時間喝下一杯濃縮咖啡，吃了幾個豬肉煎餃，然後又回到準備室，接受幾家媒體的一對一採訪，在中文、英文與韓文的招呼語中切換自如。然後一眨眼的功夫，我又回到了浦東機場，登上回程的飛機。

我醒來時，我們的車正好在我爸媽的公寓前停下。

「晚安，瑞秋。」鐘碩讓我下車時說道。「明天見。」

但我幾乎沒有聽見他的話。我拖著腳步進入大門，搭上電梯時，我又開始打起瞌睡了。我的床就像是海中女妖一般呼喚著我，但上床之前，我還是坐在竹子書桌前，想要寫一封感謝信給希莉，感謝她安排今天的活動。但我甚至來不及打開筆電，就忍不住睡著了。

……✦

我們剛出道的那一年，有一次，Girls Forever需要搭一班四個小時的夜車前往南部沿海的全羅南道。我們本來可以搭飛機去的，但飛行員罷工事件導致全部的飛機停飛，而DB說什麼也不可能讓我們錯過粉絲簽名會的。當我們抵達時，我拍的每一張照片裡，頭都是歪向一個尷尬的角度——由於整晚都試著靠在車窗玻璃上睡覺，我的脖子都扭歪了。

今天早上，我脖子的疼痛感大概是當時的十倍。

我在桌面上睜開眼，一張筆記紙黏在臉頰下，沾滿了口水。

老天，現在幾點了啊？

我昏昏沈沈地點了點手機螢幕，卻發現它已經沒電了。當然，我昨晚忘記充電了。我從登機包裡面拿出充電器，焦慮地等著手機重新開機。我想要打給艾利，和他聊聊昨天的事。除了在上市日那天講過公事之外，我們感覺已經好幾週沒有好好聯繫了。我只想聽聽他的聲音。我想看看他微笑的臉，就算只是視訊也好。我的手機終於恢復光明。我正準備撥出艾利的電話，卻看見螢幕上跳出一則通知：

今早九點——GF@永恩的咖啡廳

有那麼一刻，我完全意會不過來。接著我就想通了。

永恩在週年晚餐時，告訴我們，她媽媽想要我們都去她的咖啡廳裡坐坐。

DB把這件事排進我們這週的行程裡了。

鐘碩昨天載我回來時，還和我說「明天見」。

我的手機開數出現一連串的未接來電通知，時間分別是八點四十五分、八點五十分，還有八點五十五分。

現在則是八點五十七分。

「靠。靠。靠。」我大喊著在公寓裡飛奔，一邊把腳踩進Nike鞋裡，一邊快速梳著在床上睡亂的頭。或者說，在桌上睡亂的頭。

「注意言詞喔，女兒！」我衝出大門時，媽媽在我身後喊道。

當我衝出大廳正門時，鐘碩的車就停在我們的公寓大樓外。「對不起！對不起！」我邊說邊摔上車門。鐘碩一句話也沒說，只是從後照鏡對我投來一個眼神。我深吸一口氣，向後靠在椅背上，一邊在心中期望鐘碩能收個幾張超速罰單。

當我終於抵達永恩家的咖啡廳時，我飛奔進去，一邊做好心理準備迎接女孩們無疑會向我拋來的責難。但當我進門時，女孩們似乎都很高興見到我。由衷地高興。看見她們燦爛的微笑和友善的招呼，其實更讓我不安了。

我滑進窗邊的大沙發座位區，感覺自己像是絲毫不知道自己就要被電鋸殺人狂給做掉的恐怖電影女主角。

「嗨，大家。這裡超美的耶，永恩。」我邊說邊對著桌子上插著野花的小玻璃瓶點點頭。

「謝啦，DB說他們要在這裡幫我們拍照之後，我媽就火力全開了。」

然後我才注意到，幾個DB的攝影師正悄悄地躲在四周，拍著某些看似隨性抓拍的照片，記錄我們相處的時刻。我突然意識到，女孩們為什麼看起來都這麼快樂了。

她們是為了照相才保持微笑的。

一小群粉絲聚集在咖啡吧桌邊——距離我們的窗邊座位遠得聽不見我們在講什麼，卻又近得足以用眼角餘光觀察我們的一舉一動，一邊用不符合常理的長時間攪拌著他們的拿鐵。一個女孩用手擋著自己的臉，對著自己的朋友竊竊私語，後者則偷偷摸摸地瞥了我的方向一眼，然後看了看手錶。她們都知道我遲到了。

最後，經過十分鐘過度精力充沛的女孩閒聊，DB的攝影師們終於表示，他們已經拍到想要的畫面了。

攝影師一離開，永恩立刻轉向我。

「搞什麼啊，瑞秋？妳跑到哪裡去了？」

她嚴厲的語氣使我一陣退縮。永恩平時總是克制又深思熟慮。我從來沒有看過她這樣發脾氣。

「我——對不起。」我結巴地說。「我昨晚很晚才從上海回來，又忘了設鬧鐘。對不起我遲到了。」

「妳知道這間咖啡廳對我很重要。」她邊說，邊將雙臂交抱在胸前。「妳開始做設計的時候，我們全部都支持妳，但我只有這麼一次在尋求你們的支持，妳就連演都不演了？」

「不，永恩。」我開口。「這真的只是個意外，對不——」

「拿去。」她把一個繫著蝴蝶結的小玻璃紙包裝朝我的方向丟了過來。「我媽幫每個人都做了一個。我們都拿著合照過了。至少那些有來的人有合照了。」

我低下頭，看著包裝裡的餅乾，上頭用糖霜精緻地畫了裝飾。我打量了桌邊一圈。每個女孩都有各自的餅乾花樣，麗茲的餅乾上有著象徵她金髮的淺金色糖霜，仙姬的則是象徵紅潤臉頰的粉紅色。不敢相信允太太居然為了我們這麼大費周章。我抬眼看向永恩，不知道自己該說什麼，也不知道該怎麼道歉。但我甚至連試都還沒試，她就大步朝廚房裡走去了。

我跌坐在沙發上，啜著我的卡布奇諾。咖啡已經冷掉了，濃縮的咖啡在我嘴裡留下一絲苦澀的味道。米娜靠了過來，打開我的瑞秋餅乾，而我甚至沒有阻止她。「所以。」她低語。「妳的時尚品牌完全不會影響到妳對團體的投入，喔？我真的看得出來。」

然後，她從我的餅乾娃娃頭上，直接咬下一大口。

……✦

我在永恩家的咖啡館廁所裡躲了整整十三分鐘，思索著再度面對女孩們的優點與缺點，並猶豫值不值得讓咖啡館裡的＋EVER們猜測我是得了什麼腸胃病，才會在廁所裡待這麼久的時間。最後，我決定，該是出來面對現實的時候了。睡過頭全然是個意外，但我確實傷了永恩，我也得負起責任。當我走過走廊，朝用餐區走去時，我聽見窗邊的沙發區傳來了對話的聲音。

「但我還是滿驚訝的。就這樣幾個小包包？」麗茲說。「我真沒想到反應會這麼熱烈。」

我的腳步僵在原地，我向後靠著牆，避免被人看見。

「呃啊，我也是。」恩地嘆了口氣。「對啦，那些包包是很可愛沒錯，但為什麼全世界的人要為此這麼瘋狂？」

我的皮膚浮起一陣冷汗。

「就是個屁，就這樣。」米娜說。我可以想像她翻白眼的樣子。「我爸超生氣DB讓她這麼做了。這和參演電影或音樂劇完全不一樣啊。這完全就是第二個事業了。」

「不如說是**轉換跑道**好了。」智允的聲音中帶著一點苦毒。

「我的意思是，如果她想要做設計，很好啊。」宇恩說。「但感覺她就是一直有特殊待遇。DB連讓我開個YouTube頻道都不願意，但瑞秋卻可以開一間國際公司？妳有聽說他們連香港那邊都上架了嗎？」

「對啊。老實說，我一開始也不覺得瑞秋會把她的時尚品牌看得比團體還重要，但現在感覺就是這樣，對不對？」仙姬難過地說。

「一開始就猜到了啦。」善英帶著一絲自我滿足的口氣說道。

秀敏重重嘆了口氣。「我就說給妳們聽聽而已——但有時候我真的希望她不是做每件事都這麼**順利**。你們不覺得她感覺好像連努力都不用，所有的好事就直接落到她頭上了嗎？」女孩們喃喃同意著。

「而且，妳們有看到今天早上播出的訪問嗎？她開口閉口都是Girls Forever這樣、Girls Forever那樣的。我真的很想問，妳有這麼忠誠嗎？還是妳只是想要利用團體來給自己支持而已？」麗茲說。

我依然躲在角落，卻感到面孔因受傷而一陣滾燙，而且我很錯愕地發現幾滴淚水開始在我眼角匯集。米娜和麗茲這麼說並不讓我感到意外，但我以為恩地和我已經親近多了。而其他人……我不敢相信她們會認為我說這個團體是我的靈感來源之一，只是我在利用團體的名聲來賺飽我自己的荷包，這和真相根本差了十萬八千里！這樣真的太低級了。

我覺得自己像是被人重擊了腹部一拳，正準備回到用餐區，但就在此時，我聽到麗茲說：「別擔心。我們有個計畫。」

就在她開始描述這個計畫時，她壓低了聲音，所以我再也聽不到了。我在角落旁傾身，試著聽清她所說的話，但就在那一刻，米娜抬起眼，和我對上了視線。靠。

米娜撞了麗茲一下，要她住口。我用力嚥了一口口水。現在沒什麼好藏的了。我快速抹去眼淚，從角落裡走了出來。

「嘿，瑞秋。」米娜揚起一邊的眉毛。「經紀人再過十分鐘就要來接我們了。妳這次有沒有辦法準時啊？」

我瞪視著她，希望她可以退開。但她只是回瞪著我。

最後，我避開她的視線，朝門口走去。「我在外面等吧。」

我也許是先眨眼了，但這並不代表我要讓她們看見我落淚的樣子。

第二十二章

嘿，是我。我們最近好像一直在玩電話捉迷藏喔。好吧，先更新一下：看來我們終於要和花旗美邦正式簽約了，所以我也許終於有機會開始有所謂的生活了。呃……奶奶很愛妳送的那件貓咪毛衣。不幸的是，貓王可能要先瘦個幾磅才穿得進去，但別擔心，她也開始讓他吃減肥飼料啦，所以……總之，我想另一件要說的事是，我真的好想妳。等妳有空的時候再打給我吧。

我在ＤＢ大廳裡等著莉亞時，又再一次重播了艾利的語音訊息。就算只是語音訊息，他的聲音也還是為我帶來一絲平靜——這是我最近瘋狂在尋找的東西。幸運的是，昨天災難性的咖啡廳行程，是我這週最後一項工作，所以在我再度見到女孩們之前，我還會有一點時間平復心情。我還是忘不掉昨天所遭受的打擊——我一面覺得自己真是個混蛋，居然錯過了永恩的特製餅乾；另一方面，我又覺得自己被特級廚師刀從背後狠狠捅了一刀。

這麼久以來，我一直都很擔心我的時尚品牌不夠成功。米娜的提醒一直不斷在我腦中迴盪：**我們只要有一個人搞砸，大家就會都跟著很難看。**但我從來沒想過，女孩們會認為我的品牌太成功。我回想著俞真在我們的咖啡小約會時說的話——最後，就算是最親密的團體，也會被內部競爭給撕裂。這就是我們現在的狀況嗎？

我聽見一群人正從主樓梯上走下來，便抬起眼，期待我會看見莉亞和SayGO團員們。她們今天錄音的時段很早，而我向莉亞保證過，我會帶著紅豆甜甜圈在這裡等她們放人的。但我抬起頭，只看見一群憤怒的成年人。

「——**最好**認真看待這件事。你知道我在過去幾年給過那男人多少錢嗎？他的第二間度假別墅基本上是我付的錢哪！」一個穿著藍色西裝的男人說。

「對！更別提我用**半價**為他老婆做的眼皮手術了。」一個剪著鮑伯頭、還有銳利平瀏海的女人說。這女人看上去有些眼熟，但一時間又說不上來。

「姊！」莉亞的聲音讓我回過頭，我才發現她和團員們從另一道樓梯走進了大廳。「拜託告訴我妳有買到。」

我微笑著，舉起手中的甜甜圈盒子。「當然準備好囉。」

我們正準備要離開大廳，我的手機卻突然響了起來。我把甜甜圈盒塞到莉亞手中，激動地想要接到艾利的電話。但這通電話是來自一個未知的國際號碼。通常我只會讓這種電話轉接到語音信箱，但一部分的我，卻希望這是艾利不知為何用別的號碼打來的電話。

「喂？」

「嗨，請問是金瑞秋嗎？」一個帶著英國腔的女人說道。

「我是。」我說。

「真高興連絡上妳了。我是辛西亞．巴恩斯。」她說。「我是Discipline的一名經理。」

我從長椅上坐直身子。Discipline運動服飾。那是奧利．麥特森，也就是卡莉的丈夫創立的運動服飾品牌。「噢，嗨。我能幫上什麼忙嗎？」

「我們正在籌備拍攝一組阿爾卑斯山的宣傳照，想要宣傳新的滑雪服飾，而我們希望能由妳擔任宣傳模特兒。」

在阿爾卑斯山拍攝宣傳照？還是奧利．麥特森的品牌？我想都不用想。「好啊！我很有興趣。」

「太好了。」辛西亞說。「如果一切進展順利，我們也希望能安排妳和奧利一起見見粉絲，當然，我們也會安排妳上台唱歌！」

宣傳照拍攝和單人的粉絲見面會？她接下來會不會提供我一輩子免費的巧克力派啊？因為我確定只有這才能超越她前面的兩個提案了。

「很抱歉我這樣直接聯絡妳。」辛西亞繼續說道，把我從巧克力白日夢中拉了出來。「我今天稍早試著聯絡妳的經紀人團隊，但他們告訴我們，大家都在開會中，而我不想等了。妳瞧，這場拍攝的案子很快就要開始了——我們會需要妳九月十五號就飛來瑞士。我知道這確實有點趕。」

「嗯，對，有一點。」我咬了咬嘴唇。「我只是需要跟經紀人對一下行程，和他們確認我時間上有沒有空。」

「麻煩妳了，再請他們盡快回覆我。」

我結束和辛西亞的對話，茫然地瞪視著我的手機。我真不敢相信。剛才那是真的嗎？

我快速把事情告訴莉亞，然後又衝回了DB總部裡。距離Discipline的拍攝工作只剩下一個月了。為了得到DB的首肯，我一分鐘都不能耽擱。

「不好意思，魯先生？」我輕輕敲了敲他敞開的辦公室門。「抱歉，我沒有看到您的助理，而我知道鐘碩今天早上帶狗去看獸醫了——」

「啊……是的。」魯先生從桌上抬起視線。他看起來有些分心，但還是招呼我進了辦公室。「進來吧，瑞秋。」

「我剛得到一個為Discipline運動服飾拍攝宣傳照的機會。」我一坐下就立刻說道。「他們邀請我在九月中飛去瑞士拍攝。您覺得我有辦法在行程裡把這個工作安排進去嗎？」

魯先生身子一僵。「我沒有收到Discipline給妳的工作邀約呀。」他說。

「他們直接聯繫我了。」我小心翼翼地說。「他們說您們早上都在開會？」

魯先生低頭瞥了一眼桌子上的紙張，四周突然瀰漫著一點尷尬的氛圍，他便快速地把紙張翻了過去。

「對，嗯。」魯先生說。「妳得讓我知道確切的日期。妳九月三十號要出發去洛杉磯開演唱會——這趟旅行當然不能和演唱會有衝突了。」我點點頭。「但是。」魯先生繼續說。「我想，如果時間許可、妳又已經答應過他們了……那我們也不好拒絕了，對吧？」

我內心鬆了一口氣，並感謝地低下頭。「真的非常謝謝您，魯先生。」

就在我轉身準備離開時，魯先生舉起一隻手，叫住了我。「提醒妳一下，瑞秋——」他的雙眼在眼鏡後方閃爍著。「——把妳的優先順序排好。我真的很希望妳不要忘記妳的首要工作是什麼。」

優先順序。接下來幾週，這個詞一直在我腦中迴盪。

我的優先順序是對的嗎？我有給予我所有的責任應有的關注嗎？唯一讓我內心得到一點平靜的是，女孩們最近安靜得不太尋常。她們對我的品牌做出的那些難聽評論仍然刺痛著我，但我試著把這些話都拋諸腦後。幸好我最近忙於RACHEL K.的工作，沒什麼時間讓自己沈溺於其中。儘管如此，自從偷聽見他們背著我在討論什麼神秘的「計畫」後，我就一直覺得緊張，等著下一個打擊的到來。但現在我開始懷疑，這是不是又是什麼可悲的小把戲，在我專注於其他雜事時，就不小心被我忽視了。

就連她們得知我接下來要幫Discipline代言時，她們的反應也冷靜得不可思議。

「Discipline？是奧利．麥特森的運動服飾品牌對不對？酷喔。」智允說著，對我露出一個無法解讀的淺笑。其他女孩則忙著看自己的行程，試著想清楚她們要怎麼樣把事情都做完。也許她們正好也都和我一樣忙碌，難得沒有精力搞什麼心機。

也許我一直都在做無謂的擔心。

也許她們那天在咖啡廳裡只是在發洩情緒而已。

但不知怎麼地，一股不祥的預感仍在我心中徘徊……我知道，談到Girls Forever的時候，事情從來、**從來**就不會那麼容易。

……✦

「嗨，鐘碩。」在載我去DB進行歌唱彩排時，我對鐘碩這麼說道。

「怎麼了，瑞秋？」

「你有注意到，女孩們最近的表現有點……奇怪嗎？」如果她們真的有什麼邪惡的計畫，也許鐘碩已經聽說了。

「奇怪？」

「你知道，就像她們不太找我麻煩了。不像我以前習慣的那麼戲劇化了。」我露出心知肚明的微笑。我對上鐘碩在後照鏡裡的視線。他對我微微一笑。鐘碩也許比其他的經紀人都更清楚我們的別墅裡發生的各種鬧劇，但你永遠都不會發現，因為他是最不會對我們發脾氣的人。他在所有場合下都保持沈著冷靜，所以這些年來，我都讓他為我處理我的個人行程和旅行，而不是讓團隊的其他經紀人負責。

「嗯，當然，因為她們的父母最近一直在幫她們找事做啊。但還是很難和妳的成就相提並論啦！」

「她們的父母？什麼意思？」

鐘碩輕笑著。「女孩們和她們的父母在妳的品牌上市後幾天，和ＤＢ開過了會。他們氣到耳朵都冒煙了。」

經鐘碩這麼一說，我立刻想到那天在ＤＢ大廳裡等莉亞時的事。那些惡狠狠地踩著腳步下樓的大人們。那個剪著鮑伯頭和突兀瀏海的女人看起來很眼熟。現在回想著她憤怒的表情，我突然理解為什麼了。那股要刺穿人的眼神。就和麗茲生氣時的表情一模一樣。

「大家都很生氣妳有機會推出自己的品牌。她們說自己完全不知情。」鐘碩解釋道。

「我的天啊。」不敢相信他們會這麼說。我的團員們都知道我的設計品牌啊。我在過程中的每一步驟都有和她們說，而且我有很多簡訊可以證明呢！然後我就想到了。女孩們在咖啡館口中八卦的那個「計畫」……這一定就是她們所指的事了。「那ＤＢ怎麼說呢？」我問鐘碩。

「嗯，公司的解釋是，妳經營品牌的事完全獲得了ＤＢ的許可和認同。然後他們就說，如果她們真的想要的話，每個人都可以自由嘗試去成立她們自己的公司。」他聳聳肩。

「噢！我……噢。」我有些驚訝地喃喃自語。「嗯，很好。這樣也不錯。」我一邊想，一邊意識到，這或許是最好的發展了。每個人都有自由、都有能力去追求她們想要的一切。如果我可以全拿，那其他女孩也應該要有同樣的權利才對。

畢竟，如果我們其中一個人贏了，那就等於大家都贏了，對吧？

……✦

「好啦，小姐們。今天就到此為止吧。」等到我們跑完幾首洛杉磯演唱會要表演的新歌後，我們的歌唱教練說道。「妳們的聲音很美。」

這是事實，我們的聲音真的很棒。今晚和女孩們的合音，感覺就像是個完美的象徵，代表我們之間的事情真的有在修復中。但儘管如此，我從鐘碩那裡聽到女孩們殺去DB的事，仍然沈甸甸地壓在我的心頭。我們顯然還是有事情要說開。幸運的是，女孩們似乎也有同樣的看法。

練習結束後，仙姬叫住了我，朝我身邊走來，幾乎像是有些害羞了。「嘿，已經好一陣子了。我們好像都見不到妳啦。妳今晚要不要來別墅一趟？麗茲會來，永恩也是，她還要做辣炒年糕來喔。妳也一起來吧，就像之前一樣。」

「好。」我對仙姬露出淺淺的微笑。我很高興我們有機會談談她們父母的事。也許這只是個誤會，又或許鐘碩是搞錯了整件事的來龍去脈。希望今晚去了別墅之後，我們可以把事情都說開。「聽起來很不錯啊。我先回家沖個澡，然後就去別墅找妳們會合。」

「太好了。」她回頭望向其他女孩們。其他人都已經上了休旅車，正在等著她加入她們。「等不及了。」

幾小時後，我帶著媽媽為我準備的麻花甜甜圈走進別墅的前門。我告訴她我們這邊不缺食物，而且永恩還會做辣炒年糕，但是媽媽們，或至少我家的媽媽是絕對不會讓我空手出門的。「女孩們，我到囉！」我喊道。

裡頭一片死寂。怪了。她們出門了嗎？我在車上的時候就有傳訊息給仙姬，告訴她我差不多會抵達的時間……

我走進客廳，然後差點被嚇得靈魂出竅。女孩們都站在客廳中央，雙臂交抱在胸前，好像她們要準備展開什麼軍事介入似的。我覺得我好像走進了一部奇怪的反烏托邦電影。或是一部恐怖片。她們緊盯著我的臉，但當我瞥向仙姬時，她便心虛地轉開視線了。

這不是來家裡玩的邀請，而是埋伏。

「瑞秋，坐啊。」米娜輕快地說。「我們好好聊聊。」

她對著沙發打了個手勢。我緩緩坐下，把我的麻花甜甜圈放了下來。

「怎麼了？」我抬眼看向女孩們。我的心在胸口怦怦跳著。她們站在一起的樣子，看起來就像是一堵無法摧毀的高牆。我從來沒有感覺和團員們這麼生疏過。

「我們一直在討論。」麗茲說。「而我們大家都覺得，妳對這個團已經不再投入了。」

「這不是真的。」我說。「我是說，我知道我最近是真的很忙，但Girls Forever一直都是我的第一順位。一直都是，永遠都是。」

「嗯，但我們都感覺不出來。所以妳可能需要證明一下。」米娜說。她瞥了女孩們一眼，然後再度望向我。「我們需要妳暫時中止妳的品牌運作。」

我一定是聽錯了。

「暫時中止？」我重複道。

「對。」米娜堅定地說。「至少中止到我們和DB的合約到期為止。」

我的腸胃一陣收縮。這樣還有四年。我的品牌才剛開始。我不可能讓它才剛起步就中止。如果這麼做，基本上就是把RACHEL K.腰斬了。她們真的是在對我發出最後通牒嗎？她們真的要我在時尚產業和Girls Forever之間做選擇？

「我……妳們這樣是不是有點太戲劇化了？」我說。

「我們一直在想怎樣對團體才是最好的，但妳一直在想的都是怎樣對妳自己最好。」麗茲指控道。

「這樣不公平。」我受傷地說。「妳們也全部都有副業啊。米娜的電影、善英的音樂劇。」想著她們對我提出的要求，我心中的受傷逐漸變成了惱怒。「而且，就如妳們和妳們爸媽所知，DB可是給了我的品牌完全的同意喔。」

麗茲瞥了米娜一眼。我覺得她們並不知道她們幾週前去和DB開會的事已經傳進我耳裡了。「這不是重點。」麗茲喃喃說道。

「再說了。」秀敏插嘴。「我們沒有為了時尚走秀和代言照在全世界飛來飛去啊。妳不是很快又要飛去瑞士了嗎？就在我們的大演唱會之前？」

「妳整個暑假的活動都遲到。」善英一手叉在腰上。「這樣很失禮，對吧，永恩？」

我想要爭辯——除了咖啡廳的事之外，我真的沒有在其他活動上遲到。至少沒有遲到超過一分鐘以上。還有其他女孩是為了個人的工作，直接錯過活動和表演，沒來參加的。為什麼是我被孤立呢？但與此同時，我也得承認，打從上市日開始，我手頭上的事就多到不行，時尚品牌也真的佔據了我大腦中很大一部分的容量。更別提我還絞盡腦汁，試著迴避我和艾利之間感情關係的定義。當然，我還是完全投入在Girls Forever的團體裡，但也許我一心多用的本事還不如我想像的這麼好。也許她們說的話，還是有一部分是事實。

「妳最近總是累到不行。」永恩冷冷地補充道。「妳顯然一次扛太多責任了，遲早是得放下一些東西的。」

「很抱歉，瑞秋，但她們沒說錯。」智允聳聳肩。「別太往心裡去吧。但我們真的認為妳該做個決定了。」

仙姬咬了咬嘴唇。我不知道她會不會維護我，但她最終什麼也沒說。

「所以。」米娜揚起眉。「妳的選擇是什麼？」

我不可置信地瞪視著她們。

她們對我說得好像這是一個選擇，但顯然我不會選擇離開團體的。我從十一歲被發掘之後，就一直都在唱流行歌。如果少了這個、少了她們，我就什麼都不是了。再說，就像我說的：女子團體就像是玩疊疊樂。如果我離開了，這對她們只會帶來負面形象，而我也不想要這樣。米娜一直都說，如果我們其中一個人搞砸，其他人也都會跟著難看。嗯，我放棄團體、或是在上市一個月之後就放棄我的時尚品牌——絕對都會讓團體難看的。我們現在也許是經紀公司的大明星，但如果Girls Forever的人氣開始下滑，或者出現太多鬧劇，ＤＢ也絕不會有絲毫猶豫，就會直接把我們解散的。女孩們真的會想冒這個風險，逼我做選擇嗎？

「聽著，我要好好想想。」我說。

麗茲準備開口回嘴，但米娜打斷了她。「好吧。妳有機會好好思考一下妳的優先順序之後，再回來跟我們說。」米娜說。

優先順序。

又是這個詞。

第二十三章

「我的媽啊，瑞秋。」

「莉亞！」我尖叫著，一面轉過身，一面抛下了我的打亮彩妝刷。「妳嚇死我了！」她正靠在浴室的門框上。現在是早上六點，而我以為我會在她起床前就出門的。我要前往瑞士的班機時間太早了。

「不，妳才嚇死我了。我只是想要在拍攝之前跟妳道別和祝妳好運而已，但妳最近實在太神經質了。發生什麼事？」

我聳聳肩，繼續化妝。「沒什麼啊。我們只是工作忙不停而已。DB最近不太滿意我們，因為我們一直搞砸一個新的編舞。」我提醒她。「他們基本上就是威脅我們，如果我們不整頓好，他們就要取消洛杉磯的演出了。我們得保持最佳狀態——妳知道，尤其是現在又發生了這麼多事。」

她同情地點點頭，然後在蓋上的馬桶蓋上坐下。「嗯，這樣真的滿累的。我沒有惡意，但是，姊，妳看起來像是被雙層巴士撞過一樣慘烈。妳真的有在睡覺嗎？」

她驚人的形容詞使我哼了一聲。「天啊，多謝妳喔，莉亞。」

她笑了起來。「我只是在說，我很擔心妳。老實說吧。妳真的沒事嗎？妳確定妳沒有事情瞞著我嗎？」

要死，為什麼姊妹的蜘蛛感應這麼強大啊？我當然有事瞞著她了。女孩們和我友善地溝通——也就是最後通牒——過後，已經過了四天……自從那時起，我的腸胃就緊揪成一個死死的結，我很驚訝我居然還有辦法嚥下任何食物。而且她說得對——我真的沒有在睡覺。

我嘆了口氣，轉頭面對她。「好吧，是有一點事啦。」

「我就知道！」她跳了起來，坐在洗手台邊緣，看起來有些驕傲。

我打了一下她的膝蓋。「我什麼都沒說，是因為我還在想啦。」

「妳要一直這樣吊我胃口嗎？妳到底在想什麼啦？」

所以我就說了。全盤托出。我告訴她我在永恩的咖啡廳裡偷聽到的「計畫」。還有我看見一群憤怒的家長從DB走出來。最後，則是那個最後通碟。她們只是不爽我比她們搶先一步創立公司嗎？還是她們真的擔心我的心理健康、怕我忙不過來？

而最糟糕的是——如果她們說的是對的，那這一切還重要嗎？

「哇喔，哇喔，瑞秋，慢一點。」等我說到自己的自白時，莉亞說道。「對不起喔，但妳也未免太相信她們的話了吧。只有一個人知道怎樣對妳來說太忙了，那就是**妳自己**。她們是妳的團員，沒錯，妳也會在意她們所說的話，但妳又不是她們的員工。你不必向她們報告。妳是為DB工作，是為自己工作。妳有覺得自己的工作超越了妳的能力範圍嗎？」

「我不知道。」我誠實地對她說，並感到自己的喉頭一縮。**靠，現在可別哭啊。**我沒有時間重新處理我的眼妝啊。「而且最困難的部分是，我不確定我要怎樣才會知道。過去幾天，我都像活在地獄裡一樣。過去幾週都是。對不起，我什麼都沒說。我只是不想要搞砸。我不想要讓大家失望。」

這是我第一次意識到，過去十年裡，我一直都知道一件事：我想要成為偶像歌手。但自此之後，我就只走在一條人人替我決定成功、決定命運的道路上。我只要照著他們的規則走，我就一直只是一步一步向前走而已。但現在我已經沒有了別人規劃好的地圖，告訴我下一步要怎麼走了。我正在畫著自己的地圖……同時還在摸索眼前的道路。而現在……

「莉亞。」我感覺到沈甸甸的重擔，卻又因為自己終於分享了自己的感受而鬆了一口氣。「我最近隨時都感到很害怕——害怕我會毀了一切、害怕我會讓他人失望、害怕我不再是最好的那一個。我壓力好大。我怎麼會知道我的下一步是對是錯呢？」

「嗯，那艾利怎麼想呢？他給的意見感覺一直都不錯啊。」

「我……」我的聲音瞬間沙啞，完全藏不住，尤其是在莉亞面前。

「瑞秋。」她柔聲說著，一邊抓住我的肩膀。「妳和艾利……結束了嗎？」

「不是，不是。」我急著向她保證。「不是這樣啦。只是——我也還沒有告訴他這些事。」

「但是為什麼？」莉亞問。「我不懂。為什麼你不願意和他說這——」

「因為！」我的語調比我預期的更用力了一些。我放下眉筆，轉身靠在水槽上，與莉亞並肩。「因為。」我更輕柔地說下去。「我認識這些女孩們半輩子了，而艾利並沒有。我覺得這是我欠團員們的，我應該要自己想清楚。」艾利都支持我的夢想目標。他也全心支持我的團體。但我覺得，女孩們是不會這樣看待他的。如果艾利幫助我做出決定——不管是哪個決定——女孩們會不會也利用這點攻擊我呢？

「所以怎樣？妳就因為自己沒辦法魔法般找到解答，就這樣一直迴避他？」莉亞用著毫不體貼的實際口吻說道，聽起來和媽媽好像。

「算是吧。」事實是，我最近回覆他的訊息，都是類似「現在超忙，我們之後再聊！」或是「哈哈，真的欸！」還有「我先忙喔」。他一定也懷疑有什麼事不對勁，但他還沒有直接戳破我。我只是好想他，而用簡訊和他討論這些沉重的事，對我來說實在太不足夠了。

「他不是應該要知道妳的感受嗎？他不是妳男友嗎？」

而這就是那個價值千金的問題，不是嗎？艾利顯然想要當我的男友，也已經認為自己是我男友了。我也想要。但在現實世界裡，至少是我的世界裡，「男友」這個標籤實在太過危險。朱玄曾經說過，在高中，你只能三選二：朋友、成績、或是睡眠。

嗯，顯然，在流行歌壇的世界裡，你也只能從團體、你的志向和戀愛生活中選一個。這感覺就像是要你選出一隻最沒用的手指一樣。但到頭來，你還是要找出自己的優先順序。

「我——」我阻止自己回答她。「我要來不及搭車了。謝謝妳聽我說。愛妳唷。」

「我也愛妳，瑞秋。」她低語。「妳會想清楚的。妳每次都有呀。」然後我就跑出了浴室，抓起我的行李箱，然後衝出家門。

……✦

「飛往日內瓦的八七二號班機，將從現在開始登機。」

來到登機門時，我正好聽見廣播這麼說道。鐘碩和我掃過了登機證，然後快速走過登機門。

今天早上，我們抵達機場時，聚集在那裡的狗仔大概是我所習慣的兩倍——不，三倍。在RACHEL K.上市之後，他們就更喜歡追著我跑了。我在Nature Alley買了平常登機前都要喝的杏仁奶油奇亞籽奶昔，但當一名攝影師突然從濃縮咖啡機後面跳出來拍照時，我差點就把整杯打翻在我的絲質白襯衫上了。通常我一個人旅行時（就是不和團體一起照著DB繁忙的行程到處飛時），我都很喜歡在機場慢慢閒逛，去書店買一疊新雜誌來搭配航程、再補充口香糖的庫存。但今天，我很高興我們快遲到了。我只想要穿越機場，越快越好。

最後我終於上了飛機，戴好耳機，準備好我最愛的枕頭，等待起飛。但當我準備叫出我手機上的飛行舒緩音樂時，我注意到有一則媒體標題通知，裡頭有著我的名字。我很想直接打開飛航模式，遺忘這一切，直到我們降落，但……這當然是不可能的。我立刻就點開了那則新聞。

金瑞秋的神秘男子身分曝光？

我的天啊。

現在我非讀下去不可了。

數月以來，網友們一直在懷疑Girls Forever的主唱金瑞秋，有個可能的秘密男友。先是今年春天無預警地在首爾飯店裡度過一夜，後來又傳出，團員申恩地和其男友宋建玗曝光的那晚，金瑞秋也在場。許多跡象都指出，金瑞秋生命中也許也有個特別的存在。但目前還沒有任何照片證明瑞秋有男性追求者。所以如果真有這麼一個神秘男子存在，他是誰？本報得到一個匿名的親近消息來源，我們相信瑞秋的秘密愛人，就是美籍韓裔的商業巨擘田艾利。金小姐和田先生據傳已經在同樣時間、同樣地點出現過幾次了：當瑞秋拍攝《一、二、三，向前衝》時，他們都在新加坡；當她去參加尼爾．克萊默的時裝秀時，他也在巴黎；她和連卡佛開會討論時尚品牌時，他也在香港。值得注意的是，田先生的公司，也是金小姐的品牌 RACHEL K. 已知的投資者。但雖然沒有照片佐證他們的商務合作有任何戀愛因素參與其中，我們的匿名來源向我們保證，這是事實。網友們怎麼想？這位田艾利真的就是瑞秋神秘的夢中情人嗎？

如果我之前就已經夠胃痛了，那現在我的腸胃現在已經結成了一顆奇亞籽和恐懼摻雜的石頭。

這個「親近消息來源」……我的人生中只有兩群人知道艾利的事：我們的家人和親近的朋友，還有我的團員。而我們的家人們是不會把我的消息透露給八卦媒體的。但女孩們真的有可能會這樣對我嗎？也許她們不是有意的。也許她們是說溜嘴了，向錯的人說了錯的話……

又或者，女孩們認為需要消失的不只是我的時尚品牌而已。

也許她們認為艾利也該離開。

想到要和他斷絕所有關係，就讓我忍不住想吐。不管我打算要怎麼面對最後通牒，我都必須要速戰速決，以免事情變得更瘋狂。而且這是不可避免的走向。因為這就是他們賜給我的人生，不管是好是壞。而沒有人會為我做出下一個決定。

……✦

等到我們抵達策馬特時，時間已經過了晚上十點。我的身體還在過韓國時間，也就是隔天早上六點，而我的大腦簡直就像是飛到了另一個星球上。我們從機場搭了一趟四小時的火車，來到一輛車都沒有的策馬特小鎮，然後再搭上纜車，前往山腰上的飯店，距離我們之後要拍攝宣傳照的農舍不遠。DIscipline原本有提議，能派車直接來機場接我們，但當我們在協議旅程安排時，我對於火車旅行的點子太興奮了，也太想親眼看看火車駛進時村莊的點點燈火，所以我拒絕了派車的提議。不必說，我現在真是後悔到不行。我的生理和心理都疲憊至極，而且全身都覺得不對勁。我只想要好好泡個熱水澡、然後躺到床上，幾乎沒有心思欣賞窗外令人屏氣凝神的美景——就算只是九月仍然白雪靄靄的山頭，在即將下山的陽光下閃爍著，夕陽在天空中投下桃色與淺紫色的光彩。

等到飯店的服務生離開後，我便打開行李箱，開始翻出我成套的克什米爾運動褲和連帽衫。它們就在行李箱的某處呼喚著我的名字。我一邊翻箱倒櫃，一邊開始脫掉身上的毛衣，並動手解開襯衫的扣子。

叩、叩、叩。

什麼啊？我從行李箱中抬起視線。我是有想要叫客房服務，但我記得我沒有真的打電話啊……但話說回來，我實在太累了，我不想排除自己可能無意識地叫了薯條、準備在浴缸裡吃宵夜的可能性。

我走到門邊，打開一條縫，但門外卻一個人都沒有。要不就是策馬特霍夫飯店鬧鬼，要不就是我因為缺乏睡眠而開始出現幻聽了。

叩、叩、叩。

等等。敲門聲不是來自於門外。而是……從衣櫃中傳來的？

我走到衣櫥門邊，途中抓起床邊桌上裝滿藍菊的花瓶，想著如果有人躲在我的衣櫥裡，說不定是更多狗仔？我就要用花瓶砸他的頭，然後跑去求救。然後我才意識到這太瘋狂了——不管我私底下有多討厭狗仔，我都不會用這麼極端的手段。再說，也有可能真的是鬧鬼，而我很確定鈍器對無形的生物沒辦法造成什麼傷害。

我深吸一口氣，一把拉開衣櫃的門。

「妳要用那個東西痛毆我嗎？」

「我的天啊！」我的手有那麼一瞬間從胸口挪開，使襯衫完全敞開，我便迅速地再度把衣襟拉緊。

「不，我的名字叫做田艾利——我們見過面了。但別人倒是真的常常這樣叫我。」他露出厚臉皮的笑容，一邊對我伸出手，靠在門框上，準備和我握手。而我現在才發現，那根本不是個衣櫃，而是相鄰的飯店房間門。

「我還以為你是鬼——狗仔呢。」我邊說邊放下花瓶，然後揉揉眼睛，試著搞清楚現在是怎麼回事。

至少他還算正派，沒有提起我剛才對他露了胸罩的事。

他揚起眉。「妳剛是要說我是鬼嗎？」

我的臉一紅，翻了個白眼，然後用雙臂環繞住他。「我的天啊！我好高興你來了！」我意外地發現自己湧起了快樂的淚水。我們已經好久沒有見到面了，而過去幾週的壓力對我來說也太沈重了。看見他在我眼前，聞到他身上熟悉的古龍水味，就像是為我磨損不堪的神經抹上了一層舒緩的乳液。

「我想說我可以給妳一個驚喜呀。」他大笑著，我則緊緊抱著他，幾乎要把他活活勒死。「已經過了好幾個月了。我來這裡找妳好嗎？」

「什麼？當然好啊！」我看著他的眼神，好像他長了三顆頭一樣。這樣怎麼會不好？但話又說回來，我想起來了。那篇《真相揭露》的文章。**金瑞秋的神秘男子身分曝光？**我的內部交友圈內，顯然有人刻意向媒體流出了我和艾利的交往細節。「我好高興你來了。」我又用力抱了他一下。「但是，嗯——沒有人看見你吧？有一篇新聞……顯然有人發現了我們一起旅行的事。」我跌坐在床上，重新把襯衫的釦子釦好。我的克什米爾運動褲現在要等等了。

「對。」他邊說邊跟著我來到床尾坐下。「我看到了。但是那是在我抵達日內瓦之後。」

日內瓦。又是另一個眼尖的粉絲能夠把我們兩人連結在一起的城市。

「艾利……」我呻吟一聲，然後把臉埋進枕頭裡。

「我馬上就刪除我的社群帳號了。」艾利很快地向我保證道。「我的ＩＧ本來就只有七個追蹤者，而且都是家人，所以上面本來就什麼都沒有。」

我忍不住翻過身，笑了起來。就算我周圍的世界變得越來越瘋狂，他都還是有能力讓我振奮起來。我抬起眼，對上他的視線，而我只看見真摯與關心。艾利是很小心。我知道他很小心。狗仔和八卦小報只是會不計一切代價挖掘我私生活的細節，然後把一切攤在光天化日之下給人看罷了。

而自從女孩對我發出最後通牒後，我就一直感到脆弱，好像一切都變得難以承受——我要保持太多事情的平衡了。而他現在出現在這裡，對我來說就像是一個意料之外的禮物。

「謝謝你。」我低語。

他輕聲說：「我和妳一起對抗全世界，對吧？」

艾利期待地看著我，等著我肯定他剛才所說的話。我的心知道這是真的，但我的大腦卻似乎沒辦法讓我把話說出口。在香港的時候，一邊躲避著狗仔一邊飛越大街小巷，要相信這些字實在太容易了——我和你一起對抗全世界。但最近，我卻一直覺得世界佔了上風。

「好吧……」他最後說道。「所以妳希望我明天不要去拍攝現場嗎？『神秘男子』可以待在飯店裡就好。」他對我露出一個歪扭的微笑，並再次證明他有多麼在乎我。他願意做一切妥協，就為了在這裡陪我。

「不，來吧。」我衝動地說道。「我相信奧利和卡莉也很想見到你。我們可以搭不同的車，然後——」

「在農舍見。」他像是讀心般幫我把話說完。

「沒錯。」

「好。晚安啦，瑞秋。」

他又逗留了一會，好像想要給我一個晚安吻，卻又不確定自己該不該這麼做。

「別擔心。」我邊說邊靠上前。「我想我們現在已經撇除有鬼和狗仔的可能性了。」

艾利咧開嘴，迎了上來，我們嘴唇相貼，交換了一個有點太短暫的吻。我還閉著眼在回味這一刻，卻聽見他溜回了自己的房間，關上相連的房間門。

我嘆了口氣。「晚安。」我對著空氣說道。

我終於翻出了那套克什米爾的睡衣組，洗好臉，跳過奢侈的泡澡計畫，準備上床休息。我一整天都好累，但當我終於躺下時，我的大腦卻又不肯合作了。我清醒地躺在那裡，翻來覆去地想著艾利。他出現在這裡，對我來說就是最棒的驚喜。這是好幾天以來，我第一次覺得自己終於可以呼吸了。但他現在和我之間隔著一道飯店的牆，我覺得我的焦慮又捲土重來了。我好希望我告訴他女孩們最後通牒的事，這就像一個啞鈴般沈甸甸地在我的胸口，而且使一切都變得更加複雜了。我好希望他現在躺在我身邊，而不是在隔壁房間，這樣我們就能相擁入眠。我希望、我希望、我希望。

我以前從來沒有這種感覺。這種鋪天蓋地、如鐵鉗般強烈的感覺，覺得艾利就是我的人。覺得他就是**那個人**。這種感覺讓我既興奮又害怕。是的，我腦中還是有一個小聲音警告著我：不要讓媒體拍到、不要毀了你所努力的一切，但至少現在，我不會讓恐懼勝過我的。我一邊翻來覆去，試著把枕頭擠成更舒服的形狀，而這只是在我大腦中不斷回旋的眾多情緒之一而已。除了緊張之外，我還感到喜悅、恐懼、興奮，還有徹徹底底的疲憊。我把自己更深地埋進棉被裡，想著艾利的酒窩和時髦的運動服飾，還有柔軟的雪，然後，我就不知不覺地睡著了。

第二十四章

我搬回家後，莉亞覺得把我的手機鬧鈴改成的她的聲音一定會很有趣，所以在瑞士的清晨，我便被她沒完沒了的「姊，該起床了！姊，該起床了！姊，該起床了！」語音給叫醒了。

我呻吟著，摸索著我的手機，把鬧鐘關掉。等到莉亞的聲音安靜下來後，我便立刻開始檢視自己的通知——然後突然意識到自己在做傻事。我是準備要看有沒有艾利傳來的訊息，就像每個早上一樣。但一封簡訊也沒有，因為他就在隔壁房間，他只要敲門就可以了。他的貼近使我欣喜不已，但事情仍然讓人感到……很不安。等你覺得自己確定對方是屬於你的，接下來又要做什麼？我又開始感覺到這個問題沈甸甸的重量，但我沒有時間糾結這事背後的含義。我還要趕去照片的拍攝現場呢。

我翻身下床做準備。我們得一大早就趕去山上，以免九月中的空氣把雪融化成爛泥。我在鏡中看見眼下深深的黑眼圈。該死。彩妝師要使出渾身解術才能把這些遮掉了。

Discipline派車來接我上山，而在車程中，我收到一封簡訊，手機螢幕亮了起來。

仙姬：瑞秋，我看見《真相揭露》寫艾利的那篇文了……妳還好嗎？

提起那篇文章，使我再度想起文章的內容，我忍不住嘆了口氣。但我很高興也很意外，仙姬會對我表達支持。畢竟，如果某人刻意把我出賣給八卦小報，她應該不會刻意再來關心我吧？我正要開始回覆訊息，但接下來又是一連串的訊息。

仙姬：妳會向大眾公開你們交往的事嗎？

仙姬：DB知道了嗎？

仙姬：妳覺得妳會和他分手嗎？

仙姬：妳有看到這個嗎？

她的最後一封訊息裡貼了一個網站連結，但網頁預覽的速度好慢。

當然了。我早該知道仙姬不是為了真心表達支持才跟我聯絡的。她只是想看戲而已。現在我又開始擔心，是不是真是我的其中一個團員去匿名爆的料。但我還是想要知道她說的「這個」究竟是什麼。我很怕那個連結裡會有我和艾利在一起的照片，或是其他無法否認的感情證據，但連結的網站只是一個網友討論分析的論壇。有些人說大家應該要尊重我的隱私；有些人認為我們是可愛的情侶。還有人不知道為什麼很肯定我和某個美國流行歌手訂婚了。其實幾乎所有的討論都還滿溫和又友善的，而我再次充滿感謝我有全世界最棒的粉絲。但我的視線接著便落在幾則留言上，那一定就是仙姬所指的東西了——有一串留言在批評艾利，說他和我在一起，只是因為想紅而已。

我正準備回覆仙姬，想向她保證那都只是八卦而已，但我的手指在螢幕上頓了頓。讓網友對艾利做出傷害性的評論，感覺很不對勁。他不像我，他並沒有打算要成為公眾人物。但同時，如果我試圖幫他平反，那就只是向網友證明，我們的交往關係是真實存在的——我想我們兩人都還沒有準備好要這麼做。我嘆了口氣，把手機收了起來。我現在已經夠成熟了，知道溝通才是關鍵。今天見到艾利後，我們就會坐下來好好談談的。

但一抵達拍攝地點——靠近馬特宏峰的一個美麗的滑雪農舍——我就被簇擁著去處理妝髮了。我穿過化妝用的拖車，進入了主拍攝棚，身穿Discipline即將上市的金屬橄欖綠派克大衣，看上去既時尚又兼顧實用性。拍攝現場的造型師用簡單的黑色內搭褲，還有幾乎像是軍靴的靴子做搭配。我看得出來，Discipline的冬季服飾，目的是要讓穿著的人感覺充滿力量。充滿冒險犯難的精神。但仍然充滿時尚感。好像我能在專業滑雪道滑完雪之後，又直接去一間五星級的山坡餐廳小酌。當我朝拍攝現場走去時，我便試著散發出這樣的力量感。

「瑞秋，妳來了！」卡莉．麥特森走進攝影棚，身上穿著一件黑色的派克大衣。我們今天會一起擔任模特兒，而想到我會和卡莉．麥特森穿著成對的服裝進行拍攝，使我的精神稍微振奮了一點。

她吻了吻我的臉頰兩側作為招呼，然後對著她身後走來的大鬍子男人打了個手勢。「這位是我老公，奧利。奧利，這位是金瑞秋。」

「真高興能和妳合作，瑞秋。」奧利帶著一點輕微的瑞士腔，一邊溫暖地握了握我的手。「我聽說了很多有關妳的好事喔。」

「我也很高興認識你。」我說。不知道他聽說了我什麼事。艾利有提到過我嗎？話說回來，他在哪裡？我瞥了一眼農舍，而他正好在此時走進了大門。

「早安啊，各位。」他說。我的黑眼圈已經很重了，而艾利看起來則完全是隻浣熊。我想他昨晚應該也沒有睡好。他對我微微一笑，但眼神中並沒有笑意，酒窩也沒有露出來。我還來不及走到他身邊去，他便已經走開去向鐘碩和一些Discipline的工作人員打招呼。我的腸胃焦慮地糾結成一團。發生什麼事了？《真相揭露》又寫了別的文章嗎？

我朝艾利走過去，雙手緊張地抓著派克大衣的下襬。他和工作人員說完話之後，似乎就埋首在自己的手機裡了。我在他身後徘徊，不想打擾他，以免他正在讀什麼重要的工作訊息，但他接著便把手機收回口袋裡，溜出了農舍。我還來不及去追他，攝影師便對我喊道：「準備好了嗎，瑞秋？」

「當然！」我的聲音回答道，好像那是由一台聲音像我的機器人所發出來的。

但儘管機器人瑞秋試著努力尋找自己的光芒、好好展示自己身上可愛的短版派克大衣和發熱內搭褲，真實的情況是瑞秋不斷分心。我忍不住嫉妒而崇拜地看著卡莉，她的一舉一動都充滿動感，在雪地裡踩踏、踢著積雪，我則像個機器人般僵硬地站在她身邊。

「小姐們，我們來多加一點動作吧。我們現在試試滑雪板如何？」攝影師說。我們穿戴裝備時，他讓大家快速地休息了下，把艾利和其他幾個高層管理人員送回了飯店，我們則很快地來到山坡上，在一座鋪著假雪的小練習坡上擺姿勢拍照，但滑雪坡的坡度也陡得足以讓我們看起來像是在山上的滑雪場了。

「瑞秋，看起來再輕鬆一點好嗎。我們是在放寒假，不是在比奧運。為什麼眉毛看起來這麼銳利啊？」攝影師對我喊道。我試著對他的笑話發笑，並讓自己放鬆下來，但我的機器人瑞秋式微笑，同時也把我的雙腿變成了兩大塊金屬。我一直在試著一邊面對卡莉、一邊保持平衡，把我所有的重心都放在右側的滑雪板內側，我才不會滑走……我一直在試著讓一切保持完美地靜止，這樣他才能拍到最好的畫面。但是「靜止」顯然看起來更像是「僵硬到不可思議」。我突然覺得這一切都像是某種形容「平衡」非常糟糕的比喻。

「感受一下新鮮的山中空氣。現在是放鬆的時間，現在是——瑞秋？」

就在他說到「放鬆」一詞的時候，我右腳的滑雪板滑掉了。我瘋狂地試著穩住自己，通常情況我還算是會滑雪的，這應該不難，可是情況實在太出乎我意料，我的雙腿反而往相反的方向滑去，而我重重摔倒在地，右腳的靴子從滑雪板中扭了出來。

我的臉因羞愧而發燙，試著站起身，卻意識到我腳踝的扭傷比我想得還嚴重。等我終於起身時，我的腳踝刺痛不已。扭傷的程度還不需要去看醫生，但突然間，所有的工作人員都圍了上來，想確認我的安全。「沒事啦，不是什麼大問題。」我不斷向他們重複道，還用好幾種不同的語言，但每個人都把我當成某種玻璃器皿一樣，兩個男人甚至把我抱回了室內，卡莉跟在後面，鐘碩則提議去找門房要冰袋。

我有點想要請他幫我拿另一個冰袋，好讓我可以把漲紅的臉一輩子埋在裡面。

如果一切進展順利，我們也希望能安排一個活動！辛西亞是這麼說的。看來我要跟單獨的粉絲見面會說再見啦，因為顯然一切都進展得很不順利。我一直想要驚艷卡莉的，但她雖然表現得極有耐性，我們卻都知道我基本上毀了這場拍攝，而我只能用盡全力不讓自己捲成一顆球、然後開始啜泣。我好累——這幾週的缺乏睡眠一定是開始影響到我的腿了。也許我是真的累壞了。我又想到，也許女孩們說得對，如果我一直試著全部都一手掌握，我只會在每一件事上都失敗。

也許已經開始了。

卡莉一定知道我現在有多麼情緒化，因為她要求大家給我們幾分鐘的休息時間，然後提議我們拍幾張輕鬆的照片，依然穿著我們的服裝，只是待在攝影棚裡。「所以這樣今天也沒有浪費掉，對吧？」她說。「我也是滿擅長拍照的。你說呢？」

讓拍攝團隊休息時，就只有我們兩人坐在溫室裡的皮沙發上。他們把溫室清出來給我們使用了，而我把雙腿放在一張玻璃咖啡桌上，而我的腳上穿著Discipline的一雙雪靴。

「妳確定沒事嗎？」卡莉問我。陽光在她的頭髮周圍形成了一個光環，而我意識到，這個房間真的有最適合拍照的光線。我真希望我們至少可以在這裡拍下幾張好看的照片。

「還好。我的自尊從來沒有在初學者坡上這麼受打擊過，但除此之外，我沒事啦。」我對她輕笑一聲。「老實說，我只是覺得好丟臉。真希望我沒有毀了這一切。」我的聲音顫抖著。

「毀了一切？噢，拜託。」卡莉隨性地撥了一下頭髮。「我該跟妳說我們那次試著滑水的拍攝。」

「哈。謝謝妳，但妳真的不需要讓我感覺好過一點，因為我還是搞砸了。」

「噢，親愛的，我不是要讓妳覺得好過，是這個故事真的很精彩。其實呢，我甚至不需要用說的，YouTube可以幫我說。」她叫出了一支七年前的影片。她在影片裡跌跌撞撞的模樣十分浮誇，雙腿打結，比基尼還大走光，然後再戲劇性地摔了一大跤，一切都只發生在短短的十七秒裡。有人把這段影片做成了GIF動畫，所以她跌倒的畫面就以慢動作不斷地重複。這實在是……太慘了。

但同時也很好笑。

「妳可以笑啊。」她說。而當她對上我的視線時——這個成熟、富有成就的指標人物，這個我一直希望自己能成為的女人——我們便開始歇斯底里地咯咯笑了起來。

等到工作人員和攝影師回來時，我們正把笑出來的眼淚從臉頰上抹去，並正在為當天剩下的拍攝行程瘋狂地補妝。

✦

「妳表現得不錯嘛。」收工時，卡莉說道，一邊給了我一個擁抱。「妳的腳踝還好嗎？」

「已經好多啦，謝謝。」我咧開嘴。至少，我終於覺得輕鬆多了。我再也不是試著把一切都做到最好的機器人瑞秋。現在剩下的只有真實的瑞秋，就看你接不接受。我四下張望了一下。「妳有看到艾利嗎？」

「艾利？」奧利出現在他妻子身邊。「他得回去飯店處理工作的事，但他請我告訴妳，八點時和他在九號雲餐廳碰面。」

「九號雲？」卡莉的雙眼閃爍著。「那裡超美。食物也好吃到不行。瑞秋，妳得慎重打扮一下喔！只是可能要選一雙低跟的鞋就是了。我們可不希望妳在這裡發生更多意外。奧利，請確保你有讓她簽下免責聲明。」她開玩笑道。

我笑了起來，但是一股冷冽的擔心之感仍然在我肚子裡盤旋。別被抓包。「我會的。」我告訴她。「謝謝你幫忙傳話，奧利。也謝謝你們對我這麼有耐心。我真的很感激有這個機會和你們的團隊合作。這經驗太不可思議了。」而這是真的——儘管我徹底搞砸了，但能和卡莉這樣相處，並盡可能吸收我從她身上觀察到的一切，這對我來說就已經足夠，就算我再也沒有機會擔任模特兒也一樣。

晚上八點，九號雲餐廳。終於。

是時候和艾利把話說開，並告訴他我最近一直在想的事情了。

是時候說真話了。

現在我只需要決定是**哪一個**真話。

妳會想清楚的。莉亞在我離開前說。**妳每次都有呀**。

希望她是對的。

第二十五章

飯店房間的地上丟了大概有五千〇七十一件被我否決的衣服，而現在已經七點五十六分了。再過四分鐘就是和艾利約定的時間，我穿著內衣褲縮在床上，完全無法做出決定。我的手機在這時響了起來。

也許是艾利想確認我是不是要放他鴿子，或者我是不是真的完全發瘋了。也許他是聽說了今天在滑雪坡發生的事，而感到失望。下半場拍攝轉移到室內後，我就覺得好過多了，但我現在不太確定，是不是因為卡莉的好精神轉移了我的注意力，使我遺忘了整個狀況最糟糕的真實面。我還是得對我的時尚品牌和艾利的事下定決心，而我做不到。我覺得自己完全動彈不得。

我呻吟一聲，翻過身看著螢幕。現在已經七點五十七分了。但讓我手機鈴響的簡訊不是艾利傳來的，而是我媽。

妳還好嗎，女兒？我正在想妳在山上過得怎麼樣。我知道妳喜歡雪。希望妳在滑雪坡上有小心安全。愛妳。

淚水開始湧上我的雙眼，而我還來不及阻止自己，我就打了電話給她。「媽媽。」她接通後，我立刻說道。

「瑞秋，妳還好嗎？」

我吐出一口半是哭腔、半是笑聲的氣。「我想是吧？不敢相信妳居然還醒著！」

「現在才半夜三點。」她毫不在意地說，好像她整晚撐著不睡、就為了確認我過得好不好，對她來說根本不算什麼。我猜我也不該感到意外。每次我最需要她的時候，她都會在的。「好了，發生什麼事？」媽媽耐心地在電話另一頭等著我。我幾乎可以看見她皺著眉頭、雙手放在大腿上，等著我開口說話的模樣。

「就是他了。」我脫口而出。

媽媽沉默了一會，然後發出了一聲輕柔的聲音，介在「嘖」與輕笑之間。「我真為妳感到高興，女兒。」

「那時候的感覺就是這樣嗎？我是說妳和爸？」她還沒來得及回應，我就繼續說了下去。「艾利對我來說就是一切，但我快嚇壞了。我只是覺得，有時候，感覺全世界都不希望我和他在一起。然後加上其他所有的事，我只覺得我快忙不過來了，我不知道要怎麼告訴他，而且……」

我停了下來，因為我發現我媽在笑。

「媽！妳在笑我嗎？我是認真的欸！」

「我知道妳是認真的，女兒。但我的答案是，沒有這麼百分之百確定的事。」

「什麼？」我坐了起來，用力捶了一下床。「所以我這輩子妳都是在騙我囉？」

她嘖了一聲。「不，瑞秋，我沒騙妳。我知道，在我心中，我是愛著妳爸爸的。但這不代表整個世界都會挺妳。妳得相信自己，還有妳的感覺。別再聽別人的意見了。這不是靠理性去想出來的。而是靠心靈去感受。」

我坐在那裡，既想鬧脾氣，又覺得自己愚蠢，像是一個剛得知如果不把晚餐吃完就沒有甜點可吃的小孩。現在是八點〇二分，而艾利，那個完美的艾利，那個完全改變了我的人生的艾利，如果我們被抓到，又會使我的世界冒著全然崩解風險的艾利——他正在樓下的餐廳等著我。

「媽，我跟艾利約的晚餐已經遲到了，而我不知道要怎麼做、要說什麼，連要穿什麼都不知道。」我知道我現在像個小寶寶，但我現在就是不想讓我媽走。

她輕笑了一聲。「我沒辦法告訴妳要做什麼或說什麼。而且妳才是時尚指標，不是我。但如果妳不確定的話，就穿一件黑色的小洋裝吧。妳可不該讓一個帥哥這樣等你啊。」

然後我最擅長終止對話的媽媽，就掛了我的電話。

……✦

作為全世界最紅的韓國流行團體成員，我去過世界各地最棒的餐廳，但沒有一個比上九號雲餐廳窗外的瑞士鄉村景緻。我一抵達餐廳，領班便立刻帶著我來到餐廳後方事先預訂好的室外座，在那裡，我可以看著太陽座落在山頭，還有綿延的綠色山丘。串燈掛在屋簷下，在溫暖的露台上投下浪漫的光芒。戶外座位區並不大，除了我們這桌之外只有另外三張桌子，目前全是空的。我突然想到，當領班帶著我走到戶外區時，我也沒有在室內用餐區遇上任何人……

艾利已經就座了，在角落的桌邊等著我。他穿著潔白的正式襯衫，打著銀色與藍色相間的窄領帶，看起來十分文雅。當他看到我時，他瞪大了眼，站起身。我穿著一襲可愛的Miu Miu黑色小洋裝，上頭鑲著水晶鈕扣，配上荷葉領和心型萊茵石腰帶。我把頭髮編成一個高高的編髮髮髻，並且戴上了垂墜式珍珠耳環，腳踩高跟鞋。

艾利好久都沒有開口，使我開始有些自我懷疑，一邊不自在地摸索著我的洋裝袖子。

「妳看起來很美。」他終於說道，而我正好也開口說出：「那條領帶很適合你。」

我們尷尬地笑了笑，各自坐了下來。我們沉默了一會，兩人都不知道該從何開始。

「所以，我聽說這裡的食物很好吃喔。」他說。

「景色也很棒。」我補充道。「真的很美。」

「嗯哼。」

我們再度陷入沉默。噢，天啊，太尷尬了。我的肚子一陣翻攪。我把玩著餐巾，正準備開始討論今晚的天氣有多麼好，但艾利拯救了我，開口了：「我點了一瓶波爾多紅酒，希望妳不介意。」

「一點也不會。」我鬆了一口氣。「我愛紅酒。」**我的天啊，正經點，瑞秋。該是時候了。**我得告訴他我的感覺。我得告訴他我愛上他了。我得告訴他，他就是**那個人！**我也得告訴他最後通牒的事。還有我在衡量的一切。我得做個決定。

我真希望酒可以趕快上桌，這樣至少我的手會有點事情可做。從艾利的眼神，我知道他也有話想說，但我們兩人都不知道該如何破冰。

「聽說後來的拍攝都滿順利的。」等到服務生來打開酒瓶，為我們斟上酒之後，艾利說。他啜了一口。「妳的腳踝怎麼樣？真不敢相信我不在場。妳還好嗎？」

感謝上帝他不在場。在滑雪坡中央劈腿、當著設計者的面差點把褲子弄破，大概是我人生中最糗的十件事之一，而我還在選秀時吐在李傑森的鞋子上過呢。

「我在練舞的時候還有摔得更慘的。」我微笑著，打發掉他的關心。我掃視著菜單。上頭有一百萬種肉品選擇——每一種都是什麼動物的腰內肉。我終於看到了一道義大利麵疙瘩的前菜，聽起來還算清淡。我的心跳和血液流動速度都太快，我不覺得我能應付一整道主餐。**嗨，服務生，我的副餐可以選「我快嚇死了馬鈴薯泥，或是我應該放棄時尚品牌沙拉」嗎？**

點好餐後，我們又閒聊了幾分鐘，交換成長過程中學習滑雪的故事。我是在卡滋奇山上學的，他是在基靈頓，但我從頭到尾都只是在想辦法阻止自己的身體顫抖。我告訴他，我和莉亞以前總是會把瑞典和瑞士搞混，直到我的家人開始分別稱呼他們為「肉丸」和「起司」為止。艾利禮貌地笑著，但我知道我已經快要把可以聊的話題都聊光了。我又啜了一口紅酒，才意外地發現我已經喝完四分之三了。好吧，我想是時候切入正題了。也許我就是沒辦法用有禮貌又自然、又不尷尬的方式把這些話說出口，但該說的還是要說。

「嘿，所以今天拍攝的時候，你在哪裡啊？」我又畏縮了。我伸出手，把酒杯倒滿，也同時為艾利倒酒。我開始感覺到酒精衝上大腦。我得小心一點。今晚不是討論「起司」或「肉丸」的時候；而是要討論我這輩子面臨最重大的抉擇——我還沒做出決定，我只是又啜了一小口的紅酒……

「嗯，其實，我是在處理這個。」他邊說邊抽出自己的手機。他點擊了幾下螢幕，然後把手機推到我的面前。我驚訝地眨眨眼。那是一連串的電子郵件，全都是不同媒體平台傳給艾利的。我掃視了幾封的標題，然後很快地意識到，他們是在拿關於我們交往的事、還有他對我品牌投資的問題轟炸他。此外，還有大概一百萬則社群軟體的通知——網友指控他毀了Girls Forever的雪花球，認定我離開別墅，是為了搬去和他住。

「噢，不。艾利……」作為偶像，我已經習慣這種等級的放大檢視了，但艾利只是一個普通人。就像米娜常說的一樣，只是「平民」。他從來就不需要應付這種事，也不應該。「對不起。」

艾利溫和地抬起我的下巴，讓我對上他的視線。「認真說，別自責。我知道這些網路留言都只是屁話。但我也知道，我們還是要很小心。我讓奧利幫我包下了這間餐廳，所以我們今晚可以好好用餐，不用擔心被狗仔騷擾。今天拍攝的過程中，我聯繫了幾個在不同媒體平台工作的朋友，看他們認為我需不需要發一份聲明之類的。我只是想要做出對妳、對妳的名聲最好的決定。我不想要說錯話、或是搞砸什麼。但我想我其實直接問妳就好了。」他有些心虛地微笑起來，但接著又變得嚴肅。「但這也使我意識到，我們應該要對彼此完全坦誠。不只是現在而已，而是隨時。如果不夠坦白，那我們之間有太多空間產生誤會了。」

對。誤會。就像一個人飛越了大半個地球，只是為了和另一個人在一起，但對方卻差點用花瓶砸爛他的頭。

「就算《真相揭露》寫了那篇文章，我還是很高興你來了，也很高興你有來拍攝現場。我們的交往完全改變了我的人生，艾利。我只是——」

「瑞秋，我得告訴妳一件事。」

「晚餐來囉！」服務生就在此時此刻插了嘴，將一盤義大利麵疙瘩和在香檳醬裡滋滋作響的龍蝦端上桌。

「謝謝。」艾利有些無奈地微笑。

她離開後，我和艾利隔著桌子對望著。

「你剛才說什麼？」我問。

但艾利看上去有些蒼白，對我打了個手勢。「不，不，是我打斷了妳。妳剛才要說什麼？」

我今天來此的目的，是想要和艾利真誠地交流我所有的想法與感受，但此時此刻，我卻一句話都想不出來。我要告訴他女孩們的最後通牒？還是我在考慮要先暫時放棄時尚設計？我要告訴他，女孩們也認為我們的關係，是我與團體之間的絆腳石嗎？我要從哪裡開始？這麼多的不確定，是不是正好證明我把自己逼得太緊了呢？還是我會這麼不確定，都是因為我想太多了？

當我看向艾利時，我並不會對他感到不確定。他就是我理想中最完美的人。我的不確定是針對我自己，不是他。我想著媽媽對我說的話。這不是靠理性去想出來的。而是靠心靈去感受。

「不。」我試著給自己多幾秒的時間，讓自己傾聽心靈的聲音。「我，嗯，我忘記剛才想說什麼了。你先說吧。」

「好。」他的表情變得嚴肅，將手伸過桌面，希望我牽他。我就照做了。「我剛才想說的是……我愛上妳了，瑞秋。」他的視線一刻也沒有轉開。

就在那一刻，我的呼吸停止了。

他愛我。

他握了握我的手，最美麗的一抹微笑點亮了他的雙眼。所有的「也許我應該」還有「我們最好只要」都飛到了九霄雲外。他這樣看著我時，我突然無法去想「應該」要怎麼樣了。我無法思考。這就是媽媽的意思嗎？

我意識到我正在微笑，非常燦爛的微笑。我已經很久沒有笑得這麼開心了。這是和機器人瑞秋完全相反的微笑。我忍不住。他的微笑太有感染力了。我愛他眼角的紋路。我愛他左臉頰上的酒窩。我愛他既沙啞又溫暖的嗓音。

我愛他的一切。

我愛他。

就是這麼簡單。而現在，就是現在。這就是我回應他的時刻了。我可以告訴他我所有的保留、我所有的感覺。我的天啊。這很慎重耶。好吧，深呼吸。說就對了。

「艾利，我……我……」**我愛你。對不起，和我交往的過程這麼複雜。我不知道我在幹嘛，但我知道這是事實——你對我來說是最完美的。我和你一起對抗全世界。**「艾利，我愛這瓶紅酒！」

我說不出口。雖然我打從心底知道這是事實，但大聲說出這些話，意味著永遠毀掉我所有否認的可能性。我還沒準備好。幸好他很快地打發掉那股尷尬之情，也沒有因為我讓他所說的我愛你懸在半空中、沒有回應，而表現出任何異狀。如果他覺得受傷或難過，那他藏得很好——當他叫我吃一口他點的龍蝦時，他的酒窩還是一樣深深刻在他臉上。我在他眼中搜尋著有無失望的跡象，並試著用我的雙眼向他表達，儘管我還沒準備好說出口，但我確實也有同樣的感覺。我現在無比肯定，我不能讓女孩們和流言蜚語介入我們的感情。你不會就這樣拋下你所愛的人。

但我**確實**準備好和他坦白其他事了。

我們喝了幾杯水，讓腦子清醒一點後，我終於鬆口告訴他最後通牒的事，還有我懷疑自己該不該繼續推動 RACHEL K. 的進展。

艾利扔下自己的叉子。「最後通牒？妳在開玩笑吧？這聽起來像是什麼阿諾．史瓦辛格的電影。天啊，瑞秋，這些女孩應該要是**妳的姊妹**，但她們卻要妳在最愛的兩件事情上選邊站？」

嗯，我最愛的三**件事才**對，我想要插嘴，但還是忍住了。

「嗯，對，被你這樣一說，聽起來真的是挺糟糕的。」

他瞪視著我的雙眼，變得嚴肅。「聽著，如果妳放棄品牌，是因為覺得太難、或是因為這已經讓妳不開心了，那好吧。但如果只是因為害怕冒險——或者更糟，妳是害怕團員們的想法，那我只好說，如果跟著妳的恐懼走，妳是不可能走到想要的目的地的。我媽一直都是這麼教我。」

「我覺得你媽和我媽應該會是好朋友喔。」我微笑著說。

「我問妳一件事。」他向後靠在椅背上。「時尚設計會讓妳開心嗎？」

「你知道答案啊。」我告訴他。「非常開心。只是……」

「我知道，我知道。妳太習慣照著別人設定給你的規則走了。」

說得好。「照著規則走，我才有今天，艾利。我不能就這樣拋下一切。」

「我也永遠不會要妳拋下啊，瑞秋。妳只要追求快樂就好。不要再聽別人的意見了，聽聽妳自己的聲音。妳的心是怎麼說的？」

天啊。先是我媽，現在艾利又這樣說。是每個人都有一本《如何傾聽心靈的聲音》教戰手冊，就只有我沒有嗎？

我的心在說，我想要愛撫他整張臉親熱。

我的心在說，我愛他。

我的心在說，我如果可以全拿，我為什麼限制自己。

「我也想要照我自己的規則玩。」我告訴他。「我應該做會讓我快樂的事。我要做會讓我快樂的事。」

「耶！」他把拳頭高舉向天空，好像他正在看棒球比賽，而他所支持的球隊得分了一樣。這有點難為情……如果餐廳裡有別人看到的話。但我只是笑著，感覺到放心之情流過我的全身。

「我想要向我們自己敬酒。」他邊說邊咧開嘴，整理好自己的情緒。「因為我相信，我們可以一起應付每一件事的。不管是狗仔、網路輿論、還是飯店的鬼魂。或是地鐵和滑雪坡上的致命意外。全部的一切。就是我們兩人，金瑞秋，我們對抗全世界。」

我笑了起來。「你真的很蠢欸。」

「別逼我站起來敲杯子喔。」他警告道。「我可不想要讓妳出糗，尤其是在……」他看向空蕩蕩的露台。「瑪莎面前。」他對著我們的服務生點點頭。

「好啦，好啦。」我笑著舉起酒杯。當我看向他的雙眼，我覺得自己充滿了力量。我覺得其他的一切都不重要了。因為和他在一起，我知道我最後一定會沒事的，就算我並不是一直都知道最佳解答是什麼。也許我不需要知道一切，也至少能確定這一點。「敬我們。」

……✦

回到飯店後，我們道過晚安，然後回到了各自的房間。過不到兩分鐘，我便走到相鄰的房間門前，敲了三下門。

「最好不是鬼在敲門喔。」他喊道。「我聽說這間飯店裡有一隻呢。」

「哈哈。」我說。

他打開門，咧開嘴，一邊把領帶拉鬆。我咬了咬嘴唇。他這麼做為什麼會看起來這麼性感？我靠在門框，一手叉著腰。

「我問你一個問題喔。」

「請說。」

「你可以幫我拉這個拉鍊嗎？」我無辜地問道，一邊轉過身背對他，一邊把剛解開髮髻的頭髮撥到一邊的肩上。

我幾乎可以看見他嚥口水的動作。

「當然。」他把手伸向拉鍊。我感覺到他溫暖的手指接觸著我的肌膚，雞皮疙瘩沿著拉鍊的軌跡浮起。

「我今天到餐廳的時候，你怎麼過那麼久才誇我的裙子？」我心知肚明自己在打什麼算盤。「你知道，我真的滿認真在打扮的。你不喜歡嗎？」我回頭，用著無辜的眼神望著他。

一抹微笑浮現在他的嘴角，他朝我走近一步，一手搭在我的腰上。「不，我很喜歡啊。大概有點太喜歡了。妳讓我腦子一片空白，什麼話都說不出來。」

「真會哄。」

「我是認真的。」他靠得更近，嘴唇現在距離我只有幾寸遠的距離。他閉上眼，嘴唇貼上我的脖子，使我一陣顫抖。「但妳不管穿什麼都好美。」

他吻著我的脖子，我嘆息一聲，雙臂環住他的肩膀，洋裝的拉鍊只拉了半開。他的嘴唇來到我嘴邊，我回吻著他，一開始的溫柔逐漸變得更熱情，我的嘴唇在他的碰觸下變得柔軟而敏感。

他向後退開，看著我，雙眼盈滿了慾望。我拉著他鬆開的領帶，把他拉進我的房間。他輕輕關上相鄰的房間門，我們跌跌撞撞地摔倒在我床上，雙唇再次貼合。

昨晚，我幾乎夜不成寐，想念著他，不知道我做的一切選擇是不是都錯了。

但今晚不會。

今晚不會。

第二十六章

從機場回去的路上，我甚至不打算先回家——我請鐘碩直接把我帶去Girls Forever的別墅。

如我所期待的一樣，抵達時，大部分的女孩們都正聚集在飯廳裡，享受週末的香蕉鬆餅早餐，所以我很快就召集了剩下的團員，幸好永恩和麗茲也來一起吃早餐了，所以大家都在場。

「所以妳決定好了嗎？」大家都就座後，米娜問道。

「對。」我告訴她，並感覺到所有人的目光都立刻投向我。

「過去幾天我想了很多。」我繼續說道。「我已經做好決定了。」

四周一片寂靜。

「我不會暫停我的時尚品牌，我也不會放棄團體。」

隨著大家同時呼出一口氣，我立刻感覺到一連串的反應如同骨牌效應一般傳遍了整個空間。有些女孩看似鬆了一口氣，有些人看起來充滿同情，剩下的人，像是麗茲和米娜，看起來則十分不悅。

麗茲翻了個白眼。「那看來妳真的想清楚我們擔心的事了喔。」

「相信我，我很認真地看待妳們擔心的部分。」我回應道。「但我太熱愛這兩份工作，我沒辦法放棄任何一個。我對這個團體從來就只有投入而已，我也一直都在盡力不要讓妳們失望。」

迎接我的只有沉默。最後，善英再也受不了了。

「所以妳要無視我們說的話囉？妳就是繼續這樣做？」她說。「而妳想要我們怎麼樣？我們只能接受嗎？」

我幾乎要笑出來了，回想著我在那個愚蠢的電視節目上也做了同樣挑釁的決定。

「我是說，對吧？」我說。「我就是這個意思。」

我想著莉亞說的話。**妳又不是她們的員工，妳不必向她們報告。**

「我們為什麼不能支持對方就好了？」我逼問道。「老實說，我真的希望我們能放下這件事，因為這真的不值得鬧成這樣。」我清了清喉嚨。「另外，我也很感謝妳們擔心我忙不過來。」我頓了頓。我不太確定要怎麼說才對。我不想要直接指控他們把我和艾利的事洩露給《真相揭露》，但我也想要講清楚，我不會忍受這種事了。「但是拜託……」**別再插手我的私事**。呃啊，我說不出口。「也請妳們知道，我和艾利的關係沒什麼好討論的。我們準備好要公開的時候，我們就會自己公開。」我掃視著團員們，想看看有沒有人的反應會透露出是誰匿名爆料，但女孩們的表情都十分淡定。

我嘆了一口氣。我想要坐進飯廳的椅子裡，但我沒有——這裡已經不是我家了。我想要拿一盤鬆餅，倒上糖漿，然後和她們討論韓劇。我想要讓事情恢復正常。

我只是想要大家都快樂。

就這麼簡單。

「我只是想要大家都快樂。」我大聲對女孩們說。「真的。我只是想要做會讓我開心的事，我也希望大家都可以這樣做。」儘管我心中的一大部分還是對她們感到挫敗不已，但我是認真的。「我們現在一年只需要出一張專輯。我們有更多時間、也更有餘裕追求我們的夢想，妳們都可以做自己想要的副業，時尚品牌也行。我百分之一千會支持妳們。我只是希望妳們也能支持我而已。」

女孩們什麼也沒說，但我注意到仙姬的眼角含著淚水。也許我真的把想法傳遞給她們了。至少一部分的她們吧。

但接著，米娜就開口了。「好吧，妳已經害我們其他人的難度都變高了。只有做某件事的第一人才可以成功。妳應該要先想想這一點的。」

我嘆了口氣。也許這是真的，但我們每個人都是某一個方面的第一人啊：米娜是第一個進入戲劇圈的，仙姬則是第一個錄廣播節目的。再說，我從來沒有主動做任何事去扯她們的後腿，而我已經懶得和她們爭這一點了。

「老實說，妳這樣做真的滿自私的，瑞秋。」恩地帶著一絲優越感說道。「妳開始了一個時尚品牌。現在其他手提包的設計師可能就不會想要和我們合作拍攝或是代言了，他們會覺得這樣的利益互相抵觸。我想妳一開始也沒有想到吧。」

「對啊。」麗茲點點頭。「如果我們早知道妳在做什麼的話，我們才不會同意呢。」

「但是妳們本來就知道啊！」我喊道，讓我自己都嚇了一跳。這整段對話裡，我一直都試著保持冷靜，但我無法讓女孩們一直否認自己對RACHEL K.早就有所耳聞的事實。該停止了。「我不知道妳們為什麼一直說妳們不知道我有計畫要開自己的品牌。我從一開始就一直都有告訴妳們。」我感覺自己的身體發麻著。

我深吸一口氣，試著冷靜下來。女孩們瞪視著我，震驚與緊繃的情緒仍然遍佈在每個人的臉上。我等了一下，看有沒有人要說話，但一個也沒有。「嗯，我還有行李要拆箱，所以我最好回去了。」

我轉過身，走了出去，身體微微顫抖著。不敢相信我剛才居然那麼說。但我也很自豪——我堅守了真相。這就和我在台上的感覺一樣，感受著聚光燈打在我身上，而我既緊張又期待。但接著音樂就開始了，我的大腦停止思考，我的心開始運作，我便感覺到一股自信襲來。但面對那群女孩們時，就像是有人忘了按下播放鍵，而我永遠都在等待音樂開始。

⋯⋯⋯✦

女孩們沒有再和我正面對質。接下來的十天裡，我和她們保持距離，她們也和我保持距離。我用團體行程中的空擋，和艾利快速往返了一趟濟州島，幫助我整理思緒。但當然了，我和女孩們不可能永遠互相迴避的。我們再過兩天就就要出發去洛杉磯了，而我們現在正在做最後的準備。

我們的最後一次彩排是早上六點開始，而我在六點〇二分抵達練舞室。其他女孩已經都到了，舞蹈老師也是。我衝進門時，所有人都轉過頭來看著我。

「妳遲到了。」米娜尖銳地說道。

「對不起。」我邊說邊喘著氣，試著從衝過走廊的奔忙中緩過來。

「妳昨晚又在外面待到很晚了嗎？」麗茲問。

有那麼一刻，我在考慮要不要說謊——某個小聲音告訴我，她們聽到真相不會太高興的——但我決定誠實。「我昨晚在面試RACHEL K.的新廣告商。」我承認道。

「但妳們也還沒開始，對吧？」

我看向還在綁著Puma球鞋鞋帶的恩地。善英和秀敏正坐在地上，一邊伸展、一邊滑著IG。

「重點不是我們開始了沒。」米娜臭著臉說道。「這是原則問題。我們都知道洛杉磯的演唱會有多重要。我們全都準時到了，而妳就是憑自己開心，愛什麼時候出現就什麼時候出現。」

我通常會想要扮好人，但這種偽君子的行徑越來越難忍受了。「那妳那時候為了拍電影，跳過七場見面會沒出現的事，妳要怎麼說？我們每個人都遲到或缺席過，米娜。」我看向其他女孩們，尋求支持，但全部的人都保持沉默，低頭看著自己的腳，或是彼此對看著。就算她們沒有說話，我也知道，她們要不就是同意米娜的說法，要不就是又害怕出言反抗米娜了。

「隨便吧。」米娜說。「我們該開始了。我們可不能再浪費時間等待瑞秋小公主。」

這個舊綽號很傷人。但看來有些事真的永遠不會改變。我的腦中閃過週年紀念晚餐的畫面——米娜舉杯敬我們團體，女孩們的酒杯相碰。我們還回得去嗎？我吐出一口氣，準備投入彩排。畢竟，我現在比任何時候都更需要向她們證明我的專注。不敢相信所有人都認為我被RACHEL K.分了心。

「我準備好了。」舞蹈老師打開音樂時，我很快地說。「開始吧。」

接下來的兩小時，我們都在練習最新的舞步。這支舞在演唱會一週前才加入表演裡，而我不得不說，這大概是我我近幾年來最糟糕的一次彩排。我們完全無法同步，在轉換隊形的時候一直撞到別人，每個動作的落點都在不同拍子上。舞蹈老師一直把音樂暫停，叫我們從頭開始。我們搞砸越多次，她就變得越沒耐性。

「妳們有沒有在努力啊？」她在音樂聲中喊道。

有。我們都有。但我們團體的氣氛非常奇怪，好像每個人都在分心。這麼多年來，我們的演出都是拿出最頂尖的表現，在一場演唱會前這麼七零八落，真的不像我們。

「不夠好！我現在是和全世界最優秀的團體練舞，還是一群菜鳥練習生，嗯？再一次！瑞秋，這次試著數拍子好嗎？」

後來韓先生也進來練習室，看我們的進度。我們從頭開始播放歌曲，用盡全力試著跳好舞步，但來到變換隊形的部分，我們要排成四條線，像是井字記號那樣互相交叉時，我站錯隊伍了。又一次。麗茲不得不抓住我的肩膀，然後把我推回原位。今天一整天，我都沒辦法把這段跳好，而顯然每個人都對我很不滿。舞蹈老師把音樂停了下來，米娜則倏地轉頭看向我。

「瑞秋，搞什麼啊！」她喊道。「為什麼妳就是記不住自己要排在哪一條隊伍？」

真是不好意思。我不是今天唯一一個犯錯的人啊。在開場的時候，善英有三次在應該頓右腳時，頓了左腳。第三次，她狠狠肘擊了永恩一下，我看見她的眼淚都快要掉下來了。我張開嘴，正要反駁，但我打住了。**放下吧，瑞秋。**

「什麼？說啊。」米娜取笑著我。「我知道妳有話想說。」

「沒有。」我撒謊，試著讓氣氛緩和下來。

「妳看起來就是有啊。」

「我沒有。」

「拜託，瑞秋小公主。如果妳把該說的話說完，妳也許就可以好好專心在真正的彩排上了！」

「好啦，女孩們。」韓先生擋在我們之間。他的表情摻雜著失望與擔心。「休息十分鐘吧。喝點水，冷靜一下。感覺這場彩排會很久喔。」

米娜怒視著我，然後抓起她的Hydro Flask保溫瓶，大步走出了練習室。其他的女孩們各自去拿水壺和點心，我則朝洗手間走去，用冷水潑了潑臉。韓先生說得對。我得冷靜下來。我把臉擦乾，看著鏡中的自己，然後自己再踩了一次舞步。獨自一人在廁所裡，我每一步都跳對了。我做得到的。我只需要專注在舞蹈本身，不要讓米娜說的話影響我。我得專心。這是為了洛杉磯的演唱會。這是為了**我們**。

我走出廁所，沿著走廊往前走，希望我有時間能去販賣機買個蛋白質點心棒，然後我差點就撞上米娜和她的爸爸。我立刻向後退開，躲到轉角，貼在牆上，而他們太認真在對話，根本沒有注意到我。

「投資人說要從妳的品牌撤資了。」朱先生對她吼道。「他們看見一個剛上市的眼鏡品牌，看起來和妳在開發的設計幾乎一模一樣。別告訴我妳抄襲他們。朱家是絕不幹這種事的。」

「我沒有！我發誓，那只是個巧合而已，再說，你能把眼鏡設計得多獨特？」那翻了個白眼，但卻在父親兇狠的目光下瑟縮了。

朱先生哼了一聲。「這絕不可能發生在金瑞秋身上。」

「拜託，爸爸，我們能不能放棄眼鏡品牌？我想要演戲。我很擅長呀。」

「不。」朱先生簡短地說。「妳得處理好這件事，米娜。朱家人不會認輸。」

然後朱先生便轉身就走，留下身後挫敗的米娜。

我放棄了吃蛋白質點心棒補充體力的念頭，在被米娜發現之前就悄悄溜走了。當女孩們再度回到練習室時，空氣中瀰漫著一股尷尬的緊繃感。米娜最後一個回來，臉上掛著銳利而堅定的表情。然後我們再度專注在舞蹈上，只專注在舞蹈上。我再也沒有搞錯變換隊形的位置，隨著時間繼續前進，我覺得自己越來越俐落。

「今天就這樣吧。」韓先生最後嘆了口氣。「但妳們接下來兩天，最好連睡覺的時候都在夢裡練舞。晚安，我們飛機上見。」

⋯⋯⋯✦

那天晚上，我躺在床上滑著手機。通常艾利和我會在睡前視訊，但他和香港那裡另一個可能的 RACHEL K. 買家出去喝酒了。我很快地傳了一則訊息給他。

我：希望你玩得開心！別做我不會做的事喔！（親親抱抱）

我嘆了口氣，鑽到棉被下。經過壓力這麼大的一天，下星期我又要在時區完全不一樣的美國，想念他的感覺就像是一股真實的疼痛感，揮之不去，盤據在我的胸口。

但我無計可施。我打開手機上的Snap地圖。我知道這樣有點蠢，但有時候把地圖縮小，看著我們兩人在螢幕上的定位，就會覺得我們的距離好像沒有那麼遙遠了。但我一打開應用程式，首先吸引我的卻不是艾利的頭像，而是女孩們的。她們八個人的頭像，全擠在同一個地點。

我皺著眉，從床上坐了起來。我以為大家在彩排後都回家了。只有幾個人還住在別墅裡，所以她們全部待在那裡就很不對勁——除非她們決定把我排除在外，她們八個人自己聚會。

我把地圖放大，才發現她們根本不是在別墅。她們是在DB的總部。

我的心思立刻跳到彩排的行程表上。韓先生確實說我們可以解散了呀。大家都是準備好、然後一起離開的，而那是好幾個小時前了。是除了我以外的其他人都繼續留下來了嗎？

我很快地撥了鐘碩的電話，一邊爬下床，開始翻找我的襪子，以免今晚真的有我得立刻就趕回去參加的加時彩排。

「鐘碩，嗨，我是瑞秋。Girls Forever今晚有預約練習室彩排嗎？」

「今晚？沒有，除了練習生和剛出道一年的團體Crown Jewel和F/MK之外，總部全空啦。」

我謝過鐘碩，掛掉電話，然後再度躺回床上，鬆了一口氣，慶幸自己沒有錯過另一場練習。但現在我完全搞糊塗了。如果不是在彩排，女孩們這麼晚在ＤＢ總部做什麼？我再度打開地圖軟體。當然，她們全都在那裡，八個小頭像全擠在三成路上。但話又說回來，Snap地圖也不是永遠都準確，有一半的時間，艾利的頭像都像是漂浮在維多利亞灣上。別墅離ＤＢ總部也滿近的，近得也許會讓程式誤判、顯示錯誤的定位。她們有可能在別墅，甚至有可能就在隔壁的九九酒吧，有時候彩排太辛苦，我們都會去喝一杯。

她們聚會卻把我排除在外，讓我有點受傷，但我深吸一口氣，決定放下。有時候別人就是不會算上你。這種事每個人或多或少都遇到過。我想現在只是剛好輪到我了。再說，只要我們能保持和平，那被排除在外真的不是最糟糕的事。

我把燈關上，放下所有想法，開始進入夢鄉。我太需要睡眠了。

但我的睡眠時間註定不會太長，因為隔天一大早，我甚至還來不及思考為隔天的旅行打包的事，我就被一封簡訊給吵醒了。而當我看向手機時，我的心便沉了下去。

是魯先生傳來的。

魯先生：緊急。立刻到ＤＢ總部的會議室報到。請帶上妳的母親。

這是他第二次傳這種訊息給我了，第一次是為了恩地和建玗的新聞。我還沒有吃早餐，卻覺得自己已經快要吐了。**他們發現我和艾利的事了。**

一定是被他們發現了。不然他沒有理由傳這種訊息給我。

一百萬種恐慌與後悔的情緒湧上心頭，我突然一陣頭暈，深怕自己就要昏倒了。

我深深吸了幾口氣。從瑞士回來後，我上網搜尋過照片，但什麼都沒找到。所以我以為我們逃過一劫，沒有留下任何痕跡……

顯然我錯了。

我畏縮地快速檢查了一下新聞和Google通知。但沒有媒體提到我和艾利的名字。我鬆了一口氣，但這也不代表**接下來**不會有。我進到魯先生的辦公室時，很有可能就會看到另一個八卦小報所拍的照片，並威脅我，如果我不想要照片刊登出來，就要和艾利分手……

但我不會因為受到脅迫就分手的。我絕不會。是我和艾利對抗全世界。我們會找到辦法的。

我這麼告訴我自己，也迫切地想要相信，但我內心已經緊揪成一個結。還有另一個細節感覺很不對勁，為什麼他們要我的媽媽也過去？和其他家長不一樣，我父母對我的事業基本上是完全不插手的。我甚至不記得他們上一次去DB是什麼時候了。

我試著不要想太多，一邊傳訊息給上班中的媽媽，一邊快速更衣。我穿上一條皮褲，配上淡粉色襯衫，不管我穿這套穿搭幾次，我每次都會感到充滿力量。我需要額外的自信，才能面對在總部等待我的未知情境。

我抵達DB時，媽媽正在門前等著我。她握了握我的手，但看起來就和我一樣困惑。我們朝會議室走去時，我的手機響了起來，是仙姬打來的。我把手機靜音。不管她想幹嘛，她都要先等等了。

我敲了敲會議室的門，然後走了進去。

魯先生和韓先生，以及其他幾個DB高層都在裡面。現在我的心臟已經跳到了喉頭，讓我難以吞嚥。為什麼這麼多個高層都來了？我立刻想到自己還是練習生的時候，我得說服高層們再給我一次機會，那時也是在這間會議室裡。但那一次，我還有俞真當我的靠山。這次陪我的則是媽媽，但卻只讓我有更強烈的不祥預感。

「您們好。」我鞠躬說道。

「瑞秋，金太太。」魯先生。「請坐。今天這場會議的內容，我們要求，請不要錄影或錄音。」

我四肢僵硬地緩緩坐進椅子裡。過去從來沒有被要求不要把會議錄音或錄影過，我從來就沒有想過要這麼做。現在是怎麼回事？我看向媽媽，但她看起來也同樣迷茫。

魯先生的表情猙獰而嚴肅，而且意外地有些震驚，好像他自己都還沒有準備好要把找我來的目的說出口。他清了清喉嚨，雙手交疊在桌面上。其他的高層保持徹底沉默，用著莊嚴肅穆的表情看著我。我瞥向他的桌面，預期我會看見我和艾利在策馬特火車站接吻的照片。但他的桌面上一片整潔乾淨。

「謝謝妳們來一趟。」魯先生說。他對上我的視線，然後立刻轉開雙眼。我從來沒有看過他這麼無法面對任何人。「我們今天找妳們來，是因為有一件很重要的事。」他的聲音聽起來很奇怪，好像被人勒住了一樣。「從明天開始，妳不需要再參與任何團體活動了。很遺憾我得這麼說，但是這真的沒有更好聽的說法……」他期待地望著我，好像希望我能理解他想說的話。但我不懂。一點也不懂。什麼沒有更好聽的說法？然後魯先生深吸一口氣，說道：「我很抱歉，瑞秋，但是妳已經不可能再繼續作為Girls Forever的一員了。」

第二十七章

我的心思瞬間變得一片空白。

我的大腦沒有辦法運算魯先生嘴裡說出來的那一連串字串。

我瞪視著他，好像他說的是一種我不夠懂的外文——我只能從少數幾個認得的字眼去拼湊意思。

不再是一員了。

「我——什麼——」我開口，但我沒辦法找出能使此時此刻變得更有邏輯的話語。

「什麼意思？」媽媽替我問道，聲音如同鋼鐵般堅定。「你是說，她被退團了嗎？」我很感激她站在我這一邊，但又很痛恨她得目睹這一切。她為我的事業犧牲了這麼多，但現在——怎麼？結束了嗎？

魯先生對上媽媽毫不妥協的視線。他不願說出那個詞，但從他臉上的表情看來，顯然我媽說得沒錯。我被退出我的團體了。

「很抱歉事情變成這樣，可惜我們沒有其他辦法了。」魯先生繼續說道。「當然，我們還是會讓妳在公司名單裡。妳和ＤＢ的合約還要四年才會結束，所以……」他的話音漸落。

這件事太荒唐、太不可置信，就算我現在坐在這裡，感受著手臂下方的皮革旋轉椅、看著會議室的燈光反射在光滑的桃花心木桌上，我還是覺得這一切都像是一場奇怪的夢境。或是夢魘。我不知道該笑還是該哭，而我覺得我好像同時在進行這兩者。我發出一聲帶著鼻音的怪聲，沈小姐便轉開了視線。

所以這是真的。我已經不是Girls Forever的一員了。我的大腦終於接受了這個事實，而我終於開始質疑原因了。

突然間，我腦中閃過了康基娜的臉。當時她和Electric Flower聲勢正如日中天，他們卻還是逼退了她。我想著新聞出來後的那一天——她喝著燒酒，眼神瘋狂，醉醺醺地告訴我：**他們會把妳給毀了**。

她說得對。

這是因為艾利的關係嗎？康基娜會被退團，是因為她交了秘密男友。但被抓到偷偷交往的恩地，卻只有被輕輕教訓一下，被迫公開戀情而已。DB似乎認為她失去代言和戀情受到媒體審查，就已經是足夠的教訓了。為什麼我們有些人有機會彌補錯誤，有些人卻是被退團呢？這六年來，我把一切都給了DB——錯過了假日與生日，只睡一小時就上台表演爆滿的演唱會，有一次還頂著三十九度的高燒。而他們給了我好多的回饋，讓我活出夢想的機會、讓我環遊世界，讓我認識我也許永遠也不會有機會認識的人，包括我們不可思議的粉絲。整整六年，儘管充滿了痛苦和困難的抉擇，ＤＢ和我卻一直都是並肩而行。他們怎麼能因為我愛上了誰，就把這一切都拋下呢？

有人把一盒面紙推到我面前，我抬起眼，看見韓先生正望著我，眼神中混雜著懊惱與反感，好像我是被他的貓撿回家的一隻受傷小鳥。他眼中的同情，使我終於有了一點力量，問道：「可以至少告訴我為什麼嗎？」

「是妳的團員們。」魯先生說道，讓我的心思突然緊急煞車。

我一直在做心理準備，以為我會看見我和艾利被偷拍的照片。或是《真相揭露》的爆料。或是ＤＢ會再度嚴正警告我，他們有嚴格的禁愛令。但我的大腦現在彷彿又跟不上我的聽覺了。我的**團員們？**

「她們和這件事有什麼關係？」媽媽替我問出了在腦中打轉的問題。

魯先生對韓先生點點頭，看來是希望他接手來傳遞這個壞消息、或至少最糟糕的那一部分。韓先生苦著臉，好像接下了這個對話的主持棒，是他最不想做的一件事。但就像這間會議室裡的每一個人一樣，當魯先生做出決定時，我們除了接受之外，都別無選擇。

韓先生嘆了口氣。「昨晚，Girls Forever的其他八個團員來找了我們。她們說，她們對妳的時尚品牌完全一無所知，然後，嗯……她們說如果妳也要一起，那她們就不會去參與洛杉磯演唱會的演出。」他抱歉地看著我，肩膀下垂。「很抱歉，瑞秋。但如果女孩們不願意和妳同台，那我們真的不認為妳應該繼續待在團體裡。」

我覺得腹部被人狠狠重擊了一拳，使我傷痕累累、無法呼吸。淚水刺痛著我的眼睛，而討厭自己這樣。我不想要在高層面前哭。不是現在。不是像現在這樣。但我真的不知道該怎麼反應。

最後通牒。這就是她們試著對我使出的招數。但是沒用怎麼辦？她們就背著我跑去和DB達成了協議。她們用自己來和DB抗衡，就像魯先生用所有的DB團體來制衡N&G一樣。我突然想起了Snap地圖。女孩們昨晚確實全都在DB總部。不敢相信我躺在床上時，她們卻在這裡，把我的職業生涯畫下了句點。也毀了我們的姊妹情誼。

我以為她們對我祭出不可能的選擇，只是為了賣弄權力，想要逼我放棄時尚品牌。我從沒想過她們是真的要把我逼出團體。我想到每一次我為女孩們的行為找藉口——向艾利解釋、向莉亞解釋、向我自己解釋。我試著相信她們的清白。試著從她們的角度看事情。而現在我不確定，我那是過度天真，還是我其實已經看見了預示、只是一直不願承認。

但是，不，我不接受。沒有什麼預示，這麼糟糕的事才不會有什麼預示。我根本想都沒想到。這樣的行為史無前例。從沒有人這麼做過。而且實在太殘酷了。

我握緊拳頭，指甲刺進了掌心。我壓下受傷、悲哀與憤怒的情緒並進入了生存模式。我調整了一下粉紅色能量襯衫的袖子，看向媽媽，讓她的存在給我力量。我需要她的能力。我需要實際一點的作法。

「但我們想要說清楚，瑞秋。」魯先生的語調裡帶著一絲絲的掛念。「我們還是希望妳有最好的發展。我們可以處理這個狀況，幫助妳控制公眾形象。妳還是DB大家庭的一份子。」

大家庭。這個字戳到我心中的某個部分。我都稱呼Girls Forever為我的姊妹。就算我們有過嫉妒、有過鬥嘴，我從來、從來沒有想過她們會這樣背叛我。我還沒有辦法完全感受到這股受傷感，但我知道，如果我容許自己度過這段震驚期、並且感受到它全然的威力，我一定會被擊垮。

從我進會議室的那一刻起，魯先生的表情就已經很明顯了，他一點都不想這麼做，但他覺得他必須做。他試著用言語來向我保證，但這些話卻像是空頭支票。

魯先生闔上了他的皮革文件夾——這是他著名的手勢，代表會議結束了。其他高層們開始尷尬地站起身，但魯先生又開口了，他們便又立刻跌坐回椅子上。「至於現在，瑞秋，妳——我是說，Girls Forever要去洛杉磯開演唱會。她們明天出發……」**她們**。不是我們了。「妳就待在家，然後對外表示妳生病了吧。我們會處理剩下的事。」然後他就從主位的椅子上站了起來，大步走出了會議室，其他的高層則跟上他的腳步。

就這樣。

沒有洛杉磯的演唱會了。

沒有Girls Forever了。

我作為偶像歌手的生涯結束了。

……✦

九月三十號。

今天我本來應該要和女孩們一起前往洛杉磯的。

但現在卻成了我被踢出團體的第一天。

第一道陽光從漢江上探出頭來時，爸、媽、我和莉亞坐在客廳裡，瞪視著我手裡的手機。媽媽和我已經把一切都告訴了他們，而我不知道到底是誰被嚇得比較嚴重，是他們還是我。

「我該這麼做嗎？」我說。「我該貼文說我生病了嗎？」

魯先生要我裝病，作為缺席洛杉磯演唱會的藉口。當然，我知道他們為什麼想要我說謊。DB答應演唱會主辦單位，九人都會上台的。如果我缺席，如果他們沒有夠好的理由，公司就要倒大楣了。但我真的要發表一篇和真相相去這麼遠的公開聲明嗎？

我打量著聚集在我身邊的家人，真心地尋求他們的建議。我們在這裡坐了一整晚，卻還是不確定該怎麼做。但時間所剩無幾。女孩們今天早上就要出發了。我得做出決定。

「我覺得現在說妳生病了，也還可以。」爸爸溫和地說。「妳需要休息。這是最簡單的藉口，也不會讓妳得到太多媒體關注。而且妳確實也不**舒服**。」如果我的外表看起來有我內心所感受的枯竭感的一半那麼糟，那麼他們一定會感到很擔心。當然，這就是我爸典型的反應，他總是把我的個人福祉擺在其他事前面。

「我不知道耶，爸。」莉亞懷疑地說。「這樣也許會讓姊得到更多她**不想要**的媒體關注喔。他們也許會想要硬是把這扭曲成RACHEL K.消耗了姊太多精力，讓她沒辦法再繼續唱歌了。」

作為體系中的一份子，莉亞顯然比爸爸更了解流行歌壇的生態。我注意到她如何不著痕跡地糾正了他，一面發表自己的見解，一面維持對父母的尊重，而我再度意識到，她真的長大了好多。

「我還是不敢相信，他們居然對最後通牒妥協了。」艾利從我的筆電裡說道。我昨晚打了視訊給他，讓他也能參與這次的家族會議。他和我們一起熬了通宵，責備

DB的軟弱，並說真正優秀的商人應該要知道怎麼處理這類的威脅。「如果換作是我。」他繼續說道。「我會說：『好吧。明天飛機就會飛往洛杉磯。如果妳們出現，很好。妳們完成了份內的工作。如果妳們沒有出現，嗯，那**妳們**就要向粉絲解釋為什麼缺席了演唱會。』妳**知道**如果他說了這類的話，女孩們就會乖乖聽話了。」

我已經習慣艾利默默支持我、為我撐腰的方式，但看見我通常十分淡定的男友（現在沒有必要迴避這個禁詞了）這麼煩躁，我還是感到很詭異。我現在可以清楚理解他為什麼這麼年輕就能這麼成功——他的商業直覺十分精準，而他也有能力去堅持他的原則。

我看向窗外。太陽繼續升起，很快地，女孩們就會抵達仁川機場，準備前往洛杉磯。再過幾分鐘，我們的＋EVER們和媒體就會發現我不在場。如果我不在那之前說點什麼，DB就會自己向媒體發表聲明，而我就得被迫接受他們給出的任何說法。

想到這一點，我的肚子就一陣翻攪。如果粉絲們讀到我「太忙」或是「太疲憊」，所以沒辦法參與Girls Forever的行程，他們會怎麼想呢？我忙得沒有心思唱歌，因此也忙得沒有時間關注他們了？想到我會讓＋EVER們失望，這感覺比被我的團員們背叛還糟。我不能對他們做這種事。我不可以。

但我有什麼選擇？

「妳得說出屬於妳的真相，瑞秋。」媽媽在我的身後說道。我看向她所坐的扶手椅。她一直保持沉默，直到現在。媽通常不願意插手我的職業生涯。幾年前，我們就已經達成了共識，而我知道她支持我，但從我還是練習生的時候起，她就已經表明，她很不信任流行歌壇的生態。儘管我知道她很驕傲我能追隨夢想，但我也知道，她有時候還是會暗自希望我選擇一條對自己輕鬆一點的道路。自從我們結束ＤＢ的會議後，一部分的我就一直在等著媽說：**我早就告訴妳了吧**。但她當然不會這麼說了。我傾身向前，看著她，再一次想要從她身上汲取一些力量。「妳得說出妳的真相。」她又說了一次。「別讓別人幫妳決定該說什麼，說妳想說的話。」

「我只是不想再製造任何話題了。」我在沙發上縮成一團。這是真的。就算ＤＢ和女孩們這樣對待我，我最不想做的事情就是報復。「如果我保持沉默，做他們希望我做的事，這樣或許會比較好。」我的聲音聽起來好微弱。就像一隻小螞蟻，輕易就可以被人不假思索地踩在腳底。我把雙手的掌根壓在眼窩。我好累，而且不只是因為我整晚沒睡。這是打從骨子裡散發出的疲憊。也許我**真的應該**保持沉默，讓一切都結束就好。

「噢，不不不。」爸感受到我的頹喪，立刻說道。「如果妳想要說妳病了，那也沒關係，但是那必須要是妳想要說的才行。而不是因為妳覺得得受人擺佈、做ＤＢ要妳做的事。我不是常說嗎？我們接受打擊，但我們不會停止戰鬥。」

「但如果我說了真話，這樣爆ＤＢ的料，那他們就不會輕易放過我了。」我用力嚥了口口水。「他們都已經示好了，說他們會自己處理後續風波的。我這樣基本上就是公然拒絕他們的提議。如果真的這麼做……」

我的聲音漸落。我不需要把這句話說完。大家都懂。

如果真的變成那樣，然後呢？

我有辦法在沒有ＤＢ的狀況下，自己工作嗎？

我想著N&G，這個團體脫離了母公司後便再也無法上電視，因為他們被ＤＢ封殺了。

我願意犧牲未來成功的機會，現在說出我的真相嗎？

「不管你做出什麼決定，瑞秋，我們都挺妳。」艾利說。「只是妳要知道，妳可以撐過去的，妳一定做得到。妳會繼續走下去，也會為自己開出一條路，是妳從未想像過的美好道路。」

「沒錯。」莉亞點點頭，而我意外地發現自己輕笑了出來。

「艾利說得對。」媽補充道。「妳人生中最棒的日子還沒有過去。而是在未來等著妳。妳是我優秀又強壯的女兒，可以面對人生朝妳投來的一切挑戰。」

我深吸一口氣，讓他們所說的話沉澱。我需要提醒自己，ＤＢ和女孩們放棄我了，不代表我就需要放棄我自己。「謝謝。謝謝你們大家。少了你們，我要怎麼辦？」

「妳需要選擇題的選項來幫助妳做決定嗎？」艾利溫柔地問道。

我搖搖頭。「我知道我得怎麼做。」

這會違反我身上每一個與人為善的細胞，但我打從心底知道，這才是對的事。

我和艾利告別後，便打開手機，開始編輯ＩＧ的貼文。

就如同媽所說，我說出了我的真相。至少，是我覺得安全到可以說出口的真相。

「我最親愛的＋EVER們：我很受傷。身為Girls Forever的一員，我一直都以團體的工作為優先，團體也是我這輩子的真愛。但現在，沒有任何正當理由，卻接到要我退團的通知……」

我又多打了幾句話，在眼淚落下時試著穩住自己的情緒。**我這麼做是為了粉絲，**我提醒自己。**他們應該要知道真相。**然後我放下手機，準備面對剩下的世界開始崩解，就像我的世界一樣。

第二十八章

已經過了七十二小時，但說是七十二週也不為過。時間已經失去了意義。時間一小時一小時地過去，變成了好幾天，我在公寓裡徘徊著，穿著我最邋遢的運動褲，跳過淋浴、只綁著亂糟糟的馬尾，無視瘋狂的八卦小報和流言蜚語見獵心喜的模樣、以及他們產出的誇張陰謀論。爸媽一開始都還能體諒我，但一陣子之後，他們便開始拜託我至少洗個澡。

在ＩＧ上貼出退團的消息後，我就一直活在媒體的狗屎暴風裡，我沒有更好的形容詞了。一開始，粉絲們都以為我在開玩笑，以為我的帳號被盜了，認為ＤＢ永遠都不可能把我踢出Girls Forever的。但我沒有和其他女孩們一起出現在機場去洛杉磯，他們就知道這是真的了。

後續效應非常驚人。ＤＢ發表聲明，說我選擇放棄流行樂壇，轉而追求時尚設計。還說是家人，真是好聽。讀到這麼大言不慚的謊言實在讓人很受傷，但我只能說，我並不覺得意外。我反駁了他們的聲明，但媒體上卻仍然充斥著各種謠言。就連艾利的名字也被扯進了這團爛攤子裡，人們把他視為我離團的原因——說他是Girls

Forever的小野洋子[5]。為了避免媒體又有更多新聞可以報，我叫他先待在香港避風頭。雖然我很希望他就在我身邊，但我現在他不需要來當英雄。

「別再看那些文章了。」我又和他抱怨起網路上關於他的惡意不實謠言時，他說。「妳知道那對妳也沒什麼好處啊。」

他說得對。我絕對應該要停止了。

但我似乎就是沒辦法控制自己。

我每天都花無數個小時在看新聞。我讀遍了商業雜誌和粉絲論壇的網友留言，商業分析文章說ＤＢ的股價跌了好幾百萬（這至少給了我一點點的安慰）。有些我最死忠的粉絲仍站在我這邊，用感人的文章支持我所說的真相，使我熱淚盈框，但其他粉絲卻把這一團混亂全怪在我頭上。

我不知道我為什麼會認為看這些評論會讓我感覺好一些。我挖得越深、就越不舒服，但我就是停不下來。

當ＤＢ宣布要推出一個新的子團體ＬＭ時，我的心情更是盪到谷底。麗茲和米娜。他們一定準備了好幾個月了。她們的專輯歌單也已經出來了……而主打單曲是《Brighter in the Dark》，那是我和米娜一起重寫的歌。歌單上剩下的歌曲看起來也十分

5　譯注：小野洋子是約翰·藍儂的第二任妻子，也被視為披頭四樂團解散的元兇。

眼熟。

《Sparkle You》。

《Today I Will》。

《Rocketship》。

這張歌單上的每一首歌，都是我的藍色歌詞本裡所寫的歌。

每一首。都。是。

我以為智允那晚是不小心弄壞了我的筆記本，她為了阿晉的事情哭時，我還抱著她。但現在我想，她一定是把我的歌詞撕下來給米娜和麗茲了。不過我永遠也不會知道真相。就像我也永遠不會知道誰拿走了我的巴黎世家包包、或是誰向《真相揭露》爆料我和艾利的事。不過，這還重要嗎？到頭來，我都還是走到了這一步。

話說回來，我也知道這是怎麼運作的。技術上來說，在一個藝人還和ＤＢ有合約的前提下，ＤＢ對任何音樂相關的創作都有所有的使用權。所以就算我是這些歌的原始創作者，ＤＢ也有絕對的自由，把這些歌用在他們所選擇的地方。

包括把它們拿給ＬＭ來唱。

ＤＢ又一次把機會給了他們認為適合的對象，但這次卻完全是另一個等級的事了。

我能做什麼？再次在社群媒體上說我這一邊的故事嗎？有人會相信我嗎？

「如果是我的話，我大概會兩個星期都不碰手機。如果可能的話，也許一輩子都不會碰了。」一個聲音在我的臥室門口說道。那是我好久、好久沒有聽到的聲音。我抬起眼，錯愕地拋下了手機。

……✦

我現在可能會見到的人很多，但最不可能的就是增田明里。我在練習生時代的老朋友。她是我在DB時的摯友，但她被交易到另一間公司了，而在她最需要我的時候，我卻沒有陪她。但不知為何，在我最需要人陪伴的時候，她卻奇蹟般出現了。

「明里？」

「莉亞把妳的新住址傳給我。你媽讓我進來的。她還給我吃了一點爐子上在煮的嫩豆腐鍋呢。跟妳說：超好吃的。」明里直接走進我房裡，在我床上坐下，好像我們已經這樣做過千百次了一樣，但這明明是她第一次來我爸媽的新公寓，也是除了《一、二、三，向前衝！》時短暫的眼神接觸之外，她六年來第一次對我說話、或和我靠得這麼近。這樣近看她，我發現她身上結合了和過去一模一樣的特質、以及完全不一樣的新氣質。除了臉部的變化之外，她的頭髮也剪了新的角度。她看起來成熟了、也更肯定自己了。但明里的精神和態度仍然隨處可見，就像她身上飄散出熟悉的百香果噴霧的氣味一樣。

我回想起我們以前無數次這樣一起打發時間的樣子，一股懷念之情湧了上來：一起躺在我舊家的床上，一邊一起看著YouTube，或是抱怨和拿訓練時最新遇到的困境來開玩笑。

「很好啊。」我模稜兩可地說。媽過去幾週下廚的次數比我整個童年加起來還要多，但我一直都沒有什麼胃口。穿著棉褲躺在床上好幾個小時、滑著網路上各種黑暗的言論，使我的心思變得遲緩，此刻我正奮力試著加快思考的速度，想理解明里來這裡的目的。

但她替我回答了。「所以。我看到新聞之後就覺得一定要來一趟。真的滿難看的。我覺得妳應該覺得很受傷。」

噢。拜託別告訴我，她今天來是為了落井下石……我覺得我應該承受不了。

「明里，我知道我們兩人的事之前鬧得很僵，但是——」

她轉過頭來面向我，微微歪了歪頭。她的眼皮上閃爍著化妝品的痕跡。「別擔心，瑞秋。我不是來雪上加霜的。但是，沒錯，妳之前**真的**是個滿爛的朋友。」她有些哀怨地說。她說的話讓我瑟縮了一下。但在我來得及道歉之前，她就繼續說下去。「我今天一定要來和妳聊聊，是因為**我懂**。」

喔。這我倒是完全沒想到，但她現在出現在我房間裡，隨意玩弄著我一顆枕頭上的流蘇，也完全是在我的意料之外。

「謝謝妳。」

「這個產業裡真的會發生一些很瘋的破事，對吧。」她說。

「這還用妳說。」我喃喃說道。

「我最清楚了。」她補充道。這一刻感覺十分脆弱，好像輕碰一下就會完全粉碎。但她嘆了一口氣，肩膀垮了下來，開始敞開心房，好像我那句「還用你說」是真的要她說給我聽似的。「對我來說，事情一直都不容易，就連在DB受訓的時候也是。但我被交易後，事情變得更糟了。我本來是要和Teen Valentine一起出道的，但在最後一刻，他們決定要把我踢出去。我媽不得不哀求公司把我簽回去。她說，她會全額負擔他們希望我做的每一個整形手術。」

「哇喔。我完全不知道。」

「沒什麼人知道。所以就是這樣。我什麼都做了。他們重新簽了我，把我放進團體裡。我媽逼我去做了新的眼睛、新的鼻子、還有新的額頭。但有一件事，我從來沒有跟任何人說過。就連我媽也沒有。」

她看著我的眼神太哀傷、又太深沉，使我幾乎無法呼吸。

「但妳想要告訴我？為什麼？」我真心感到好奇。我的腸胃糾結在一起。我知道這類事情在我們的產業裡層出不窮，但她向我承認時那種無助、破碎的模樣，對我造成的衝擊不容小覷。選擇透過手術改變自己的外貌是一回事。但有人逼迫妳這樣做、把它變成妳追求生命中摯愛的條件，又是另一回事。

「我不知道為什麼。也許因為在這麼多年後，我也覺得有些後悔。也許我很久以前是需要妳，但我怕得不敢承認。然後我們就漸行漸遠，而我覺得好像為時已晚了。」

我湧起一股想要抱住她的衝動，但我沒有。「我現在聽妳說。」我告訴她。

「所以，我從來沒有跟別人說過，等我的手術恢復期結束後，我產生了一種非常奇怪的創傷。沒有人會提出來講，但其實這件事很多人都有發生過，就算只是相對普通的手術也是。有好幾個月，我都認不出鏡中的自己，我覺得……我覺得有一部分的我也被切除掉了。就像是，**我的自我**。我好像已經不是一個完整的人了。好像我以前對自己所有的認知都消失了。以Teen Valentine的身分出道讓我很忙，但那也沒什麼幫助，因為那全都是新的明里生活的一部分。而我的舊生活裡沒有任何東西能讓我穩住自己、或是讓我想到**我自己**。我也失去了妳。」

「噢，明里。」我試著憋住眼淚。雖然我最近感覺如此脆弱，但此時此刻是屬於明里的，不是我。我要為了她堅強，不能又把焦點轉到我身上。「對不起。如果我早點知道就好了。真希望我當時能陪著妳。我應該要陪妳的。那是朋友的責任，但我讓妳失望了。」要我說出這些話實在很艱難，更難的是要承認這是事實。我很不習慣讓人失望，尤其不是在這麼重要、這麼深刻的事情上。「這一切都讓我覺得好抱歉。」我補充道。「尤其是我傷害妳的方式。如果我能回到過去、改變作法，我就會這麼做的。」我低垂著頭，感覺到懊惱的情緒在我胸口焚燒。把這些話說出口很痛苦，但也同時讓人鬆了一口氣。「真希望我能陪著妳度過那一切。」

她清了清喉嚨。「沒關係啦。真的。我不是來這裡逼妳道歉的。我真的已經放下了。」她把剪短的頭髮塞到耳後，直視著我的雙眼。「有人幫助我度過了那一切，專業的幫助。」

在流行歌壇的世界裡，精神健康仍然算是一個禁忌的話題，這也是這產業中過時的陋習之一。我突然感到十分驕傲，明里有勇氣去尋求她所需的幫助。

「總而言之呢。」她繼續說道：「我們推出了一張新專輯，初期的媒體反應很不錯，所以老實說，我從來沒有這麼順利過。」她的雙眼仍然有些濕潤，但她坐得更直了一點，並對我露出了一抹淺笑，看起來和以前的明里一模一樣。「其實，我就是為了這個而來的。我要告訴妳，我現在超屌，飛得超高的！」她邊說邊開玩笑地彈了彈手指。

我錯愕地笑了一聲。「嗯，那真是太好啦。我真為妳高興！但我現在太難過，很難和妳一起慶祝……」

「噢，瑞秋。妳沒聽懂。」她握住我的手。「我的重點就是這個啊。我知道在谷底的感覺。我經歷過，也痛恨在谷底的每一刻。我對這個產業充滿怒氣；我覺得自己被背叛了。我對於未來充滿不安全感，也不確定這一切對我來說有什麼意義。我擔心自己再也沒有辦法信任別人了，因為我感覺沒有人是真的愛我這個人。但我的存在就是一個證明，在經過谷底之後，人生就會再變好了。不只是變好而已。是變得**非常好**。」

我的微笑變得燦爛了一點，我好驕傲，我的朋友能這樣谷底反彈。我只希望我也能做到。「我不知道耶，明里。也許那只是因為妳真的超屌。我不知道這是不是對每個人都一樣。」

「嗯，對，我確實比別人更屌一點。」她故作傲慢地說道，使我再度咧開嘴。「但我保證，人生會越來越好的，就算對妳這種普通凡人也一樣。因為事情是這樣的：等妳面對過最糟的一切，面對過最害怕的東西，就會突然被解放了。妳會知道，如果能撐過去，那就沒有東西能摧毀妳了。這樣合理嗎？我現在很愛這個全新的我，而我也感受到一股全新的自由，那是小時候我從來沒有過的感覺。我以前一直處在妳的陰影之下，而我現在絕不會再讓這種事發生了，哇哈哈。」

我們都笑了，而這是幾週來第一次，我感受到一絲陽光，照進了我內心的黑暗中。我覺得好像又有希望了。明里看起來**確實**很不一樣，但我意識到，那並不是身體上的不同。而是那股成熟和自信。那股**自在**的感覺。

「謝謝妳。」我低語道。「謝謝妳告訴我。」

然後，我的手機就在這時響了起來，嚇了我們兩人一跳。我最近不太接電話，但我瞥了一眼來電者的名字，便驚訝地揚起眉。

「是卡莉・麥特森。」我說。

「我的天啊！她想要幹嘛？」明里問。

「我也不知道。」我真誠地說道。然後我的心一沈。這一定就是我最不想接到的那通電話。她要告訴我，我和Discipline的單獨合作已經結束了。發生了這麼多事之後，他們不可能還想要繼續和我合作的。

「嗯，妳快接電話吧，反正我也差不多該走了。但我真的很高興能見到妳。」她很快地抱了我一下——不是那種長長的、溫馨的、充滿意義的朋友之間的擁抱。只是一個甜美、不經意的舉動。那是一個很像是放下過去的擁抱。

……✦

「喂？喂？嗨！卡莉！妳還在嗎？」我有點上氣不接下氣，趕緊在對方掛斷前接起電話，明里剛才的那番對話仍讓我有些暈眩。

她笑了起來。「還在呀。」

「能接到妳的電話真好。」我聽起來好像有點太開心了。我強迫自己深吸一口氣，來迎接壞消息。

「我聽說發生的事了，所以我想關心妳一下。狀況怎麼樣？」

「不太……好。」我承認道，聲音顫抖著。我深吸一口氣。「但我沒事啦。開始又覺得有一線希望了。」我補充道，因為這是真的。因為我現在開始覺得，也許生命會繼續走下去，也許我會揀起自己所剩下的碎片，也許我還算幸運、身邊圍繞著了解我和愛我的人。

「真的嗎？」卡莉說。「那真是太好了。因為妳該來準備個人表演啦。」

「什麼？」我尖叫。老實說，這絕對不是我預期會聽到的消息。「我以為那已經取消了，尤其是……」我話音漸落。**尤其是在我的人生和名譽都爆炸之後**。

「當然不是。所以我才打電話給妳。我想要確保妳知道，我們的合作還是百分之百在進行中。瑞秋，我們之所以喜歡和妳合作，是因為**妳就是妳**，而不是因為妳是哪個團體的一部分。」卡莉向我保證道。「相信我，我也經歷過八卦纏身的媒體風暴。還不只一次。但事業還是會繼續發展的。妳的就已經是了。RACHEL K. 的表現非常好呀！這應該感覺很不錯吧。尤其是在妳處理這些垃圾事的時候。」

儘管這聽起來很瘋狂，但她說得也沒錯。不管怎麼說，我的品牌確實在成長茁壯。我一直在擔心，我被踢出 Girls Forever 的醜聞會不會抹煞掉 RACHEL K. 前期所有的成功，但顯然媒體大肆報導我的名字，只是讓人更注意到我的品牌而已，我的包包也變得更加搶手。這幫助我接觸到了遠遠超出核心受眾以外的其他族群。每天都有更多百貨公司提出要求，希望我的品牌可以進駐，而設計夥伴們也開始和我聯繫，討論下一次新品上市時，也同時推出新的眼鏡系列。

「對。」我說。「我的品牌真的算是迷霧中的一道曙光。」

「迷霧會散去的。」卡莉說。「悲慘的現狀不會持續到永遠。我保證。」

這聽起來和明里的說法很像，而我突然對經歷過更糟情況的女性們，產生了一股崇拜與敬畏之情。我正在學習跌落谷底是怎麼回事——這會讓你知道，人生中真正重要的事有哪些。你會知道真正看見你這個人的人有誰。這給其他堅強的女性一個現身的機會，對你伸出手，告訴你**我也經歷過**。

「我相信妳。」我微微一笑。

「我的要求也就只有這樣了。嗯，不，這不是真的。還有一件事。」卡莉繼續說下去，聲音一如往常地充滿活力又輕快。「我打來的主要原因是，就如我所說，Discipline還是想要在亞洲地區和RACHEL K.聯名。你覺得怎麼樣？」

我覺得怎麼樣？我以為代言的拍照過程是一場大災難——我尷尬的劈腿和在雪裡跌個狗吃屎，也許還沒有變成網路上的一張梗圖，但仍然在我腦中還算頻繁地重播著。那場災難，還有我脫離Girls Forever之後所發生的一切……就算卡莉說了那些好話，我還真的不懂他們為什麼還想要和我扯上關係。

「但是怎麼——**為什麼？**」我脫口而出，但我的聲音聽起來就和我人站在滑雪坡上時一樣尷尬。

「嗯，首先，人們都愛死了冬季的形象照。」

「真的嗎？」我的焦點一直關注在媒體對我脫團的後續報導。還有，在我難得有腦細胞能使用時，試著回覆包包的交貨時間和布料規格等問題，這使我根本沒發現Discipline的冬季宣傳已經開始了，更不可能知道它反應的好壞。

我們一邊說著話，我一邊跑到筆電旁，開始搜尋照片。我一邊滑，一邊瞪大雙眼。我發現他們幾乎沒有選幾張滑雪坡上的照片，反倒選了很多在農舍內的照片。我們在窗戶灑進的陽光下看起來無比自然，我和卡莉就像是老朋友一樣哈哈大笑著。我突然意識到，也許就是因為有那些失敗，才會出現最棒的拍攝成果。我再也不怕搞砸了，因為我已經搞砸過了。我什麼都不剩，只能放鬆和發光。

但是……

我從來沒有一個人上台唱過歌。

有時候會在Girls Forever的表演中唱一小段獨唱，沒錯，但我從來沒有一個人出現在活動場合、從頭到尾都只有自己一人過。我感到頭暈目眩。

我的粉絲在網路上挺我是一回事，但期待他們到現場活動來看表演，又是另一回事——這會是非常強烈的立場表達，有些人也許會認為他們背叛了Girls Forever。他們會覺得我這樣不夠忠誠嗎？這樣會像是在證明我早就想要離團了嗎？但我從來沒有這樣想過呀。DB又會怎麼想呢？

「我……我要小心考慮一下這件事。」我誠實地說道。

「當然了。妳需要多少時間都沒關係。」卡莉說。「但是，瑞秋？」

「嗯？」

「別想太多。」

「什麼意思？」

「妳有沒有聽過一句話：**沒有屢試不爽的方法？**」

「呃，有吧？」

「妳作為Girls Forever的一員，擁有一段不可思議的事業，但有時候宇宙的力量不得不踢妳一腳，妳才會知道，原來在妳達成的成就之外，還有那麼廣闊的一片天。如果妳一直照著以前的作法做事，就只會一直得到同樣的結果。如果妳被迫開創一條新的道路，就會看見**新的成果**。知道我在說什麼嗎？」

她感覺像是在說，我被踢出團體，算是某種命中注定。這個想法令人有些難接受，但我想到了當我在瑞士崩潰地縮成一團時，我媽對我說的話。我需要用心靈去感受，而不是用腦子去想。以前的瑞秋是每一步都要經過精密規劃的。她盡可能去做會讓每個人都滿意的事。

而看看我現在落到什麼地步。

「瑞秋？」

「我還在。然後，對，我覺得我懂妳的意思。沒有屢試不爽的方法。」

「沒錯。等妳決定好的時候再打給我。」

然後就這樣，她便掛上了電話……然後我意識到，未來的一切都掌握在我自己手中了。也許我一直以來都問錯問題了——**其他人會有什麼感覺？ＤＢ會怎麼說？**也許真正的問題是，我會有什麼感覺？

我得自己決定，我要讓這個醜聞吞噬我、打倒我，還是起身、洗好頭髮、穿上我的能量穿搭，然後打造我自己的道路。

第二十九章

當艾利抵達仁川機場，看見我站在行李轉盤那裡等著他時，他臉上的表情簡直無價。我朝他奔去，雙臂環住他；他震驚的表情，在四周的攝影機開始瘋狂閃起閃光燈時，又變得更為扭曲。

「瑞秋！」他驚訝地倒抽一口氣。接著他在我耳邊低語道：「到處都是，寶貝。到處都是狗仔。我們被包圍了。」

我低聲回答道。「我知道。而且我不在乎。你和我對抗全世界，對吧？」

他向後退開，瞪視著我的臉一會……然後發出一聲錯愕的笑聲，而這則使我開始咯咯笑了起來。

「就給他們看吧。」我說。「反正都這樣了。」然後我就在閃光燈與群眾的叫囂聲中，撐起身子，吻上他。「噢，順便說一下。」我的嘴唇從他嘴上移開。「我愛你，田艾利。」

艾利的身子僵了一下，雙眼大睜，然後他就用我這輩子見過最愚蠢的姿勢，將拳頭舉向半空。

然後，我就又吻了他，因為我怎麼有辦法抗拒呢？

看熱鬧的群眾全都抓狂了。我腦中深處知道，一但幾小時後照片刊登出來，有些人一定會氣到臉色發青。也許有些品牌本來打算要找我代言，現在可能就不會了。也許有些粉絲可能會再也不支持我了。

有很多風險──而現在，每一個我都願意接受。

因為每一個不喜歡真正的我的人離開後，就會有懂我的人出現。我的舊生活中每關上一道門，我都會再打開一扇新的。

再說，這就如明里所說。你一旦面對過最糟糕的恐懼，就終於自由了。而這是事實：如果我已經深陷媒體風暴中，我怎麼會再害怕媒體的抹黑呢？我已經見過他們最惡質的手段了。而且我的品牌聲勢如日中天。股價大跌的是DB，不是RACHEL K.。

他們愛說什麼就讓他們去說吧。我拒絕再活在恐懼裡了。

沒有屢試不爽的方法。

我牽住艾利的手，他則用另一隻手把包背甩到肩上。「走吧。」我告訴他。「我們回家。」我們一起走進人群裡，一路微笑、揮著手，好像我們是一對皇室情侶。

我也許不知道未來會發生什麼事，但這些相機的閃光燈在我們身邊閃爍著，光芒像是煙火般照耀著我的視線周圍，我知道未來一定會充滿光彩。

……✦

隔天早上，我做的第一件事是拿起手機。

「嗨，卡莉？我是瑞秋。」我深吸一口氣。這是我的信仰之躍。「關於之前在講的那個活動？我們合作吧。」

✦

少了Girls Forever之後，我是誰？

被踢出去之後，我還能靠自己成功嗎？

我的粉絲會為了我露面嗎？

過去四個月裡，這些問題在我腦中一直盤旋不去。而且老實說呢？我沒有答案。還沒有。但現在，我就離真相更近一步了。

今天是我和Discipline運動服飾的聯名活動，我正坐在休息室裡，準備要上台做我第一場單飛的表演。我們的計畫是，我會翻唱一系列我最愛的鄭宥娜名曲，接著辦一場粉絲簽名會，然後再開放媒體拍照。拍照的穿搭是Discipline的球鞋配上我的包包，展現運動中的時尚。奧利甚至說過，我們可以合作設計一款運動風的腰包，但那是之後的計畫了。今天，我會穿上色彩斑斕的暈染運動鞋，至於包包呢？嗯，雖然我熱愛我設計的所有手提包，我還是跟隨內心的聲音，特別為Disicpline設計了一款。這是

「新瑞秋」包：可愛俏皮的迷你手提方包，封口處鑲著一個小小的無限符號。因為就像卡莉說的，表演仍然會繼續進行下去。也就像我爸一直以來的說法，我們會接受打擊，但我們不會放棄戰鬥。

我的心在胸口怦怦跳動，我的手掌都汗溼了。我再度確認自己的睫毛膏沒有暈開，口紅也沒有掉色。我戴著一條簡單而閃耀的黑色髮帶，身上穿著相配的洋裝。典型，卻又多了一些亮點。有時候，這樣一點點裝飾就已經足夠。

有人敲了敲門，然後一名保全探頭進來。「金小姐，準備好就可以上台了喔。」

我深吸一口氣，站起身。

我答應了卡莉的邀約後，我就和自己做了一個約定。不管今天的觀眾是什麼樣子，我都會給他們我的一切。就算外面只有一個粉絲，我也要確保那個粉絲得到追星以來最棒的一場表演。我已經學到了忠誠的價值，如果在發生了這麼多事後，還有人願意陪在我身邊，嗯，那我就會以十倍的忠誠還給他們。今天是這樣，以後的每一天也都是這樣。

我跟著保全走向舞台。我頓了頓，一手按在胸口。我的心跳因期待而快速跳動著。但不再只是因為緊張。而是因為興奮。

我好想念表演。

我走上舞台下方的平台，讓機械把我送上舞台的活門。操作升降機的男人開始倒數，我則深吸一口氣。

三、二、一。

我上方的舞台地面分了開來，燈光從洞口灑落。

然後：升降機便開始上升。

群眾震耳欲聾的歡呼聲立刻迎面撲來。我在聚光燈下瞇著眼，以為自己出現了幻覺，但是，不。這是真的。

方圓好幾哩內，好像都擠滿了觀眾。數以千計的的粉絲尖叫著支持我，揮舞著看板，穿著在家手作的T恤，頭上戴著閃亮的LED頭帶。

而且不是隨便一種發光頭帶。當我看懂時，我的心一緊。頭帶上拼的是RACHEL。

「瑞秋！我們愛妳！我們好想妳啊！」一個粉絲的聲音從歡呼聲、跺腳聲和鼓掌聲中冒了出來。我心中充斥著感激，淚水盈滿眼匡。在那一刻，我的心漲得好滿。

我想著好幾年前的那一天，我剛出道不久，一個粉絲告訴我我，我改變了她的人生，使我哭了出來。我想有些事是永遠不會改變的。

而也許，也許，有些事會維持到永遠。

我的粉絲還是會讓我哭，他們也還是最棒的粉絲。

他們改變了我的人生。

我眨了眨眼，吞下眼淚，朝麥克風走去，然後露出一個他們都熱愛的微笑。那是發自我心底的微笑。真實的微笑。

尾聲

「你覺得這要放在哪裡好？」

艾利舉起一幅裱框的畫，看起來像是兩個戴著皇冠的仙子在踢足球，卻又同時看起來像是在噴火。

呃，哪裡都不好？我想要回答，但決定什麼都不說。

「我堂弟妹大老遠從西雅圖寄來的呢。」艾利驕傲地說。**啊，這樣就合理多了。**

「諾拉和傑瑞米的原創作品喔。畫框還是我自己挑的。不過我還得先鑑定一下簽名。」他指著角落潦草的名字說道。

「噢，對。藝術詐騙現在在小學校園裡很猖獗呢。」我故作嚴肅地說，艾利便咧開了嘴。「放在書櫃上很不錯。」我補充道。「正中央的地方。」

「沒問題。」

現在是初春，我正在幫艾利搬進他首爾的新公寓。在我們的小屋裡住了一陣子，遠距離工作一段時間後，他發現他也可以在韓國工作，他便正式搬家了。最近，我都在忙著幫他搬家，一邊適應自己的新生活習慣。

RACHEL K. 在網路上大放異彩，我也開始為了未來可能的單人專輯寫歌，雖然我最近一直深陷創作的撞牆期，每當我試著專心時，我腦中都會浮現自己被撕破的歌詞本。但這也沒關係。我試著不要給自己太大的壓力。現在，我只是要學著重新喜歡上音樂，並找自己創作的聲音。除了專輯的前置作業與RACHEL K.的工作之外，我最近唯一的另一個藝術創作，則是我在準備做給莉亞的一本剪貼簿。SayGO的專輯，剛成為她們第三張暢銷排行榜第一名的作品，所以我想要做點什麼來恭喜她。我知道她和團員很親密，她們應該會一起慶祝。DB也許會幫她們辦個派對——在出道第一年就拿到三張第一名專輯，是一個很大的成就。但我從來不希望莉亞覺得她必須要依賴她團員或DB的支持。畢竟，我們都已經學會，這種支持隨時都有可能會消失。但家人會永遠都在。

我在筆電上瀏覽著以前的舊照片，艾利則在一旁整理著書櫃，一邊用口哨吹著〈Let It Go〉的旋律。自從和趙家雙胞胎舉辦了許多次虛擬的電影之夜，而她們拒絕改變電影的類型之後，他就忘不了這首歌了。這間公寓還很新，但已經開始感覺起來像個家了。我在這裡消磨了很多時間，在艾利的家和我家的公寓之間來回。

當我看到一系列Girls Forever各年演唱會的照片時，我停了下來。好多照片。我想我和米娜、麗茲、恩地、善英、智允、永恩及仙姬所拍的照片，比我這輩子和其他任何人的合照都還要多。想到再也不會有我們九人的照片了，這感覺還是很怪。這個念頭使我的心頭一緊，我試著嚥下喉頭湧起的腫塊。

從ＤＢ把我踢出去的那一天起，我就沒有再和以前的團員聯絡了。想到她們，我還是會覺得隱隱作痛，但疼痛感每一天都變少了一點。我終於開始相信卡莉所說的，迷霧最終會散去、悲慘的現況也不會持續到永遠的。也和媽媽說的一樣。我最好的日子還沒過去。它們正在未來等著我。有些日子比較好過一些，有些日子則真的很難過，但我還在這裡，而這樣就足以讓我繼續撐下去。

我點開幾張演唱會的照片，感到懷念不已。我最喜歡的照片，都是有拍到觀眾的。就算在靜止的照片裡，我也還是感覺得到粉絲的能量從裡頭散發處來。我甚至可以從人群中看見幾個閃耀的RACHEL頭帶。我咧開嘴。

我一直都很喜歡我的粉絲，但在今年經過的一切後，我對他們的感激只變得更加深刻。是他們陪著我走過最黑暗的時刻。他們激勵了我，我也希望我能激勵他們。

我的手機震動了一下，有一封簡訊傳來。我嚇了一跳，把電腦關了起來，不知道為何認為如果是莉亞傳來的簡訊，她就有辦法透過手機偷看到我製作到一半的剪貼簿。但我看了一眼螢幕，卻發現那是未知的號碼。

別以為事情就這樣結束了。我們還有帳沒算清呢。如果我是妳，我會很小心的。

PS：妳妹不是還在ＤＢ嗎？她最好也小心一點……

我翻了個白眼，立刻刪除了訊息，但卻忍不住打了個寒顫。這類的訊息很難不讓人感到焦慮吧。我現在很常收到這類的簡訊。我不知道是誰寄來的，但每次手機又因為這種威脅而震動時，我都會再度受到尖銳的提醒，事情沒有這麼容易過去。

我打開電腦，再度看向我粉絲們的照片。雖然有這麼多人討厭我，我還是試著看向指引我找回自己的那些光芒。我的視線轉向艾利公寓客廳的大窗戶，一束束日光正從從窗外照進來。有那麼一秒，這使我想起了我的粉絲，照耀了黑暗，提醒我自己站上舞台的初衷，並給我繼續走下去的力量。我只需要看著他們，我就知道有一條可以前進的道路。

突然，靈感就像是閃電般擊中我，直接穿透了阻礙我創作的那道牆。我很快地抓起一支筆，還有艾利四散在桌上的備用法律文件夾，翻到空白的一面。

首先出現在腦中的是歌名。〈Golden Sky〉。

這首歌要獻給我的粉絲，他們比任何星星都還要閃亮。

這是為你們而寫的。

完

後記

一如往常，我首先要感謝我的金星們。你們對這個系列無盡的支持、興奮和熱愛，使我終於完成了這個寫作過程。謝謝你們成為我的靈感。

我還要感謝 Simon & Schuster 的整個團隊。感謝我的編輯珍妮佛．安格和 艾力克薩．佩斯托－珍，感謝你們所有精闢的註記，感謝你們在如此漫長的旅程中指引著這個故事；艾力克薩，感謝你站了出來，並且自始至終都有看到我想要的願景。感謝我的行銷和宣傳團隊——魯克莉、凱倫．麥森尼卡、安娜．賈薩、艾蜜莉．里特、麗莎．莫拉雷德和米蘭娜．朱柯——感謝你們為了將我的書帶給讀者所做的一切。感謝保羅．奧克利，感謝你為這部作品創造了令人驚嘆的藝術品，在這些小說中完美地捕捉了瑞秋的內在和外在旅程。

我也非常感謝我的經紀團隊——非常感謝麥克斯．麥可、艾伯特．李和美莉提．米勒，確保這些書能夠接觸到全世界的粉絲。還要感謝 Inkwell Management 的人們——史蒂芬．芭芭拉，你從一開始就支持這個計畫，我真的非常感激。

感謝 Glasstown Entertainment 旗下無與倫比的女性們——如果沒有你們，我是不可能做到這一切的。感謝蕾克薩・海爾，用豐富的想像力和深度，將我所有的想法變為現實。感謝珍娜・伯克利，感謝你出色的策劃能力和敏銳的洞察力。感謝劉奧莉，你不辭辛勞、對細節無比專注。還要感謝蘿拉・派克和琳莉・博德，孜孜不倦地將這個故事搬上銀幕。當然，還要特別感謝蘇莎拉——在你的手中，這些文字就像是在閃耀著光芒！

致我的家人們——我非常愛你們。因為有你們，我才會走到現在這裡。致我的父母——感謝你們無條件的愛與支持。致Krystal——你是最好的妹妹，也是我最喜歡的啦啦隊。

放在最後、但同樣重要的是，我要感謝泰勒。如果沒有你，這本書和其他許多夢想都不可能會實現。感謝你在這段旅程中一直陪在我身邊——我一點都不想要有任何改變。

高寶書版集團
gobooks.com.tw

YS 020
Bright

作　　者　鄭秀妍Jessica Jung
譯　　者　曾倚華
編　　輯　賴芯葳
美術編輯　林政嘉
內頁排版　賴姵均
企　　劃　何嘉雯

發 行 人　朱凱蕾
出　　版　英屬維京群島商高寶國際有限公司台灣分公司
　　　　　Global Group Holdings, Ltd.
地　　址　台北市內湖區洲子街88號3樓
網　　址　gobooks.com.tw
電　　話　(02) 27992788
電　　郵　readers@gobooks.com.tw（讀者服務部）
傳　　真　出版部　(02) 27990909　行銷部 (02) 27993088
郵政劃撥　19394552
戶　　名　英屬維京群島商高寶國際有限公司台灣分公司
發　　行　英屬維京群島商高寶國際有限公司台灣分公司
初　　版　2022年7月

本書為小說作品。任何對歷史事件、真實人物或真實地點的引用皆為虛構，其他的名稱、人物、地點和事件都是作者想像的產物，任何有與實際事件、地點或人（無論生或死）的相似之處皆純屬巧合。

國家圖書館出版品預行編目(CIP)資料

Bright / 鄭秀妍(Jessica Jung)作；曾倚華譯. -- 初版. --
臺北市：高寶國際出版：希代多媒體發行, 2022.07
　面；　公分. --
譯自：Bright

ISBN 978-986-506-410-5（平裝）

874.57　　111005801